Heibonsha Library

細野晴臣 とまっていた時計がまたうごきはじめた

朗 臣

平凡社

まえがき　細野晴臣

ここに収められた対話というか雑談は、2012年７月からはじまった。東北の大震災から１年有余という、まだ生々しい時期でもあり、話す内容もそんな話題が多い。特にいまに至るまで影響が続く放射線や、福島の原発の話は避けて通れなかった。当時は東京の水道に含まれる放射線量も気にしていたのだ。

ほかにも話題は多岐にわたり、芸人談義などもある。ぼくがお笑い好きということで、そういう話題を振られたのだろうが、鋭い質問にオタオタと答えていく自分が恥ずかしい。そういうなかに所々、音楽の専門的な話がちりばめられている。音楽を職業にしているふたりの対話なので、専門用語なども出てくるのは致し方ない。

ぼくは日ごろから聞かれたことには答えることにしているのだが、それはつまり、聞く人の心情を反映させるということに他ならない。そういう意味でこの対話の主人公は、質問者である鈴木惣一朗であることは間違いない。熊さんが聞いてご隠居が答える、という落語の図である。ご隠居が熊さんの質問に戸惑い、無理矢理答えるというのが面白いわけで、ご隠居が面白いわけではないのだ。

その点をここで念を押し、強調しておきたい。

校正のために改めて読んでみると、聞かれたことにホイホイと答える自分に呆れるばかりだが、そのせいで校正には気を遣う箇所も多く、時間がかかってしまった。校正の前、粗《あら》編集をした編集者に「問題はなかった？」と聞くと、ほとんどありませんとのことだったが、そんなことはない。乱暴な言葉遣いや実名の裏話などなど、問題が山積みだったのだ。なんとか体裁を整えたものの、話の流れでそのまま残した箇所も多い。だが、ぼくや鈴木くんの音楽を好んでくれている読者なら、楽しんでもらえるだろう。

そう思いつつも、多少の不安を抱えたまま出版されるという次第になった。ぼくはこう見えても気が小さいのである。意志は強いが気が弱い。心は広いのに部屋が狭い。ここで小心者のご隠居がつぶやく。すべては「熊さん」のせいだと思えば気も大きくなるというものだ。

2014年９月吉日

目次

「かたちじゃなくてエッセンス」
窓のない風呂場
YMOとベンチャーズ
最後のカワウソ
ちゅらんちゅらん
ともしび
デモテープのエッセンス

対話3

「誰かがやらないと
ホントになくなっちゃう。
ぼくがやれば
かろうじて少しは生き長らえる」

政治的な歌
名曲刑事
三枚におろす
すでに誰かがやってること
昨日がよみがえる

飽きない遊び
見えない大木
それがガースのかわいいところ
ポランスキーつながり
これはハワイアンですか？

対話8

「地震で倒れたままだった
ゼンマイの蓄音機から
ちゃんと音が出た。
そこから、とまっていた時計が
またうごきはじめた」

おかあさん
泣き歌の時代
とまっていた時計
思い出すことに近い
アイ・ヘイト・マイセルフ
一番いい東京
引退宣言

本著作は二〇一四年十一月、平凡社より刊行された
『細野晴臣　とまっていた時計がまたうごきはじめた』を
加筆・修正したものです。

対話1
2012年7月11日
白金のスタジオにて

「この世で起きていることのすべてが想定外。想定外がないとなにも生まれてこない」

五年ぶりの細野さんとの対話は、いつもの細野さんの白金スタジオへ。まずはテストと称して再開したが、話は思わぬ方向に展開、一気にコアな世界へと突入した。（S）

高い台に乗る

――細野さん、最近ベースよく弾いてますね。でも、四分打ちがつらいって聞きましたが。

つらい、つらい。筋肉が痛いんだよ。しびれが取れたと思ったら、そのあとは筋肉痛になったんだ。なんなんだろうと思ってね。

――いわゆる神経痛じゃないんですか？

原因はぜんぜんわからないよ。病院に行ってないから原因がわからないんだ。治っちゃったからさ。

――なんで病院行かないかなあ（笑）。

行ったってしょうがないよ。

――そんなことないですよ……。行ったほうがいいですよ。

だって治っちゃったから。

――根本は治ってないと思いますよ。

また痛くなったら行くよ。最初は脳卒中かと思ったんだ。しびれたのが右半身だったから。

――そういう豆知識はあるんですね。

それくらいはあるよ。

――ただの筋肉痛じゃないと思います、ホント。

たぶんいろいろな原因があるんだよ。糖尿病も筋肉が痛くなったりしびれたりするっていうからね。

——そうなんですか、知らなかった。

うん。そのうち血行不良で壊疽《えそ》になっちゃうらしいね。なんだか最近はこんな話ばっかりだな（笑）。

——明るくしゃべってるからいいじゃないですか、細野さんは。

あのコワモテだった歌手のYさんはギラン・バレー症候群だった。大女優のOさんも同じ病気だったんだって。神経が動かなくなって、コップも持てなくなっちゃうんだよ。

——ギラン・バレー症候群って、手が震える病気でしたっけ？

それも自己免疫疾患の一種なのかな。自己免疫疾患にもいろいろな種類があるの。細分化されて、全部名前がついてるんだ。この前、友人が指の関節が痛いって言ってたんだけど、それってリュウマチを思い起こすんだ。でも、指に関してはレイノー病って名前がついてる。発見したモーリス・レイノーって人にちなんだ名前なんだ。

——そういうの詳しいですねぇ。それもリュウマチの一種なんですか？

うん。リュウマチにもたくさん種類があるらしいんだよね。

——病気関係、日々、調べてるんですか？

調べちゃいないんだけど、わりとあちこちにそういう人が多いから……。

——ぼくの知り合いのミュージシャンは指が内側に反ってしまう病気なんですけど、知ってますか？

ミュージシャンなら誰でもなるよね、それは。

――違う、違う（笑）。病気なんですよ。ギターを弾くときに指が内側に入っちゃうから、指でギターが弾けないんです。

それは困っちゃうね。フィンガリングができないのは悲しいよ。

――だから、ピックでクラシックギターを弾いたりするんですけど、なんだか逆にうまくなっちゃって不思議な感じ、独自の奏法になってるんです。

ジャンゴ・ラインハルト[1]みたいだね。

――そうそう。そういうことって、あるんですね。

あるね。確かな話じゃないけど、レス・ポール[2]が自動車事故に遭ったときに、右腕を切るか、固めるかのどっちかだって医者に言われて、ギターのポジションで腕を固めてもらったと聞いたことがあるよ。

――じゃあ、ギターのポジションより先に腕は動かないんですか？

関節が動かないんじゃないかな。

――じゃあ、常に腕がギターを弾くかたちになってるわけですか？

そういうことになるね。

――すごいなあ（笑）。細野さんは晩年のレス・ポールのステージは観たことはありますか？

いや、観てないんだよ。

――ぼくは映像で観たんですけど、ステージですごく高い台の上に乗って演奏しているんですよ。お客さんは常にレス・ポールを見上げてる状態です（笑）。

それは知らなかったな。危ないじゃん（笑）。

――小さいライブハウスなんですけど。毎日のようにライブをやってましたもんね。

うん、レス・ポールは毎日やってたよね。でも、台の上で演奏するのは危ないよね。

――細野さんも、最終的には高い台に乗るんですかね（笑）。

いやいや、そんなのとんでもないよ。目が回っちゃう。

――ジョアン・ジルベルトとかもそうでしたけど、昔の人って台に乗って演奏しますよね。

なんでだろうね。

――ジョアンの場合は、台でギターの音を共振させることで、音がよくなるという理由らしいですけど。

なるほど、それはいいかもしれないね。カホンみたいなでっかい台があれば共振するだろうね。

――ところで、先日の「NO NUKES」(3)おつかれさまでした。

「NO NUKES」で、ぼくの歌の音程が外れてたって言ってたよね？　知らなかったよ。誰も言ってくれないから。

――あれ？　言わなきゃよかったかな。

でもオケと声は合ってたな。

――ああいうハーモニーだと、音程を合わせるのは難しいと思いますよ。練習はしなかったんですか？

したかな。

――サビで（高橋）幸宏さんとハモるでしょ？　それで幸宏さんにつられて主旋律がちょっと外れていた

ように聴こえたんです。

ステージのモニターを聴いてた限りでは、音程は合ってたけどなあ。

——まあ、いいんです、そんなことは。些細なことです。

いやいや。すごく気になる。一生を左右するよ。

——失敗したなあ（笑）。そんなに気にしてないと思ったんですけど（笑）。

でも、ホントはあんまり気にしないし、そんなことは気にしても仕方がないことだよ。

種をまくだけ

——「NO NUKES」でのYMOの演奏はどうでしたか？

いつもだいたい同じ曲を演奏してるわけだし、セッティングも同じだから、演奏自体はいつもとあんまり変わらないんだ。ところが、やったあとの反応がいつもよりちょっと大きかった。

——よかったじゃないですか。

うん。ぼくたちはわりと淡々とやってるからね。でも、淡々とっていっても、ああいう場所は、モニターなんかも含めて、すごく環境が悪いから、ものすごく力を使うんだ。その力の使い方でいつもとやっていることが少し変わってくるのかもしれない。間違えたりすると慌てるし、修復しようとする力が出てくる。変な力が出てくるんだ。そういうことでお客さんの反応もいつもと少し変わるのかもしれないね。でも毎回、今回が最高だったって言われると、「えー？」と思うんだよ。「NO NUKES」ではミスもたくさんしたし、モニターがよく聴こえなかったから、リズムも取れなかったしね。すごい過酷な環境だった。でも、そういうときに限って最高だったって言われることが多いんだ。音程が外れてたとか、そんなことを言う人はひとりもいなかったよ。

――すみません……。

二日目は、モニターの環境を改善してほしいって伝えたから、少し音を絞ったらしいんだ。そのせいか、逆に大人しい音になっていたかもしれない。まあ、どっちがよかったのかはわからないよ。二日目も最高でしたって言われたからね（笑）。二日目はずいぶんやりやすい環境になったから、ミスもしなかったし、一〇〇％に近いかたちでできたと思う。それでも一日目と二日目はぜんぜん違った。反応も違ったし。それでぼくら三人とも、いつも戸惑うんだよね。不思議な気持ちになるんだ。曲を替えるとやっぱり反応も違うし。微妙なことが積み重なって毎回違った結果になる。でも、やってることはいつも同じなんだ。

――終わったあとに三人で話すことはあるんですか？

いや。話さないし、いままで話したことないよ。

――えっ。そんなことないでしょう？

話してもしょうがない（笑）。

――以前、お三方が練習しているのをそばで見たことがありますけど、ぜんぜん互いに話さない。改めて不思議な関係ですよね。

ぼくもいつもそう思う。アレ？　と思うよ。リハーサルスタジオがいつも広すぎるんだよ。三人のいる位置が遠いの。それに、みんなイヤフォンしてるから、線を外して歩いていかないと、誰がなにを言ってるのか聞こえない。あと、リーダーみたいな人間がいないから、誰も仕切れないわけ。

――ちょっと踏み込んだ話をしてもいいですか？

どうぞ（笑）。

――怒られないようにしないといけないけど……細野さんって、たしかYMOのリーダーでしたよね？

ぼくが？　現役時代はそうだったけど。

――いまでも現役じゃないですか（笑）。

YMOっていうのはベンチャーズと同じだからね。ぼくは還暦のときに、リーダーは辞めたと宣言してるんだよ。いまはサポートメンバーだと思ってるんだ。みんなにもそう言ってるし。

――よく「ぼくはただのベーシストだ」って言ってますよね（笑）。

そうだよ。サポートメンバーだという気持ちが一番近いかな。

――でも、そもそもYMOは細野さんのアイデアからはじまったわけですよね？

最初だけだよ。レコーディングとアルバムづくりの場面だけ。

――はっぴいえんども、最初はそうでしたよね。

そう。はっぴいえんども最初だけ。

――普通はリーダーとして、自分のアイデアを貫きたいとか思うじゃないですか。

きっかけはつくるけど、リーダーという意識はないんだよ。

——発起人という感じですか？

そうそう、発起人です（笑）。ぼくの人生は全部そう。言い放つだけ。言って、そのあとのことは放ったらかす。

——放任主義ということですかね。

ちょっと違うかな。なにかを仕切りたいという欲求はひとつもないんだ。いいアルバムができればそれで終わりなの。そのあとのことはどうでもいいんだ。いいアルバムをつくることに関しては責任を持つ。だからリーダーじゃなくてプロデューサー。いや、プロデューサーでもないね。ただの年長者かな（笑）。はっぴいえんどのときはそうだったよ。みんなに役割を振って、それでそれぞれがいい仕事をする。ぼくはそれを「うんうん、よくやってくれてるな」と思って見てるだけ。

——経営者感覚ですか？

経営者じゃないと思うよ（笑）。農作業に近いんじゃないかな。種をまいただけ。

——農作業？　それぞれ自由にやってくれればいい、と。

それぞれが育ってくれればいい。でも、ぼくには育てるノウハウはないよ。種をまくだけだから（笑）。

——言っちゃった。花咲か爺さんですね（笑）。

ホントにそうだな。

——細野さんを三十年くらい見てきて、薄々そうなんじゃないかなと（笑）。

自分ではちゃんとわかってるよ。

――育むという概念がないんですか？

ないない。

――育んでるのかと思ってたんですけど。

自分で精一杯だから、人を育む力なんてないよ。

――でも「YEN」レーベルや「ノン・スタンダード」「デイジーワールド」などを立ち上げて、レーベルのオーガナイザーみたいなこともやっていたわけじゃないですか。

それも発起人だよ。ぼくは発起人であり、種まきであり、言い出しっぺにすぎない。

――自分のソロをつくるときにも、発起人という感じですか？

まず、ぼくは計画を立てることができないでしょ。未来計画ができないの。

――いつも「流されてる」という言い方をされますね。

ぼくが持ってるのは、あいまいな予感だけなの。それだけが頼り。その場その場のあいまいな予感を頼りに生きていくと、だいたいうまくいく。うまくいくというより、その予感が自分にとって向いているということがだんだんわかってくるんだ。計画を立ててやろうとすると、なにひとつとしてうまくいかないんだよ。

――細野さんは、練習すると間違えると言いますけど、それも同じような意味ですか？

練習しても間違える。同じようなことかな。

――ぼくは計画を立てるのが好きなんですけど、友人に「鈴木くんは計画を立てすぎる」と言われたんです。計画じゃなくて「見当を立てる」くらいでいいんだと。

うん。見当。それはいい言葉だね。

——「曲も見当を立てるくらいでいい。まずサビをつくって、そこからどう発展させるかという見当さえできていれば、細かいところまで気にする必要はない」と言うわけです。

いいことを言う人だね。

——計画を立てることで、自分が本来やろうと思っていたことよりも、小さくなってしまう可能性がある、と。細野さんがいま言われたのは、それに近い気がします。

計画を立てると福島の原発みたいになる。この世で起きていることのすべてが本当は想定外なんだよ。創作の場だって、想定外のことがないと、なにも生まれてこないでしょ。想定外のことが起こることを予想できないと、計画を立てるしかなくなっちゃうんだ。ぼくにも昔はそういうところはあったよ。予想できないから計画を立てて一生懸命やろうとするんだけど、なにもうまくいかない。

——アルバムづくりに関して言えば、旅をする感覚に近いですよね。本来の計画とは違った結果に辿りついたほうが面白いものになる。

うん。

——たとえば、朝起きて、その日の予定がわからなかったらどうしますか？　細野さんって自分のスケジュールをほとんど把握してないですよね。

「明日はなんだっけ？」って周りにいつも聞いてるからね。

——ぼくのほうがよくわかってることもあります。細野さん来月忙しいですよって言ったら、「そうなの？」って言われたことがあります（笑）。

そうだっけ？（笑）。いつごろからかは忘れたけど、翌日から先のことは頭に入れないようにしてるんだよ。

——ホントに!?

うん。でも、だいたいはわかるんだよ。さっき言ったように見当はついてるわけ。スケジュールの打ち合わせをして、「iCal」に全部書き込んだ時点でだいたいの見当はついてる。それでも忘れちゃうこともあるんだけど。

——かなり忘れてる気がしますよ（笑）。

そうかな（笑）。いまは、翌日から先の予定は真っ白だという気持ちで生きてるからね。でも、その見当がはっきり頭のなかで見えてくれば、それが発展していくんだ。八月はちょっとキツいなとか、そういうことがだんだんと見えてくるようになる。

忘れる才能

——日本人って計画を立てることが好きでしょう？　でも、その計画通りにいかないと、諦めてしまうような気質がある気がするんです。

そういうことはぼくにはよくわからないよ。

——福島原発から出ている放射線量の問題もそうですけど、状況はもっとよくなるはずだと最初は信じているんだけど、一向によくならないことに対して、日本人って暴動を起こしたりせずに、耐え忍ぶような気質があるような気がするんですけど……。

鈴木くん、言い方がわかりにくいんだよ（笑）。その日本人の気質とか、性質なんてことはぼくにはわからない。その気質はぼくのなかにもあるはずだけど。たぶん我慢してるわけじゃないんだよ。耐え忍んでるという感じもぼくにはぜんぜんない。きっと忘れてるだけだよ（笑）。日本人は本当に忘れっぽいんだと思うな。

——単に、忘れっぽい？

ぼくもそうだけど、どんなにイヤなことがあってもすぐ忘れちゃうから。

——それってある種、日本人の才能なんでしょうか？

そう、才能かもしれない。それでも忘れちゃいけないことはあるんじゃないかとは思うよ。特にこの一年くらいの間の出来事は、まさか忘れることはないだろうとは思うけど、忘れようとしてる空気は感じるね。テレビを観てるとわかるんだけど、震災から半年くらいは慎重にやってたけど、バラエティ番組からまたどんちゃん騒ぎが復活したでしょ。それをぼくも観てるわけだ、笑いながらね。

——細野さんが観てるバラエティって、やっぱりさまぁ～ず関連ですか？

うん。さまぁ～ずは好きだからいいんだけど（笑）。

——細野さんのなかでさまぁ～ずは、やはり別格ですね。でも、円高だからって海外旅行に行ったりとか……。

誰が？　さまぁ〜ずが？

——さまぁ〜ずはハワイ好きですよね（笑）。そうじゃなくて……。

ぼくがハワイ好きかって？

——いえ……。

ああ、日本人が忘れっぽいってね。

——はい。震災から今日までのことがまったくなかったかのようにお金を使う人もいるわけですよね。それはもちろん経済活動として必要なわけですけど。

なかったかのようにというわけじゃなくて、そうしないと精神が病んじゃうからかもよ。

——二〇一一年四月十日の「デイジーワールドの集い」で、会場を真っ暗にしてコンサートをやったじゃないですか。

うん。

——あのとき、細野さんはステージで、谷崎潤一郎の随筆『陰翳礼讃』を引用して話をされてましたけど、電気をなるべく使わずにキャンドルを灯して、バンドの音もずいぶんと小さかったですよね。あのころは節電ということでまだ街も暗かったわけですけど、「なんだか気持ちがいいね」という話を楽屋で細野さんとしたことを思い出すんです。とにかく、忘れるもなにも、絶対に忘れるわけがない、このことをきっかけにして日本は必ず変わるんだというくらいの強い気持ちがみんなに動いていたはずなんです。

うん。そうだよね。

——状況は悪いのに、音楽が以前よりいい感じに響いたような気がして、ぼくは、ほっとした気持ちになったんです。それが昨年の四月のこと。あれから一年が経過したわけですが、あのころとはずいぶんと様子が変わってしまった。

うん。変わったよ。でもこうなるだろうとは思ってた。だいたいそういうもんだよ。第二次大戦後にあれだけ荒廃した日本が、なにごともなかったかのようにいまは復興しているわけでしょ。阪神大震災のときもそうだった。ただ、そのときと今回が違うのは、原発と放射能の問題がいまだに片付いていないことだよ。それさえなかったら、本当に一〇〇%なにごともなかったかのようにしていられるんだろうと思う。復興していく力はすごく持っているわけだよね、人間は。再生と言っていいのかどうかわからないけど、傷を癒していくというかね。そういう力はもちろんある。でも、ぼくは原発から漏れ出てる放射線にいまだにさいなまれている。

——ガイガーカウンターは、いまも使ってますか?

今日、ガイガーカウンターを使ってみたらすごい放射線量だったよ。今日は風が吹いてたでしょ。放射性物質って空気のなかにあるわけじゃなくて、葉っぱとか地面とか、家の網戸やベランダの床とか、そういうところに積もってるんだけど、それが風が吹くことで空気のなかに入ってくるんだ。あれは除染できないんだよ。水で一回流してみたけど、ぜんぜんダメだった。

——ぼくは庭にハーブを植えていたんですけど、巨大に成長するようになったんです。以前は趣味でガーデニングもやっていたんですけど、いまはもうやらなくなってしまいました。葉っぱを触ったり、土をいじることが、ホントは好きなんですけど。

うん。でも植物の力ってすごいと思う。強いよね。

——放射線量は、毎日計測しているんですか？

前は測ってたけど、もうガイガーカウンターの音を聞きたくなくなっちゃったんだ。今年の五月に福島に行ってきたんだけど、そのときに土地の人たちと少し話をしたの。そうしたら、みんなもうガイガーカウンターは持ち歩きたくないって言ってた。でも、みんな持ってるんだよ、やっぱり。放射能を一番気にしてるのは彼らだよ。土地の人たちだよ。

——福島の人たちも、ガイガーカウンターの音はもう聞きたくないということなんですか？

もう測らなくてもわかってるってこと。ガイガーカウンターがなくても放射線が見えるようになったって言ってたぐらいだよ（笑）。つまり、どこを見ても放射線だらけだってことがわかってるから、測る気力がなくなってるんだ。いまだって放射線量は減っていないんだよ。それに、実際に測ってみると公式に発表されている数値よりもやっぱり高いわけ。ガイガーカウンターつけると、素粒子が飛び込んでくる音がするわけだよ。カチカチって。ぼくはその音を聞きたくないんだよ。もう放射線があるのはあたりまえだし、いちいち測るのもめんどくさい。しょうがねえやと思ってるんだと思う。

——震災のあと、細野さんは神戸に移っちゃうのかな、と思っていた時期があるんですけど。

うん。そう思っていたことはあったね。去年の五月くらいはもう東京はダメかもしれないと思ってた。

——横尾（忠則）さんはもう神戸に移られたんでしたっけ？

いやいや。みんな東京にいるよ（笑）。横尾さんのミュージアムが今年の十一月に神戸にオープンするんで、オープニングでそこで演奏をする約束はしてる。ただ、実際に住むという気持ちは、ぼくはもうあんまりない。

——実際に、家を探したんでしたっけ？

探してない。探そうかなと思っていただけ。横尾さんのミュージアムもできるし、拠点もできそうだなって予感があったから。

——細野さん、以前から神戸の街並み、好きですよね。

うん。神戸は好きだよ。ああいう街は生活していて楽しいからね。でも、東京はますますつまらなくなっていくよね。ぼくは時間があると下町に行くんだ。たとえば、洲崎という場所の痕跡を探しに行ったりとかね。いまの江東区東陽町のあたりに、昔「洲崎パラダイス」という大遊郭があったんだ。『洲崎パラダイス　赤信号』（一九五六年）っていう川島雄三(4)が撮った映画があるんだけど、それを観て昔から洲崎にすごく憧れていたの。映画のなかの洲崎は、遊郭の入り口にあるアーチが強烈でね。でも実際に行ってみると、やっぱりもうなんの痕跡もないんだ（笑）。それでも二軒くらい、戦後に建ったような古い建物が残っていてね。そのうちの一軒は老夫婦がやっている古い八百屋さんなんだけど、今年の一月に行ったときにその夫婦と話したら、そこも三月いっぱいで取り壊しになるって言ってた。やっぱり地震対策なんだろうね。いまは下町にも小ぎれいなビルがいっぱい建って、道も広くてきれいになってる。その半面、昔ながらの商店街はなくなる運命にあるわけだよ。そのときに、これが東京の運命だから仕方ないと思った。味のあるところほど危険なところだからさ（笑）。そういう意味ではちょっと絶望してるんだよ。東京の下町が本当に好きなもんだから。

――ぼくは東横線の都立大学にある昭和っぽい食堂によく行くんですけど。

ああ、あそこか。知ってるよ（笑）。

――四十年以上もやっているような店ですけど、ひとりで行くならああいう店に行きますね。さんま定食なんかを食べるんですけど、別にそんなにおいしくはないんです（笑）。

あそこは人に話したくなるような店じゃないよ（笑）。

――学芸大学のほうが、いろいろとありますよね。

うん。学芸大とか祐天寺は好きだな。ちょっと足を伸ばせば等々力ものんびりしてていいね。ぼくは古いところが大好きなの。最近はまた喫茶店が好きになっちゃって、神保町に行くことが多くなった。

――神保町の喫茶店だと、どこの店に行くんですか？

さぼうるにも行くし、あとはミロンガによく行くね。あそこはタンゴがかかっているから。

――ミロンガの向かいにあるラドリオはどうですか？　あっちはシャンソンがかかっている店なんですけど。

そうか、あそこはシャンソンなんだね。いつもあそこを覗きながらミロンガに行くんだよ。今度行ってみるよ。

豆腐を切るような

――昔から、古い喫茶店は好きなんですか？

うん。喫茶店に限らず、なにか食べたいときは下町へ行くことが多いよ。おいしいコーヒーを飲みたいときは台東区の日本堤まで行くし。バッハっていう店があるんだけど、あそこのコーヒーはすばらしいよ。

――喫茶店には、どれくらいいるんですか？

ぼくはせっかちだから一時間もいれない。せいぜい三十分くらいかな。コーヒーを飲んで、豆を買って帰る。下町に行って、バッハか神田のコーヒー店に寄って帰ることが多いね。最近は青山あたりにはあんまり行かなくなっちゃったな。

――ぼくは最近、横浜の元町によく行くんです。古い喫茶店とか、ジャズを聴ける店がまだたくさんあるんですよね。中華街で食事をして、コーヒーを飲みながらジャズを聴くのが楽しみなんです、大人になりました（笑）。

そういうところに住んでみたいでしょ。そういう街に住まないと、生活というものの喜びがないんだよ。それで、実は函館に引っ越そうかなと思ってるんだ（笑）。神戸もすばらしいけど、もっと好きになりそうな街が函館だったの（笑）。

――函館？　それは初耳ですよ（笑）。

初めて言ったから（笑）。この前の「デイジーワールドの集い」で言おうと思ったんだけど、やめたんだ。

——函館には最近行ったんですか？

うん。コソコソっと行ってきたんだ。すばらしかったよ。

——函館はこれまでにも何度か行かれてますよね？

二回くらい行ったことがあった。小坂忠のツアーで行ったのと、『居酒屋兆治』(5)っていう映画に出たときにロケで行った。だから少しは縁があったんだけど、最近改めて行ってぶらぶらしてみたらすごくいい街だったの。あそこで音楽活動ができそうだなと、神戸で感じたときよりも、もっとリアルにそう感じた。

——ぼくはあがた森魚さんと何度かライブで行きましたけど、函館の冬はしんしんと寒いですよ。

でも、そんなに雪は降らないんだって。

——細野さん、寒いのは大丈夫でしたっけ？

寒いほうがいまはいい。暑いのはイヤだね。今日はもう最悪だ。

——歳をとると暑さに弱くなってきますよね。

弱い。若者の四倍弱いって、ニュースでやってた（笑）。暑いのはもう本当に勘弁してほしい。函館に行ってきたのは六月で、風が強くてまだ肌寒いくらいの気候だったんだけど、それがとても気持ちがよくてね。ぼくにはそのくらいがちょうどいいんだよ。それで東京に帰ってきたらもう暑くて仕方ないわけ。東京から沖縄に着いたときに感じるような暑さだったの。もうここにはいられないって思って、それで引っ越そうかなと考えた。半月くらいの間隔で、東京と函館を行ったり来たりの生活にしようと。

――それはかなり現実的な話なんですか？

いや。神戸のときにも同じようなこと言ってたんだよ（笑）。

――函館のどこが気に入ったんでしょうか？

神戸と似てるよね。街のサイズがちょうどいいの。

――函館は神戸よりも小さい、かわいい街ですよね。

神戸は開発をやりすぎちゃったからね。横浜もそうだけど、港が歩きづらい。函館は市電で港まで行けるんだよ。

――細野さんが生まれ育ったのは港区白金ですよね。

うん。

――細野さんが、港町に惹かれるのはなぜなんでしょうかね。

なんでだろうね。ただの趣味じゃないかな。水辺に住むのが趣味なんだよ。前は隅田川のほとりに住んでたしね。でも、東京の川は雨が降るとちょっと臭いんだよね。そういえば、四月にカナダのハリファックスに行ってきたんだけど、あそこは函館の姉妹都市なんだ。カナダの港町なんだけど、坂の感じなんかが函館と似ていてね。緯度も同じくらいだし。なんだかそんな流れがあったこともあって、急に思い立って函館に行っちゃったんだ。

――細野さん、これからどこに住むんでしょうか（笑）。

わからない。どうなるんだろう。ぼくの理想はとにかく住みやすい街なんだよ。だから東京はもうダメだと思ってる。東京は本当にとりとめがなくなっちゃってるよね。街を歩いていても楽しくない。やっぱり自分の街は歩きたいじゃない。そぞろ歩きしたいの。だけど、東京はどこもビルだらけでしょ。ビルの下は歩きたくないんだよ。ビルはぼくの憎悪の的だ。なんで東京にこれ以上ビルを建てるのかと思う。そういえば、神保町にも大きいビルが新しくできたよね。いつ計画したものかは知らないけど、そんなことはいま考えることじゃないよ。そういうビルを本気で建てようとしているオッサンたちがいる街がぼくは嫌いなの。

――そういうオッサンは、いっぱいいるじゃないですか、それこそ日本中に（笑）。

いっぱいいる。それが本当にイヤなんだよ。このことはね、そもそもは、自分で三階建ての建物を建てたときに、これは重たいなって感じたことがきっかけなの。

――重たいというのは、細野さんの気持ちがですか？

うん。それに物理的にも重いでしょ、ビルって。ずしんと地面に乗っかってるわけだ。その重さの分は、自分が責任を負わなきゃいけないと思ったら、気持ちも重くなった。だから、めったやたらと土地になにかを建てちゃいけないんだよ。三階建てくらいなら、なんとか自分でも責任を持てる。だけど、三十階建てのビルなんて、誰も責任は持てないよ。人間が責任を持てないものをどんどん建てちゃった果ての象徴が原発なんだよ。あんなものは誰も責任持てないでしょ。それが必要なくなったらいったいどうするのかと思うよ。もしもなにかがあったときに誰も責任を負えないものがこれからもどんどん増えていくってことなんだよ。

――ちょっと怖いですよね。

阪神大震災のときに新聞社からコメントを求められたんだけど、そのときに「三匹の子豚」の教訓は間違いだって書いたの。一番頭のいい弟がレンガで家をつくったでしょ。あれが間違い。一番頭の悪い長男がつくったわらの家、実はあれがいいんだよ。わらの家なら誰だって責任が持てるでしょ。重厚な建物が一番安全であるという西洋的な教訓こそが災害を大きくするんだってことを書いたんだ。タイミングが悪かったのか、そのコメントについては読者からもなんの反応もなかったんだけど。

――建築学の先生で、今和次郎⑥という人がいるじゃないですか。彼は、バラックって地震ですぐ壊れちゃうけど、すぐに建てられるんだって言っているんです。いまは建材が複雑化してるから、建て直すことはもちろん、捨てることすら大変ですよね。木とトタン屋根の家は壊れるけど、すぐに建て直せる。シンプルで、理想的な発想ですよね。

うん。

――江戸時代の纏《まとい》って、消火活動のときの景気づけに使うくらいのものかと思っていたんですけど、屋根の上で纏を振り回すのは実は、「この家を壊せ」という合図なんですよね。火事が起きたら周りの家を全部壊してしまうことで、延焼を防いでいた。

うん。すごいよね。

――昔の日本人はそういう考え方をしていたんですよね。でも、その考え方ってある意味、現代にも継承されていて、たとえば、高層ビルなんかも同じ考えでつくっちゃってる気がするんですよ。スクラップ&

ビルドというか、建て直せばいいじゃんという考え方を日本人は継承してきたわけですけど、じゃあヴィンテージなビルも壊してすべて建て直せばいいんだと言われると、それはそれで違うんじゃないかと思います、江戸時代のそれとは志が違う。だいぶ離れてしまった気がするんです。

なんでもそうだね。日本人って、江戸の文化のまんま変なテクノロジーを持っちゃったから、考え方が歪んでるの。昔は、物売りの人の声がよかったの。よく通るいい声でね。だけどいまはアンプで増幅した声しか聞こえてこない。街中にアンプで増幅された物売りの声が氾濫してるわけだよ。すごく歪んでる。増幅文化はそろそろおしまいにしなくちゃいけない。増幅なんて最低限でいいの。ぼくはね、いつもバンドのメンバーに、お豆腐を手のひらに持って包丁で切るような演奏をしてくれって頼んでるんだ。

――いい表現ですねぇ（笑）。（高田）漣くんも伊賀（航）くんも自分でお豆腐を切ったことあるのかな（笑）。細野さんは、お豆腐を切ったことあるんですか？

子供のころに何度かあるよ。昔は家の前まで豆腐屋が来ててね、その売り声やラッパが大好きだったな。江戸時代の感覚を持ったまま、電気を使うことが最低限に抑えられていれば、ずいぶんと状況は違ったんだろうとは思う。でもそれは日本だけの問題じゃないけどね。夏至の日にパリにいたことがあるんだけど、夏至の音楽祭というのをやっていてね。街中のスペースを開放して、普通の市民が演奏する音楽祭だって聞いたから、パリの旅情が楽しめると思って、すごく期待してたの。きっと街中からミュゼットが聞こえるんだろうと思ってね（笑）。そしたらね……もう最近の若者のエレキギターの音って言ったらないね。

――ついに言っちゃいましたね、最近の若者って（笑）。

言ったよ（笑）。

――ギターがうるさかった？

うるさいうるさい。あっちこっちでそれをやってるもんだから逃げ場がないんだよ。それで、奥まった場所にあるレストランに逃げ込んだんだけど、あれはとんでもない音楽祭だ。

――アメリカの「SXSW」（サウス・バイ・サウスウェスト）ってご存知ですか？

そういうイベントがあるのは知ってるよ。

――以前、ぼくも参加したことがあるんですけど、テキサスのオースティンの街中でやってるんですよ。テキサスっていうとまずはカントリーだから、いい感じなんじゃないかと思うじゃないですか。でも、やっぱりうるさいんですよ。

世界中どこでもそうなんだね（笑）。

――生でブルーグラスの演奏でもやってくれるならいいんだけど、やっぱりみんなアンプを使ってたんですよ。

もう世界中のアンプは取りあげちゃおうよ。

――（笑）。細野さん、最近聴く音楽は静かなものが多いんですか？　そんなこともないか。よくロックも聴いてますもんね。

ときどきね。なにかきっかけがあると、思い出したように聴きはじめることはあるね。たまにラジオでかけたりもするよ。そうやって聴き返してみると、改めて気づくこともあるんだ。でも、最近はタンゴをよく聴いてるんだよ。

——前からタンゴは聴いてましたっけ？

最近になって、急に聴きだしたの。

——いつごろからですか？

先々週くらいからだね。「NO NUKES」のYMOのライブが終わったころから、ずっとタンゴを聴いてる。

——タンゴにもいろいろとあるわけですけど、どの辺のものを聴いてるんですか？

どれがいいのか、探してる最中なんだよ。まだピアソラには到達してなくて、ピアソラ以前のタンゴを聴いてるところ。

——ピアソラはよく知ってますもんね。

知ってるけど、まだ聴かないようにしてるの。タンゴの歴史を順に追いながら、どうやって進化してきたのかを聴いてるんだよ。タンゴのエッセンスって日本人の琴線のどこかに触れるじゃない。そのエッセンスがどこにあるのかを探してるわけ。だから、すでにパターン化されたタンゴじゃなくて、まずは古典を聴いてる。タンゴを聴きだす前はファドを聴いてたんだけど、タンゴとファドってどこかに共通したエッセンスがあるでしょ。『HoSoNoVa』で「ラモーナ」という曲をやったんだけど、もともとあの曲は一九二八年に公開された映画の主題歌で、主演のドロレス・デル・リオというメキシコ人の女優が歌ってるんだよ。でもぼくは、ザ・ブルー・ダイアモンズという二人組がカバーしてヒットしたほうをよく聴いていたから、それを思い出してやってみたの。そうしたら、アルバムを聴いた人からあの曲はファドみたいだって言われたんだ。聴いてると、ポルトガルの風景を思い出すって。それからファドを聴きだしてみたんだけど、そうしたら自分が長い間求めてきたエッセンスがファドのなかにあることに気がついたの。自分が求めていたものって、こういうことだったんだなということが次第にわかってきた。それで、同じようなエッセンスがタンゴにもあるのかもしれないと思って聴いてみてる最中なんだよ。

――タンゴを聴いたからといって、別にタンゴをやるわけじゃないわけですよね。でも、タンゴを聴いていた形跡のようなものは、細野さんの今後の作品に反映される、と。

『アナとオットー』(フリオ・メデム監督、一九九八年)という映画があるでしょ。あの映画の舞台はフィンランドなんだけど、冒頭で「シニタイヴァス」っていう歌が流れるんだ。それは子供のころから馴染んだ旋律だったけど、歌だったのでなんの曲かと思ったんだ。それで、その「シニタイヴァス」についていろいろと調べてみたら、「シニタイヴァス」の原曲は、アルフレッド・ハウゼ(7)のタンゴ楽団が演奏して大ヒットした「碧空」だということがわかった。ドイツ人がつくった「碧空」をフィンランド人が歌版につくりかえたのが「シニタイヴァス」だったわけだよ。

――ぼくも『アナとオットー』は観たので、その曲はよく憶えてます。

もともとはタンゴとして演奏されていた曲が、あんな感じの歌になるんだということは、ぼくにとって発見だった。それで、アルフレッド・ハウゼを聴き直してみたんだけど、好きだとは言い難い(笑)。「碧空」のメロディはいいんだけど、タンゴとして聴くと別にぐっとこないの。でも、「シニタイヴァス」はとってもよかったんだ。だから、タンゴの曲を歌ものにアレンジしてみれば、自分が求めてきた音楽のエッセンスが理解できるかもしれないと思ってね。

――それは楽しみですね。

うまく説明できないんだけど、音楽には心が動くエッセンスが必ずあるわけだよ。名曲には必ずそのエッセンスがある。ファドでいうところの「サウダージ」のような。だから、いつもそれに触れていたいというのかな。それを自分のなかで共鳴させておいて、ふくらませていきたい。ぼくの場合、それが曲をつくっていきたいという動機にもなるからね。

――そのエッセンスが、自分の作品に結果、結びつかなくても、それはそれでいいと思いますか？

いや、どうしたって結びついちゃうだろうね。聴いているときは目的意識はないよ。ただ聴いていたい、触れていたいというだけ。「そうそう、これこれ」って思いながら聴いてるだけだから。

――細野さんが反応するツボがあるんですよね。

そう。「ここ、ここ！」っていうツボがね。

――ぼくはかつて、カルロ・ルスティケッリの「黙って愛して」をカバーしたことがあるんですけど。自分のツボにはまって。

あれやったの？　ぼくは「死ぬほど愛して」をカバーしたよ。ピエトロ・ジェルミの映画『刑事』（一九五九年）のテーマ曲だよね。あれは暗い曲の典型みたいな曲だ。

――かなり暗いですよね。震災の前ですが、そのころは短調の曲に飢えていたので、目的もなくただ聴いていたんです。それで、聴いていたらだんだんカバーしたくなってきて。昔は歌謡曲にも短調の曲がもっとありましたよね。ところが、いまのJ－POPは短調禁止令でも出てるのかっていうくらいに、短調の曲がなくなっちゃった。

そう言われれば、たしかにほとんどないね。

――イタリアのネオリアリズモ映画には短調のいい曲が多いですよね。

カルロ・ルスティケッリの音楽は全部いいね。ピエトロ・ジェルミの『鉄道員』（一九五六年）の音楽もルスティケッリだよね。

――本当にすばらしい音楽家です。でも、細野さんも短調の曲を書くのがうまいですよね。

大好きだからね。でも、昔は短調の曲がぜんぜん好きになれなかったんだよ。若いころはサーフィンに夢中だったからさ。

――当時はビーチ・ボーイズまっしぐらですからね（笑）。

そうそう。ビーチ・ボーイズに短調の曲はあったかな？

――「イン・マイ・ルーム」は短調の曲じゃなかったですか？

あの曲は短調に聴こえるけど、実は短調じゃないんだよ。

――そうでしたっけ？ でも、ビーチ・ボーイズまっしぐらだった細野さんが、短調を好きになったのはなぜなんですかね。

『鉄道員』も子供のころから知ってたけど、ネオリアリズモ映画の予告編なんかを映画館でたくさん観てたからかな。女の人が泣き叫ぶシーンで必ず暗い音楽が流れるんだよ。

――「マンマミーア！」ってね（笑）。でもイタリア人ってなんであんなに叫ぶんでしょう？

みんな叫ぶんだよね（笑）。感情が豊かだってことかな。

――細野さんの歌謡曲の仕事には短調の曲が多いですよね。あれは意図的にやられてたんですか？

それまで短調の曲をあまりつくったことがなかったから、どういうものなんだろうと思って意図的にやっていたところはあるかもしれない。日本の風土に短調は合ってるんだろうという先入観もあったしね。でも、自分のソロで短調の曲を書いたことはあんまりないな。

――これから曲をつくろうとしてるときに、Aマイナーのコードをギターでぽろんと弾いたりはしないですもんね（笑）。

そんなことしたら、冗談みたいな音楽になっちゃうよ（笑）。

――ぼくは最初にDかGのコードから考えることが多いんですけど、細野さんはどうですか？

やっぱり、ぼくもDかGだよね（笑）。

――それがEマイナーとかEセブンとかだと……。

あんまりピンとこないよね、そこが最初だと。

タンゴがある街

――タンゴの本場であるアルゼンチンに行ってみようとか、ファドの本場であるポルトガルに行ってみようと思ったことはあるんですか？

うん。ブエノスアイレスには行ってみたいと思ってる。亀ちゃん（亀井奈穂子、ウリチパン郡の元メンバー）というサックスの女の子が教えてくれたんだけど、彼女の友だちのアルゼンチン人の夫婦が『HoSoNoVa』を大好きだっていうんだよ。アルゼンチンの人にウケてるんだと思ってすごくうれしかったんだ（笑）。そういえば、半年くらい前にアルゼンチンの放送局から、CMではっぴいえんどの「風をあつめて」を使いたいという連絡が来たんだ。ちょっと意味がよくわからなかったから放っておいたんだけど（笑）、アルゼンチンとつながるのはうれしいことだよ。

——じゃあ、アルゼンチンのテレビで「風をあつめて」が流れたんですか？

いや、結局その話は流れちゃったみたい。でも、アルゼンチンの人からそういう話をもらえるのはうれしいよ。ぼくはブエノスアイレスっていうと、『母をたずねて三千里』を思い出しちゃうんだ。『母をたずねて三千里』って、ブエノスアイレスに出稼ぎに行ったお母さんを探し求めて、少年がジェノヴァからひとりで旅に出る話でしょ。子供のころに読んですごく切なくなってね。ぼくにとって、ブエノスアイレスは母性の象徴のようなものなの。

——なるほど。

ブエノスアイレスという街の名前が子供心にすごく響いたんだ。世界の最果てみたいなイメージが湧いて、それ以来ずっと憧れてたんだよね。アトム・ハート[8]の仕事でチリのサンチャゴっていう街に行ったんだけど、サンチャゴにはタンゴバーがいっぱいあってね。ちょっと覗いてみたんだけど、これがまたすばらしいんだ。年配の夫婦が楽しそうに踊ってたりしてすごく素敵でね。レストランに行くと肖像画がかかってるんだけど、それがカルロス・ガルデル[9]だったりするの。

ガルデルはアルゼンチンの歌手なんだけど、そのときはまだよく知らなくて、この化粧したオッサンは誰だろうと思ってた。テレビをつけてみたらタンゴ専門のチャンネルなんかもあって、映画とか演奏がずっと流れてるんだ。そのときにタンゴを浴びたんだよね。

――たしか、チリに行かれたのは十年くらい前でしたよね。

そうだね。きっとブエノスアイレスはもっといい街なんだろうなとそのときから思ってた。でも行くんだったら、たぶんアルバムをつくりに行くことになるんだろうなと思うよ。三日間くらいでできちゃう気がするもん。現地の人とやるとすぐにできちゃうからね。

――『オムニ・サイト・シーイング』[10]でAminaなんかと現地で録音したときは、どれくらいかかったんですか？

Aminaとやったときは二日で二曲くらいだよ。彼らもすごくいいミュージシャンたちだからあっという間にできちゃった。

――アルゼンチンに行くのは、いいアイデアだとぼくも思いますよ。

うん。なんだかそんな予感がするな。誰かにもそう言われたし。

――ちょっと前に、「老人力」なんて言い方がありました。細野さんは、以前にモーズ・アリソン[11]のことを「前のめりだ」と言ってましたけど、たとえばモーズのように、歳をとるとともに音楽もよくなっていく前のめりな人のことを、「老人力」なんて言い方では片付けられないと思うんですよ。

うん。「老人力」じゃぜんぜん説明にならないと思う。そもそも「力」というものがないところから出てくる味だ。

——老人味（笑）。さっきのレス・ポールの話もそうですけど、若いころのように体がびんびんに動かないほうが、かえって音楽的になることもあるんですね。

それがいいんだよ。なんでもできるなんてちっとも面白くない（笑）。

——細野さんは、器用だと言われてきましたよね？

器用とは言われたことはないよ。器用貧乏とは言われたことがあるけど（笑）。

——また、そういうことばっかり憶えてる（笑）。

だって、ひとつのことを深く追求できない性格だからさ。

——（笑）。若いときって、自分にはなんでもできると思ってましたか？

ぼくはいつだってなんでもできると思ってるよ。たとえば、こないだエマニュエル・ウンガロという人がつくった服をショーウィンドウで見てたんだけど、ぼくもあの服をつくれそうだなと思ったんだ（笑）。ついそう思っちゃうんだよ。なんでもできそうな気になるの。

——以前、少し痩せたときに、階段をどこまでも上がっていけると言ってましたもんね（笑）。

あのときは上がってたね。駆け上がってたよ。

——ランニングハイ、だったんですよね（笑）。

そんなことないよ。いつまでも上がれるような階段はないんだから。

——おっ！　名言ですね（笑）。

うん。名言（笑）。あのころはたしかに駆け上がってたね。ぼくにもこんなことができるんだと思って感動してたよ。

——またやろうと思えばできるんじゃないですか？

どうかな。あのときは痩せたから、自分の体重の実感がなかったんだよね。いまは太ったから
すごく実感がある。重力を感じるという実感なのかな。

——人間って体重が重いときと軽いときで、感情が大きく左右されるらしいですよ。

それはあるだろうね。

——あと、ジュリー（沢田研二）が言ってましたけど、髪の毛を伸ばしたときと短いときでも違うんです
って。レコーディングのときは髪の毛やヒゲを伸ばすけど、ミックスダウンになると切りたくなるらしい
んです。それくらい気分って変わりやすいんですね。

うん。変わるよ。肉体感覚って一番大きいもの。やっぱり感情って肉体に支配されてるんだろ
うと思うよ。気持ちではなんでもできると思うじゃない。ウンガロの服もつくれるし、タンゴだ
って演奏できると思うわけ。気持ちでは思うんだけど、体は、「いえいえ、なんにもできません」
になる（笑）。そのギャップはすごいよね。

——たしかに（笑）。でも、細野さんは気力がありますよね。

そう？

——この前「ぼくはやる気はあるんだ」って言ってましたよ。かっこいいなと思いました。

肉体的に弱るほど、そう思うようになるんじゃないかな。

——ぼくはいま、五十三歳なんですけど、そのくらいの年齢だと半端なのかもしれませんね。

半端だね。ぼくはそろそろ半端じゃなくなってきてるよ。

――昔からおじいさんぶってましたけどね。

ずっとおじいさんぶってきたのに、気がついたら、本当におじいさんになっちゃった（笑）。でも、モーズ・アリソンを観たときに、ぼくなんかまだ若いなと思ったんだよね。あそこまでいくにはまだもうちょっとかかるな、と。最近は六月くらいからずっと調子が悪くて、もうダメかなと思ってたんだ。誕生日の前だからなのかな。前にも誕生日のちょっと前くらいから調子が悪くなったことがあったんだよ。そのときはまだ若かったから、調子が悪くても不安はなかったけど、今回は歳だからね。

――大貫妙子さんから聞いたことがありますけど、人間はエネルギーを一年間かけて使うんだそうです。だから誕生日前はカツカツになってるから、気をつけなきゃいけないらしいです。それで、誕生日が来るとエネルギーがフル充電される。だから細野さんは、いま元気なのかもしれないですよ。

たしかに誕生日を境にいろんなことが変化するよね。不思議だね。六月に腕のしびれがはじまったんだけど、同時に、三十代のころにひどかった過換気症候群が再発してね。

――その症状は家にいるときに出たんですか？

いや、どこでも出るんだ。

――一回だけじゃなくて？

毎日。だから、久しぶりにビニール袋を吸ってた。

――以前、再発したのは「ＨＩＳ」(12)のときでしたね。二十年くらい前ですよね。

何十年かぶりの出来事が、今年の誕生日の前後にいくつかあったんだ。たとえば、「ＮＯ

NUKES」でクラフトワークに会ったこともそう。そのあとに懇親会もやったんだよ。

年金をもらう

──みんなで食事に行ったんでしたっけ？

バーに行ってみんなで飲んでた。ぼくは飲めないからサンドウィッチを食べてたけどね。ラルフ（・ヒュッター）がぼくの隣に座ってたんだけど「キミはぼくと同じ歳なのか？」ってしつこく聞いてくるの。ぼくは四七年生まれだよと言ったら、自分は四六年生まれなんだって言ってがっかりしてるわけ。自分が最年長だということがわかってショックだったみたい。せっかく会ったのにそんな話しかしてないんだ（笑）。一緒に演奏したのは初めてだったんだけど、三十年くらい前に一度会ってるんだよ。新宿のツバキハウスに一緒に踊りに行ったんだ。その懇親会では、あと、超能力少年の清田（益章）くんと会ったりね。

──清田くん？（笑）。清田くんはなぜそこにいたんですか？

なんでだろうね。女の子にスプーン渡して曲げさせてたよ。清田くんと最後に会ったのも二十年前くらいかな。彼が一番調子が悪かった時期だね。いまは修行したらしくて別人みたいになってたけど。あ、あと最近、久しぶりに転倒したんだ。両膝と両肘をすりむいちゃって、誕生日前までかさぶたがついてたの。とろんとしたやつ（笑）。朝起きたらベッドに変なものが落ちてて、気持ち悪いなあと思ってたんだけど、それがかさぶただった。でも、誕生日にはすっかりきれいになっちゃったんだ。

――朝起きたら、ベッドに抜け殻があったと(笑)。

捨てちゃったけどね。焼いて食べればよかったよ(笑)。

――世の中に、かさぶたを食べる人っていますよね。

いるんだね。気持ち悪いよ。

――今年は、何十年ぶりの出来事がたくさんあったわけですね。

うん。だから今年の誕生日は大きな節目。国民年金が入るし、保険も解約になったし。六十五歳ってそういう年なんだよ。

――なにか感慨はありますか?

あるよ。あるある。

――なんか、うれしそうですね。

うん。うれしい。仕事しなきゃいけないっていう気分から解放されることがうれしい。もちろん年金だけじゃ食っていけないんだけどね。

――細野さんだったら、国民年金以外の年金もあるでしょ?

あるんだけどね。

――ぼくも、あと十二年がんばれば……。

鈴木くんも、そういう気持ちあるんだ? でもそのころは年金そのものがあるかどうかわからないよね(笑)。

――そんなことはわかってますよ（笑）。でも、ぼくは計画を立てるタイプだから。

ぼくは立てなかったよ。突然来たんだ、六十五歳が。

――細野さんが年金について、そんなにうれしそうに話すとは思ってなかったです。

別にそんなにうれしいわけじゃない。ただのネタだよ。年金をもらえる歳になった、ってね。周りにいないじゃん。ぼくが真っ先になるわけだから。ＹＭＯのふたりはいまごろやっと還暦でしょ。

――ちょっと古いね、って感じですか？

そう。遅れてるよ、いまごろ還暦なんてさ（笑）。

――細野さんのことだから、自分の六十五歳像なんて描いてなかったと思うんですけど、還暦のときには感慨はありましたか？　いろいろとお祭り的なこともありましたけど。

全部イヤだったね、そういうことは。

――『HOSONO BOX』(13)も、すごくイヤがってましたもんね。

あんなものは死んでから出るもんだから。ああいうものが出ちゃうと、もうやることないなと思っちゃう。まあ、いまとなってはどうってことないと思ってるけど。

――でも、細野さんの体のことは心配ですよ。

還暦のときはまだ若いんだよね。それが五年経つと衰えてくる。本当の変わり目というのがあるから。

――この前、細野さんの還暦ライブの写真を久々に見たんですけど、やっぱり若いんですよね。

そうだよね。五年ごとに歳をとっていくんだよ。まあ、いまだって若くなろうと思えばなれるんだけどね。

――え! じゃあ、いまのその姿はコスプレですか? コスプレがかなり上手ですね(笑)。

うん。ありのままに放っておくというのもひとつの手だとは思う。でも、舞台に立つと若返るんだ。

――じゃあいまは気持ちが若い感じ? 舞台に立った直後だから。

若いのは舞台の上にいるときだけ。舞台から下りたらもうダメだよ。だからいまはダメ。まず着るものがないもん。なにを着ていいかわからないよ。

――そういえば、ずっとその服を着てますよね?

ずっとこれ。スギちゃんみたいになっちゃった。

――スギちゃん! (笑)。スギちゃんは好きですか(笑)。

嫌いじゃないよ。素直な人だなと思うね。

――スギちゃんは彼女ができたんですよね。

そうなの? だったらネタを真剣に考えなきゃね。

――チョイ古芸人とかもいますけど、ちょっとネタがなくなったあたりもまたいいですよね。さっきまでの話題にこじつけるわけじゃないんですけど(笑)。

うん。味わいはあるね。スルメみたいだ。

――全盛期よりも、陰りが出てきたときのほうが、もしかしたら本当に面白いのかもしれないですね。ところで、この本は『細野晴臣 分福茶釜』（単行本、二〇〇八年刊）以来、五年ぶりになりますけど、細野さんにとってこの五年間はいかがでしたか？ あっという間だったんじゃないかなと思ったんですけど。

うん。あっという間だった。早いよね。でも、いまは誰にとっても時が経つのが早く感じる時代なんだろうね。

――ぼくにとっても、この五年は早かったですね。歳をとると、十年が束になってやってくるなんて言うじゃないですか。でもいまの時代、必ずしも歳をとっているから早いと感じるわけではないと思うんです。いまは子供でも、時が経つのが早いと感じてるんじゃないかな。

――この五年間で音楽的な趣味は変わりましたか？ 五年前はアメリカのディープなブルーズなんかを集中して聴いていた時期でしたよね。

いまはかなりアメリカ離れしてる。

――それは『HoSoNoVa』を出したあとくらいからですか？

そうだね。でも、いろいろなことが長い間ぐるぐる回ってるからね。二十歳のときだって、中村とうようさん[14]の『民族音楽大全集』でタンゴなんかの南米の音楽を聴いてたしね。そういうのを聴いて『トロピカル・ダンディー』[15]とかをつくってたわけだから、いまと似てるんだよ。いろんなことが、巡り巡ってるって感じる。だけど、聴き方は当時とは違うんだ。

――『地平線の階段』[16]で、南米の音楽について細かくジャンル分けしながら書いてましたよね。

あれは中村とうようさんの影響だよ。

――ぼくはあれを読んでずいぶん勉強したから、会うまではこういう人だとは思っていなかったんです。

なんで?(笑)

——研究熱心な、計画的な人なんだなと思ってたんです。

ああ、そうか(笑)。

——先日の「NO NUKES」でYMOは一段落だということですけど、今度はいよいよソロアルバムのレコーディングですよね。

うん。そろそろつくらなくちゃいけないんだ。

——来年の一月に出るんでしたよね。もうすぐじゃないですか(笑)。

そういうふうには考えないんだよね(笑)。でも、もうすぐクリスマスだってことはいつも自分に言い聞かせてる。

——クリスマス、本当に好きですねー。

好きじゃないよ。ただの目安。

——年の初め、二月か三月くらいから、もうすぐクリスマスだって言ってますよね。

ラジオやってるとクリスマスは楽しみなんだ。クリスマス音楽の特集があるからね。年が明けて、一緒にやっている岡田(崇)くんとの最初の挨拶が、「もうすぐクリスマスですね」なんだよ(笑)。

(1)ジャンゴ・ラインハルト　Django Reinhardt　1910年、ベルギー生まれのギタリスト。ロマの旅芸人であった両親の間に生まれ、自身のルーツであるロマ音楽とスウィング・ジャズを融合させたジプシー・スウィングの始祖として知られるほか、ジャズ・ギターの先駆者としても名高い。18歳のころに大やけどを負い、左手に麻痺が残ったが、練習の末にこれを克服し、独自の奏法を生み出すことに成功。盟友であるヴァイオリン奏者のステファン・グラッペリとともに数多くの名演奏を残した。1953年没。

（2）レス・ポール　Les Paul　1915年、米国生まれのギタリスト。全米1位を記録した「How High the Moon」や、グラミー賞を受賞したチェット・アトキンスとの連名作『Chester and Lester』などで知られるほか、ギブソン社のエレクトリック・ギター「レスポール」の共同開発者でもある。1948年、交通事故により右腕に大怪我を負い、切断を余儀なくされる事態に陥るも、ギターを抱えられるように右腕を直角に固定することで切断を回避した。1995年から2009年に亡くなるまで、ニューヨークのジャズクラブ「イリジウム・ジャズ・クラブ」に毎週月曜日に出演し、ひと晩2ステージの演奏を行っていた。

（3）NO NUKES　2012年7月7・8日の2日間にわたって、幕張メッセで開催された脱原発をテーマにした音楽フェス。坂本龍一の呼びかけによって集まったミュージシャンが多数出演。細野晴臣もYMOのメンバーとして出演し、クラフトワーク「放射能」のカバーではボーカルを務めた。クラフトワークも出演。

（4）川島雄三　かわしまゆうぞう　1918年生まれの映画監督。松竹大船撮影所入社後、小津安二郎、木下惠介らの助監督を経て、監督デビュー。『幕末太陽傳』『しとやかな獣』など、多くの名作映画を残した日本映画界を代表する監督のひとり。1963年没。芝木好子の小説を、三橋達也と新珠三千代主演で映画化した『洲崎パラダイス　赤信号』は1956年公開。

（5）『居酒屋兆治』　1983年公開の映画。山口瞳の同名小説を降旗康男監督、高倉健主演で映画化。函館で居酒屋「兆治」を営む無口な主人公と常連客らの人間模様を描く。細野は店の常連の市役所職員役で出演。

（6）今和次郎　こんわじろう　1888年生まれの建築学者、民俗学者。東京美術学校図案科（現東京藝術大学）を卒業後、1920年から59年まで早稲田大学建築学科教授を務めた。日本における都市フィールドワークの先駆者として、のちに赤瀬川原平らに大きな影響を与えたことでも知られる。1973年没。

（7）アルフレッド・ハウゼ　Alfred Hause　1921年、ドイツ生まれのタンゴ・ヴァイオリニスト、作曲家。コンチネンタル・タンゴ（ヨーロッパのタンゴのこと。アルゼンチン・タンゴと区別するためそう呼ばれる）の代表的存在。自身の楽団のレパートリーだった「夜のタンゴ」や「小さな喫茶店」などのヒット曲は日本でも菅原洋一やディック・ミネらにカバーされ親しまれた。2005年没。

（8）アトム・ハート　Atom Heart　1968年、ドイツ生まれの音楽家。本名はウーヴェ・シュミット。Atom Heart もしくは ATOM™ 名義でテクノ／エレクトロニカの分野で活動するほか、架空のラテン音楽楽団を率いる「セニョール・ココナッツ」としては、全曲YMOのカバー・アルバム『Yellow Fever』（YMOの3人も参加）などをリリース。細野とは1996年にテクノ・ユニットの「HAT」を結成して2枚のアルバムをリリースするなど、以前から親交が深い。現在はチリのサンチャゴ在住。

（9）カルロス・ガルデル　Carlos Gardel　1890年生まれのタンゴ歌手、作曲家、俳優。母国アルゼンチンでは現在でも不動の人気を誇る国民的英雄。「わが懐かしのブエノスアイレス」「ボルベール」等、数多くの名曲を世に送り出した。スペイン語圏をはじめとして世界的な人気の絶頂期にあった1935年、アルゼンチンへの帰国途中に飛行機事故により死去。

（10）『オムニ・サイト・シーイング』　1989年にリリースされた細野の13作目にあたるソロアルバム。タイトルは「乗り合い観光」「全方位観光」の意。アラブ音楽に傾倒していた細野が、フランス人プロデューサーのマルタン・メソニエの助力を得てパリで録音した。

(11)モーズ・アリソン Mose Allison 1927年、米国生まれのシンガー・ソングライター/ジャズ・ピアニスト。ピアニストとしてはプレスティジやアトランティックといった主要レーベルで多数の録音を残す一方、自作曲がローリング・ストーンズやザ・フー、エルビス・コステロをはじめとした多数のミュージシャンにカバーされるなど、ソングライターとしての評価も高い。2012年5月には初の来日公演を行った。

(12)HIS 細野晴臣、忌野清志郎、坂本冬美の3人による音楽ユニット。1991年にアルバム『日本の人』をリリース。細野作曲、忌野作詞によるオリジナル曲のほか、忌野による日本語詞をつけたジミ・ヘンドリックスやビートルズ等のカバー曲も収録されている。衣装は学生服とセーラー服だった。以後目立った活動はなかったが、2006年2月に忌野のコンサート「新ナニワ・サリバン・ショー」で復活、翌月にはテレビ番組に出演し演奏を披露した。

(13)『HOSONO BOX』 2000年3月にリリースされた『HOSONO BOX 1969–2000』のこと。はっぴいえんどやYMOの未発表曲も多数収録したCD4枚組の「細野晴臣音楽大全」。監修を細野が、選曲と編集は鈴木惣一朗が務めた。

(14)中村とうよう なかむらとうよう 1932年生まれの音楽評論家、雑誌編集者。本名は中村東洋。1969年に雑誌「ニュー・ミュージック・マガジン」(現「ミュージック・マガジン」)を創刊、89年まで編集長を務めた。ロックやフォークに加え、世界各地の民族音楽を積極的に紹介したが、同時に、歯に衣着せぬ評論スタイルでも知られ、賛否両論を招くことも多かった。2011年、東京立川市の自宅マンション敷地内で倒れているのを発見されたが、病院搬送後に死去。飛び降り自殺を図ったと見られている。

（15）『トロピカル・ダンディー』　1975年にリリースされた細野の2作目のソロアルバム。『泰安洋行』『はらいそ』へと続く「トロピカル三部作」の幕開けを飾る名作。1930年代のハリウッド映画黄金期の手法と東洋的エッセンスが融合した世界観を、当時傾倒していたカリブ海〜南米音楽からの影響をもとにつくりあげた。アルバムタイトルの「トロピカル・ダンディー」は、ミュージシャンの久保田麻琴が細野を称して言った一言に由来する。

（16）『地平線の階段』　1979年に八曜社から刊行された細野晴臣のエッセイ集（のちに徳間書店で文庫化）。

対話2
2012年8月29日
神保町・ミロンガ・ヌォーバにて

「エッセンスなんだよ
そこにあるのは。
かたちじゃなくてエッセンス」

細野さんの提案で、この本の対談場所は
都内の古い喫茶店を巡るスタイルに。店内には当時、細野さんが集中して
聴いていたアルゼンチン・タンゴが流れる。暑くて気持ちのいい昼下がり。（S）

窓のない風呂場

ここに来るまでの十分くらいの間にふたつの出来事に遭遇したよ。

――なにがあったんですか。

古本屋に入ったら、なんか馴染みのある音楽が流れてた。この曲聴いたことがあるなと思ったら自分の曲だった（笑）。そのあと、古本屋を出たら少女おばさんに出会った。

――少女おばさん？

おばさん少女。どう見ても、少女にしか見えないんだ。『風立ちぬ』みたいな雰囲気で。軽井沢にでもいそうな感じ。ハイジみたいなんだけど、おばさん。

――神保町には人生を思い詰めた感じの、独特な人がいますよね。

うん。哲学の町。

――なにを注文しましょうか？

ピザミロンガとアイスオレ。今年はね、氷ばっかり食べてる。ぼくはいままで冷たいものを一切飲んだことなかったの。なんでみんなアイスコーヒー好きなんだろうって思ってたの。ところが、今年はもう氷がおいしくておいしくて。

――細野さんとかき氷、意外だなあ（笑）。

コンビニで氷を買ってきて、それをコップにばああっと入れて食べる。コンビニ行くと、氷とガリガリ君買って帰るんだよ。ガリガリ君を削ってコップに入れるの。

――飲むんですか？

かき氷みたいに食べるんだけどね。

――今年からはじめたんですか？

去年はガリガリ君なんて一切知らなかった。去年もあったの？

――ガリガリ君、ずっと昔からありますよ。いまごろハマるなんて、細野さん遅いです（笑）。

ぼくは流行とか関係ないから。六十五歳にもなるとホントに暑さに弱くなる。だから、この歳になってやっと冷たいもののおいしさが理解できるようになった。ただ、気になるのはガン細胞は氷を好むっていうんだけど。

――そうなんですか？　それはそうと節電はしてますか？

ぜんぜん（笑）。夏はよく死ぬでしょ、熱中症でね。冷房はかけたほうがいいんだよ。この暑さは危ないもん。

――お風呂の湿気もよくないらしいですよ。湿気がこもると、お風呂場のなかで熱中症みたいになっちゃうんですって。

窓のない風呂場には行きたくない。

――え？

いやいや。引っ越すときには必ず窓のある風呂がある家を選ぶんだ。

――換気の問題ですか？

スタジオもそうなんだけど、空気がとまってるのがイヤなんだ。空気が動いてないところにはいたくない。

——やっぱり、引っ越しする予定なんですか？

しようと思って場所も決めたんだけど、新たな借り手が現れて、ダメになった。大家さんの都合でね。憤慨したけど、よくよく考えたらいま住んでるところ好きだから（笑）。

——でも、よくよく考えたから引っ越しすることにしたんですよね（笑）。

もちろん気に入っていまのところに住みはじめたんだけど、唯一気に食わないのが、風呂場なの。窓が小さいし、脱衣場も狭い。脱衣場に洗濯機置いてるから、洗濯機をよけながら風呂に行かなきゃいけないのがイヤなんだ。洗濯機が大きすぎてね。

——脱衣場で脱がなければいいじゃないですか。脱いでから脱衣場に入れば。

そうしてるよ。普段はほとんどパンツ一丁だからね。

——そうなんですか？　知らなかった（笑）。部屋着とか着ないんですね。

部屋着と外着の区別がないから。

——そうは言っても、パジャマを着たりとか。

パジャマなんか大嫌いだよ。寝ようと思って着替えるのなんてイヤじゃない？　外出するみたいでしょ。パジャマなんか着てたら緊張して寝れないよ（笑）。そのまま気絶するみたいにして寝ちゃうのがいいんだよ。

——冬はどうしてるんですか？

冬はパーカーを着てる。それが部屋着であり外着。

――そもそも、なんで引っ越そうと思ったんですか？　お風呂が気に入らなかったという理由だけですか？

いや、もっと大きい問題があってね。実は家の前に大きな焼却炉があって、ずっとそこの放射線量が高かったの。いまはもう測るのはやめちゃったけど、ガイガーカウンターから警報が鳴るレベルの放射線量だったの。

――焼却炉から放射線が出てるんですか？

誰もニュースにはしたくないだろうけど、都内のゴミを集積すると、どのゴミにも放射性物質が多少は入ってるわけだ。二〇一一年の三月以降に降り積もったものがね。焼却されることで、それが凝縮されて煙突から出てくる。下には落ちてこないと思うんだけど、空気中に拡散はするわけ。それで、煙突とちょうど同じ高さのところに部屋があるから、ちょっと除染をするつもりでベランダに一回水を流したんだけど、一回水を流しただけじゃ除染なんてできないんだ。

――特別な方法が必要なんですか？

ぼくは素人なりにやってるだけ。でも、放射性物質ってホントはこびりついて落ちないらしいんだよ。水を流してブラッシングしてみたんだけど完全には取れなかった。だから一回やったけど、それっきり。もういいんだ。大丈夫。

――大丈夫なんですか？

空気中の放射線はだいぶ薄まってるらしいから。だけど、土のなかには溜まってると思う。

――体調は悪くないですか？　ぼくはこの前、浜松の実家に帰ったらなんだか声が出やすかったですよ。でも東京に帰ってきたら、また元に戻っちゃいました。喉が弱いんですよ。

それは単に空気が悪いだけなんじゃないの？

――そうかもしれないですけれど（笑）。

うん（笑）。

ＹＭＯとベンチャーズ

――ところで、またＹＭＯの話を聞きたいんですけど、いいですか？

うん。

――なんだかＹＭＯを終えようとしてるのか、終わらなくなっちゃってるのか、細野さんは率直に言ってどう考えてるんですか？

打ち上げとかでも人に責められるんだよ。ぼくがやめようとしてるって。それが広まってるらしくて。ファン代表の人が来てね「やめないでくれ」って言うの。やめちゃダメだ、続けてくれって。ぼくはやめるとは一言も言ってないんだけど、夏のフェスはイヤなの。暑いから。

――冬だったら続くって言ってましたもんね。

そうそう。だから、ぼくは前から、ＹＭＯはベンチャーズだって言ってたんだ。

――伝統芸みたいなものだって意味ですか？

そう。続けることが苦痛なわけでもないしね。暑いところでやるのが苦痛なだけで。「ワールドハピネス」[1]の最後に三人でコメントを頼まれて、そのときにも、夏のフェスはもうイヤだって言ったら、教授も同感だって言ってた。それにだいたい、YMOをやめるもなにも、もうやめてるから。

——うーん、うーん（笑）。

変な話になっちゃうんだよ。死んだ人に、死なないでくださいって言ってるようなものだから。

——いつやめたんでしたっけ。

「散開」って言ったときだよ。そのあとに再結成してニューヨークでレコーディング[2]したんだけど、最初は断ってたからね。雪の降るセントラルパークでやった撮影[3]がYMOのお葬式だったわけだから。それ以降は、サポートメンバーだと思ってやってる（笑）。

——細野さんはリーダーだったじゃないですか。

散開の前まではね。真面目にやってたよ。一生懸命だった。終わってからはサポートメンバーだけど。

——細野さんって、音楽に関しては、自分のやりたいことしかやってこなかった人だと思うんです。そのうえでこうしていまでもYMOを続けているのは、やっぱり友情が大きな理由なのかなって思ったりするんですが。

いや、それは勘違いだよ。ぼくはミュージシャンとしていろんなことをやってきたけど、それは自分の好みで決めてやってきたわけじゃないんだ。たとえば歌謡曲のセッションに参加したり、曲を書いたりもしてきたけど、自分がやりたいって言ってその仕事が実現したわけじゃないよ。

——来た仕事はやるっていう、そういう職業意識ですよね。

そう。だからサポートメンバーというのはそういう意味で言ってるの。ベーシストとしての職業意識で参加してるということ。

——でも、そこには演奏家としての喜びはあるんですよね？

ミュージシャンとしては、ぼくは演奏することがいつでも好きだからね。ただ、労働が過酷だとできないっていうだけ。体力がないから、もう重いベースが背負えなくなってきてるんだよ。かわいそうに（笑）。腰も背中も痛くなっちゃうの。ライブでは、もうフェンダーは背負えない。ヘフナーは軽いから使ってるだけなんだ。ヘフナーは構造的に自分の思うようには弾けない。でも、おかげで右手の親指の動きは早くなった。

——YMOはベンチャーズだって言ってるのは、肯定的な意味ですよね？

もちろん。ものすごく肯定的だよ。ベンチャーズになりたかったくらいだから。中学生のときにギターを買ったのもベンチャーズの影響だからね。

——そうですよね。でも、YMOはそもそもライブバンドなのか、って疑問もありますよね。

ライブバンドなんじゃないの？　だってライブしかやってないよ。

——細野さんがリーダーだったころはレコーディングバンドだったような？　まあ、いいや。そのあたりの話には興味なさそうですから。

そんな話ぜんぜん面白くないもん（笑）。勝手に解釈すればいいよ。こっちは、サポートメン

バーのベーシストだって言ってるんだから。「なーるほどね」って思わない？（笑）

——（笑）。そういえば、ベンチャーズは今年も来てましたね。

うん。小山田（圭吾）くんが観に行ったみたいでね。こないだふたりで楽屋で盛り上がったの。「ベンチャーズいいよね」って。YMOとベンチャーズの共通点といえば、両方ともインストバンドだっていうところで、YMOは当時、それで寺内タケシ[4]さんに褒められたことがあるんだよ。「インストでやってるのは、オレらの次にエラい」って（笑）。いまでもそうだけど、インストバンドがヒットするのは稀だからね。当時YMOはベンチャーズの「ウォーク・ドント・ラン[5]」と同じくらい流行ってたよ。まあ、レコーディングバンド云々について言うなら、『BGM[6]』のころはすでにやめる前提でつくってたから、前向きっていうよりも内向きだった。外に向いてなかった。

——いまのYMOで、レコーディングする気はないんですか？

教授か幸宏が言い出したらやるだろうけど、ふたりとも言い出さないから。

——なんでなんでしょうね？　普通はそういう声があがりますよね。

ぼくもわからない。あがって当然だと思うけど。つくるとなると大変だからね。ふたりともライブだけでやっていこうって思ってるんじゃないかな。

——じゃあ、いまは夏のお役目が終わってほっとしてるところですか？

うん。ライブが終わってほっとしてるってところだね。季節労働者だから。ライブが終わるといつもほっとするよ。体の節々も痛いし。

最後のカワウソ

――昨年は震災と原発事故があったわけですけど、いまはとにかくある節目なんだと思います。細野さん自身、大きな変化を感じてることはありますか?

誰しもが感じてるだろうと思うよ。政治がどうあれ、とにかく原発はイヤだと思っていると思う。節電を自らやってる人も多いし、企業もエネルギーの転換を目指しているから、その流れはもうとまらないと思う。実際に原発がとまるまで何十年かかるのかはわからないけどね。ただ、原発の後処理は大変だけど、すったもんだしてる間に、世論の底辺は脱原発の方向に変わったんじゃないかな。

――音楽についてはどうですか?

音楽のことはわからないよ。ぼくは震災のあとは、曲をつくってないんだ。カバーばっかりやってる。

――改めて、なんでですか?

曲を書く気が起きないんだよ。自分と音楽の関係がちょっと変わってきちゃったんだと思う。聴くことについてもそう。震災後は音楽を聴くことすらほとんどできなかったんだけど、いまはアルゼンチンの音楽ばかり聴いたりしてる。

――カバーをするために音楽を聴いている、ということですか?

うん。震災後は聴くものも限られてたけど、そのなかから自分で歌いたいと思うものが出てきたんだ。カバーはいっぱいやりたいなと思ってる。やっぱり、昔のいい音楽を残したいっていう気持ちがあるんだ。ひょっとすると、いまはそのモードが自分のすべてかもしれない。音楽に限った話じゃないんだけど、たとえば、下町の古い商店街が消えちゃうことがイヤだなと思うことに似ている。

——洲崎に行ったりしてるんですよね。

そう。洲崎パラダイスのころから残ってる一番古い商店のおばちゃんと話して、ビデオを撮ってきて、すごく面白かった。

——どんな話をしたんですか？

たいした話じゃないよ。その店は戦後すぐにできたらしいんだけど、東日本大震災のときに天井が剝がれて落ちてきて、それで撤去命令が出たって言うんだ。その店は八百屋さんで、野菜以外にもお総菜なんかも売ってるんだけど、そういう店が日本からなくなってしまってる気がするの。それで、音楽も同じなのかもしれないと思ったわけ。昔のことなんか、いまの人たちはなにも知らないから。そういう時代に、絶滅種と言われているニホンカワウソが一匹でも生き残っていればいいけど、いなくなったらおしまいでしょ。自分は、一匹でもいいからそういうカワウソみたいな存在でいたいと思ってるの。オリジナルなんかどうでもいいいんだ。

——そこまで言っちゃいますか？

うん。本音はそうだよ。自分がつくる音楽なんかいまはどうでもいい。昔のいい音楽を残していきたいという思いが一番。それは震災以降、より強くなった。震災前から同じことをやっていたけれど、震災以降、それがよりはっきりしてきたんだ。

——震災以前からカバーはよくやってましたけれど、あのころは、同時にオリジナルを書かなきゃいけないという思いもあったわけですよね。

『HoSoNoVa』まではかろうじてそれがあった。ホントは全部カバーにしようと思ったけれども猛反対にあって、それでがんばってオリジナルをつくったの（笑）。集中すればできるんだな。ギターと鉛筆とノートを持って、つくろうと思って集中すればできる。

——つくる作業がつらいんですか？

いや、楽しいよ。ただ、その世界に入り込むのが、難しい。なかなか入れない。気力がないから。

——それは、いままでもそうでしたよね（笑）。

多かれ少なかれね。でも、歳をとるとともに億劫にはなってるし、肉体がつらくなってる。集中すればいくらでもできるんだけど、あとになってから体にこたえるから。回復力もないし。

——でも、いつも案外、元気そうじゃないですか。先日も「オレは気力はある」って言ってました（笑）。

病弱のフリをしてるって？（笑）

——そうは言いませんが（笑）。

まあ、なににせよ次回の作品は、発売日ももう宣告されちゃったし、スケジュール通りに出るのかどうかわからないけれども、カバー曲に関してはもう見えてる。オリジナルについても、できかけの曲はいっぱいあるから、それをスタジオでつくりたいなという気持ちにはだんだんなってきてるよ。『HoSoNoVa』のときにつくってて、途中でやめちゃった曲があるからね。すぐにつくろうと思ってたんだけれど、そうこうしているうちに地面が揺れちゃって、気力が蒸発しちゃった。でも、まだネタは残っていて、そのネタに触れるとね、ちょっと意欲が湧くから。いまは、完成させたいなという時期なの。カバー十曲、オリジナル十曲の二枚組でもいいかもしれない。

——アナログ盤、やっぱり出しませんか?

出すかもしれない。でも、ぼく自身はそこら辺のことについて、どうしてもっていう気持ちはあんまりないんだ。アナログプレイヤーもないし。あるんだろうけど、設置してないから。

——SP盤は聴いてますよね。

SP盤は聴くよ。だけど、普通のレコードを聴けるプレイヤーはどっかにしまっちゃったから。

——蓄音機だけがある?

地震のときに倒れちゃって、脚が折れたのね。それで横倒しのまま。直さなきゃ。あれは停電のときのために取ってあるようなもんだね。蓄音機は電気使わないから。

——なるほど。そういえば細野さん、停電とか台風とか昔から大好きですよね。

適度なヤツはね。この間の震災は適度どころじゃなくて過度だった。

——今回の震災は細野さんにとっても、やはり初めての感じでしたか?

初めてだね。あんなに揺れたことはいままでにないもんね。

——でも、東京は、意外とみんな冷静だった気がします。とくにパニックも起きなかったですし。

東京、静かだったね。みんなそうだったんじゃないかな。ぼくはパニックになればなるほど普段よりも冷静になるタイプだから。眼が据わっちゃう。何度か経験してるんだけど、頭の中身が変わっちゃう。非常事態モードになるの。

——過去にも同じようなことがあったんですか？

あるよ。台風のときに離島に閉じ込められそうになって、でもYMOの仕事でどうしても帰らなきゃいけなかったから、自分で帰る算段をして、なんとか帰れたことがある。ヘリコプターでどこまで行くといくらかかるとか、そういうことを全部自分で調べてね。ほかにやる人がいなかったから。

——ある種、サバイバルスイッチが入る感じですか？

そう。なんかね、スイッチが入ると、自分で自分のことをまったく心配しなくなるの。

——今回もスイッチが入ったと。

スイッチ入ったね。反射の行動だよ。やっぱり考えるより先に行動するんだよね。家族や友人の安否を調べることがまず最初の行動なんだよ。地震直後に電話をかけたら、まだ通じたんだよ。それで、みんな安全だってわかった。そのあとに電話は一気に不通になっちゃったけどね。地震が起こったときはちょうど撮影中だったんだけど、クルーが放心状態になっちゃって、まだ撮ろうとしたりしてたから、「今日は解散して、家族のところに戻りましょう」って言って、みんな帰ったんだ。帰ろうとしたら、車が街に溢れてた。車で渋谷に行こうとしたんだけど、青山辺りで渋滞で動かなくなっちゃったから、車を置いて、歩いて向かったんだけど、群衆に混じって歩いたあのときの雰囲気は、初めての経験だったし、飲み物を確保しなきゃって店に入ったときの雰囲気も違ったね。チェーン店はみんなダメだった。店を閉めちゃってた。ああいうときにチェーン店は役に立たないね。駅もそう。JRも一種のチェーン店だからね。でも開いてるところは開いてた。ガレット食べたらおいしかったな。街は大混乱だったけど妙に静かだったね。

ちゅらんちゅらん

――戦争のときって、ある種こんな感じだったのかな、と咄嗟《とっさ》にぼくは思ったんですけど。

ぼくの世代は戦争は知らないけれど、幼いころに父親から戦争の体験や、いかにそこで生き残ったかっていう話は聞いてた。父親はガダルカナル島に送られる予定だったんだけど、マラリアにかかったから行かずに済んだらしいんだ。ガダルカナルへの派遣が決まる前、南方のどこかにいたときマラリアにかかったらしいんだけど、そのおかげで、日本兵がたくさん戦死したガダルカナルには行かずに済んだわけ。自分の父親がそんなことをすりぬけてきたんで、ぼくは、ホントにあの戦争が終わってよかった、戦争のない平和な時代に生まれてホントにありがたいって思った。父親からその話を聞いたとき、もしも戦争が起こったら、ぼくは逃げるだろうなと思ったよ。脱走兵だね（笑）。ぼくはそれだけ戦争や争いごとが嫌いだから、いい時代に生まれたんだということを知ったときはホントにうれしかった。父親は戦争の後遺症とかはなかったはずなんだけど、弾丸の破片が頭のなかに入ってるとか言ってて、ホラ吹きだなって思ってたよ（笑）。

——戦後は、復興に向けて日本全体でまっすぐに動いているという雰囲気があったと思いますけど、今回の震災について言えば複雑ですし、難しいですね。

たしかに、復興するんだっていう気分はいまのところあまりないよね。昨日も聞かれたんだよ。戦後の復興と、いまの復興とどう違うかって。

——状況がずいぶん違いますよね。

戦後の東京は、瓦礫が二年くらいで撤去されたから、原っぱがいっぱいあったんだよね。草がぼうぼうに生えているそういう場所が子供の遊び場だった。ぼくが幼いころは、東京はそういう場所ばかりで、そこら中に土管が転がってたね。ぼくらはそういう場所を「原っぱ」って言ってたんだけど、白金にもそういう大きな原っぱがあった。だから戦前の東京の景色は知らないんだよね。銀座や丸の内にはまだGHQがいたし、上野には戦災孤児や傷痍軍人がいるから、学校の先生からは「ひとりで行くな」って言われてた。山手線なんかにも、アコーディオンを持った傷痍軍人がいたんだよ。

——ぼくら知ってます。路上に座って、アコーディオンで物悲しいメロディを弾くんですよね。

そうそう。

——震災直後はテレビは結構ご覧になりましたか？　つまり被災地の映像とかですけど。

実はいまでもあの津波の映像を繰り返し観てるの。

——えっ？　録画した映像を観てるんですか？

うん。あと、地震警報のあの「ちゅらんちゅらん」って音を聴きたくなるの。

——聴きたくなる?

うん。なんかね、被災地の映像を観たり、地震警報の音を聴いたりすると意識がばっと変わるの。

——なんのためにそうしてるんですか?

このまま元に戻っちゃって、なにごとも起きなかったような意識に戻っちゃいそうだから、そうすることで、自分を刺激してるんだと思う。

——こうした惨事って、つらいから忘れよう、忘れようとしますよね。

どこかの新聞社がアンケートを取ったら、七割くらいの人が、危機を目の前にしたときに、それを見たくないって思うって答えたらしいんだ。みんな見たくないんだね。

——放射線なんかは、見たくても見えないわけですけど。

だから余計見ない、ということだよね。マゼラン一行の話があってね。マゼランが航海していた南太平洋だかの島の人たちには、マゼランの艦隊が見えなかったっていうんだよね。ライアル・ワトソン(7)の本にその話が出てくるんだよ。そこに艦隊がいるんだけど見えないの。巨大すぎて見えない。あるいは、理解できないものは見えないっていうのかな。とにかく、人間の認識ってのは不思議なものなんだね。それと同じようなことなのかもね。実際に見えるものですらそうだったわけだから。

——その話、聞いたことがあります。

そういうのを「ジャガノート」って呼ぶんだよ。『ジャガーノート』(リチャード・レスター監督、一九七四年)という映画もあるけれど、その語源はヒンドゥー教の巨大な破壊神ジャガンナートなんだ。昔、信仰の篤いヒンドゥー教徒のなかには、お祭りの最中にそのジャガンナートの山車に飛び込んで轢死する人がいたらしい。救済を求めてね。自滅していくわけ。原発の騒ぎを見ながら、ぼくはその話を思い出してた。イギリスはインド統治時代にその行為を禁止したんだよ。でも、その話はのちにイギリスに伝わって、「ジャガノート」という英語になって、映画にもなったり、テロの代名詞としても使われるようになった。あまりにも危険なものは、吸い寄せられたり、見えなくなったりして、人間を普通の心理とは違う状態にしてしまうんだね。

――興味深いです。ちょっと思い出したんですが、心理学者のフランクル(8)が「文化的冬眠」状態と呼んでいるんですが、人間は極限状態にあると、芸術や美というものに対するセンサーを閉じちゃうようなことが起こる、と。それで、その「文化的冬眠」から目覚めるためには、青空を見たり、夕日を見たりすることが、まずは必要なんだそうです。いま、細野さんが音楽を通して表明しようとしていること、つまり、カバーをやることで昔のいいものを残したいという思いは、言ってみれば音楽を、夕日や青空のようなものとして存在させておきたい、ということなのかなと思ったりするんですが。

うまいこと言ったね(笑)。「ローズマリー・ティートゥリー」という曲はそういうことを歌ってるんだよ。「窓辺に花」っていう歌詞とかね。ただ古いものがいいっていう話じゃなくて、その曲がいまだに生きているということが大事なの。いい曲はメロディが美しいし、その曲をつくった魂とか、それを愛聴してきた人たちの気持ちも入ってるだろうしね。いい曲を聴きたいという思いは、きれいなものを見たい、きれいな景色が見たいということと同じだと思うんだよね。それはささやかなことなんだ。いままでは、そういうことを大事にする気持ちが自分のなかにあんまりなかった。

——それで、震災後からタンゴを聴くようになったっておっしゃってたじゃないですか。なんでタンゴなんだろうなとずっと考えていて、正直ちょっとわからなかったんです。だって、細野さん、タンゴのリズムは、昔から好きじゃないですよね?

特にパターン通りのリズムはね。なにかを探してるんだよ。なにか、そのエッセンスを。形式じゃなくて。原型みたいなものをね。

ともしび

——震災時、しばらく音楽聴けない状態が続いたっておっしゃってましたけど、どういう状態だったんですか?

なんか絶望的だったね。

——なにに対してですか?

福島第一原発の三号機の建屋が爆発したでしょ。それを消防活動とか言って、水を撒いてるのを見て、こりゃダメだ、こんなことしかできないんだ、と思って絶望した。そのとき、水ってのはすごいなとは思ったけど、人間は力がないんだとも思った。その日がピークかな、絶望の。人間の非力さもそうだけど、あんなものをつくっちゃった愚かさへの絶望もあるね。

——評論家の方がテレビで放水した瞬間、「あー、かけちゃったぁ」と言ったの覚えてます。汚染水と人との戦いがはじまるのがわかっていたようで。それで、そこから音楽を聴くようになるまで、どれくらい時間がかかりましたか？　ぼくは一ヵ月くらいでしたけど。

青山のCAYでライブをやったのいつだっけ？

——あれが四月です。そのとき、細野さん、音楽は一切聴いてないって言ってました。ちなみに、ぼくは震災二日後の三月十三日にレコーディングを再開したんです。すぐに切り替えて行動しないと、音楽をつくれなくなっちゃうんじゃないかと思ったからなんですけど……。それで、タンゴを見出したのには、なにかきっかけがあったんですか？

ぼくは車で移動することが多いんだけど、震災後はガソリンが欠乏してたから、あまり車に乗らないようにしてたんだ。その後、ガソリンの供給状況はよくなったけど、ガソリンを無駄遣いしないように走ってたわけ。そのときに、たまたまずっと入れっぱなしにしてたCDがカルロス・ガルデルだったの。車の運転を再開して、ようやくカーステレオのスイッチを入れてみようかという気分になったときにカルロス・ガルデルが流れてきた。多くの人びとがどうしようもない気持ちでいたし、街もどうしようもない感じだった。車も少なくて、ぼくの絶望的な気持ちもまだ続いていたんだけど、そこにうっすらとカルロス・ガルデルが流れてきたら、悲しい気持ちになっちゃったの。タンゴってなんでこんなに暗いんだろうって思った。でも、これ以外には聴く気が起きない、いまはこれがいいんだって思ったんだよ。決して好きだっていうんじゃないんだ。そのときの空気と溶け合ってたというかね。

――それまでの間に、タンゴ以外の音楽を聴いてみたりはしていたんですか？

いやいや、試すまでもなかった。ラジオはあったんで、流れてるものは聴いてたけど、ぜんぜん気持ちに合わない。あのころにラジオで聴いたものは全部よくなかった。人の気も知らないでって感じだったね（笑）。

――圧倒的な出来事があったときに、音楽がその出来事と、どのように向き合うことができるのかということを、突きつけられたという感じがありました。

人が病気になったり大けがをしたりすると、すぐに音楽なんか関係なくなっちゃうじゃない？　治療に専念しないといけないわけだからね。それで、癒えてくるころにやっと音楽が聴きたくなったりするわけでしょ。今回は、世の中全体がそういう状況だったんだと思うよ。音楽もそうだけど、お笑いの人たちも同じように困ってたわけだ。

――お笑いの人たちも、あの状況ではやりようがないですもんね。おぎやはぎも、震災後のラジオで「さぁ、元気を出してお笑いやりましょうよ」と自分たちに言い聞かせていました。ぼくは3・11以降にさまぁ～ずを本当に好きになったんですよ。

ぼくも、3・11以降にさまぁ～ずがもっと好きになったね。あのころ、ぼくはお笑いも観れなかったし、そもそもテレビでお笑いはやってなかったけど、もしやってたとしても観る気も起きなかっただろうね。だけど、震災前のお笑い番組は観れたんだよ。YouTubeで中川家とか、笑いたくて。でも震災後のお笑いは観たくないんだ。

——震災後、音楽になにができるのかって話もいっぱい出てきましたよね。

みんなそう思ってたよ。くるりの岸田（繁）くんとも話したけど、みんな悩んでいたよ。当然だよね。そんななかでJ-POPの人たちが、コンピレーションの旗ふりかなんかをやってて、「ともしび」（「TOMOSHIBI —地震が来たら—」）っていう曲を出したんだよ。ぼくは「ともしび」って言葉に反応した。いい言葉だからね。実際に、街にともしびがともってるみたいだったじゃない？　あのころは節電で街が暗くて、みんなそれがいいって言ってたし。そこにぽっと灯るようなものが、音楽としてあっていいと思ってたの。だから「ともしび」って曲を出したっていうのを人から聞いて、ひょっとしたら、ぼくと同じ感性なのかと思って聴いてみたら、ぜんぜん違った（笑）。震災前となにも変わっていない感じがしちゃったんだ。それで、これはぼくには関係ないやと思って、内にこもっちゃった。

——「ともしび」っていうと、七〇年代の歌声喫茶みたいな感じがしましたね。

当時はそういうのがすごい嫌いだったけどね。なんでもかんでもイデオロギーに結びついてたから。それも、ぼくには関係なかった。

——細野さん、七〇年代の学生運動というか、デモに参加したことってありますか？

ないよ。ずっとノンポリ。あのファッションが自分の感覚とは遠いからね。ヘルメットに手ぬぐいでさ。

——機動隊に投石してるのは間近で見たんですか？

いやいや。はっぴいえんどは実際に投石されたから（笑）。慶応の文化祭でね。なんでだかわからないんだけど。なんだかわからないことが当時起こってたわけで、一種のお祭りだったのかな。

――いま起こっている反原発のデモはどう思いますか？

いまのデモはちゃんとしてると思うよ。やるべきだと思う。あれは、若者のはけ口にはなってないから。いまのデモは本当のデモだと思う。ノスタルジックな気分でやってる人も多いだろうけど。ぼくも、デモをやろうよって呼びかけたけど、誰も乗ってこなかったよ（笑）。

――ぼくは音楽をやるので精一杯っていうのが本音なんです。ぼくにできるのはやっぱり音楽だし、音楽に託したいっていう気持ちなんですよね。でも、「なんでデモに行かないの？」って聞かれるんですよ。

そういうことは、ホントに聞かないでほしいよね。

――細野さんは聞かれませんか？

聞かれないね。自然な気持ちでやれることはみんなやってるから。コンサートに出たり、街で寄付したりね。でも、社会的な動きとか運動には向いてないから、大掛かりなものには参加しないんだ。できるだけ個人でいきたいと思う。でも、署名はしたんだよ。脱原発のキャンペーンには真っ先に署名した。あとね、ぼくは菅さんが浜岡原発をとめたときに、官邸にメールしたよ。「よくやった！」「歴史に残るぞ」って。

――いい話ですね。返事は来ましたか？

来ないよ（笑）。でも、これはカレンダーに印をつけとかなきゃいけないと思ったね。記念すべき日だよ。首相がそういうことをするんだっていうね。菅さんはその後、立場悪くなったけど。

――静岡では十六万人集まったんですよね。ぼくは地元なのでわかるんですが、東京の十六万人とはぜんぜん意味が違うんですね。逆に言うと、浜岡原発のある静岡では、普段から原発について考え、そうした集会に参加するのが普通なんですよね。町の本屋さんでも、反原発の本がいっぱい置いてありました。

そこが大事なんだよ。現場にいる地元の人たちの思いがね。静岡では十六万人集まった。それじゃ、敦賀原発のある福井はどうなってるんだろう、って思うよね。福井は好きだけど行きたくなくなる。たとえ観光地でも名勝でも、原発のあるところには誰も行かないんだっていうことを知ってほしいんだ。もちろん、福井でもずっと反対集会とかをやってるんだけど。でも、もうそれと違うことが起きないとダメなんだよね。原発のある地域は、それがないと生きていけないようになっちゃってるんだね。でも、静かに変わっていくのかな、とも思う。ある分岐点から、市民の力が国を動かしていくようになっていくのかもしれない。

――菅さんは、なんであんなに袋叩きにあったんでしょうね。

あんな状況なら誰がいても同じ目に遭ったと思うけどね。

デモテープのエッセンス

――話が戻りますけど、いまだに地震警報を聴いたり、津波の映像を観たりするのって、いいことなんですか？

いいかどうかはわからないよ。ただ、それを忘れたくないって思ってるんだね。あれを聞いていたときは怯えてた。そのときの感覚を忘れたくないんだ。

——一種のトラウマなんですね。

そう。そのトラウマから逃げることのほうが、ぼくにとってはよくないことなんだ。そのことは知ってるんだ、経験上。

——あの地震警報の音は元々あった音楽なんですよね。

伊福部昭(9)さんの甥の達《とおる》さんがつくったんだよ。伊福部昭さんの交響曲の一部を素材にしてつくられたらしい。そういうこともひっくるめて、また聴きたくなっちゃうんだ。ドキドキして、自分が覚醒するのがわかる。

——それって細野さんの音楽活動に結びついたりはするんでしょうか。

どうだろうね。この間、小さいライブハウスで演奏する機会が結構あって、最近は同世代の人たちとあまり話す機会がなかったんだけど、そこでたまたま一緒になった同世代の人たちに、震災以降ずっと『HoSoNoVa』を聴いてたって言われたのね。そのあとに、写真家の操上和美さんに会ったらやっぱり同じことを言われたの。そうなのか、自分の音楽がみんなの役に立ったんだと思ってね。聴くものがないっていうのはぼくも一緒だった。そういうときにぼくの音楽は聴けたんだなって。

——『HoSoNoVa』のジャケット写真の細野さん、ぼーっと天井見ちゃってますからね。

死んでるような顔だよね(笑)。ぜんぜん楽しくなさそうだからね(笑)。あれは震災の前に撮ったんだよ。だから逆に、震災後のいまアルバムをつくるとどうなるのかは、自分でもまだわからない。ジャケットも含めて、どんなものが出来上がるのか。どうなんだろう。わからないね。タイトルもわからないし。

——つくっていくなかで見えてくることもありますよね。

見えてきたらいいけどね。『HoSoNoVa』のときは、駒が揃ってきたなと思った時点があったんだよね。

——そういうプロセスでつくられた作品のほうが、いわば額縁のなかにぴしっと収まった作品よりも、面白くなる可能性はありますよね。

デモテープのよさっていうか、初期衝動っていうかね。そういうものは大事で、忘れたくないと思ってるよ。デモっていうのは自分のためのメモなので、そこにエッセンスが詰まっている。いつもそれを聴いて、本番を録るときもデモをつくるのと同じ気持ちのまま、じゃあもう一回やってみようっていう感じでやってるから。ただ、カバーはライブでやってるものを選ぶようにしている。ライブで演奏して洗練されてきたものを入れたいな。いきなりやったら難しくてできないようなものばかりをやっているんだけど、メンバーみんな腕が上がってきてるからね。それは最近実感したよ。

——細野さん自身は？

ぜんぜん（笑）。

——歌とギターはうまくなってるじゃないですか。

あ、歌はよくなってる。だいぶこなれてきたかな。

――楽しいですね。

楽しい楽しい。歌がないと楽しくないんだよね、いまやってる音楽は。歌があってバンドも生きる。歌入れをこれからするんだけど、それは楽しみ。

――作品が出来上がって、初めて自分はこう思ってたんだとか、こう感じてたんだなと発見することは多いですよね。

つくってみなきゃわからないのはそういうことでね。カバー曲でさえ、今年一月に録ったものと、ついこないだ録ったものを並べて聴いてみると、意識していないのに音像が揃ってるんだよね。枯れてるというかね。両方ともものすごい地味なの。それを聴いてるのが好きだね。「この地味さは誰もできねえだろ」って思ってうれしくなるくらい地味なんだけど、演奏はちゃんとしてるし、うまいんだよ。密度はすごいよ。それなのに、なんでこんなに地味なのって、うれしくなる（笑）。

――以前に、ロックアルバムをつくりたいっておっしゃってましたけど。

うん。まあ、でもいまやっているのもロックだよ。ちゃんとロックの伝統にもつながってると思う。

――そもそも自分が、ロックミュージシャンだっていう自覚はありますか？

ないよ。ないけど、自分のなかのどこかにロックの部分はあるから。

――ぼくは細野さんは、生粋のロックミュージシャンだと思いますよ。

かもね。自分の核として、ロックが必要なのかもしれない。それがないと糸が切れた凧みたいになっちゃうかもね。そう思ったから、ファドをやってみようとしたんだけどあれはあきらめた。よくよく考えたらあの音楽はぼくにはできないし（笑）。

――ファドはずいぶん聴いてましたよね。

うん。でも歌い回しがあまりにも異次元で（笑）。ただ、あの旋律とギターラ(10)の音色が好きだっていうことだけはわかった。でもね、ファドを聴いて、自分のやりたかった音楽がどういうものかは、はっきりとわかったんだ。『メゾン・ド・ヒミコ』（犬童一心監督、二〇〇五年）のサントラにはそれがよく出てると思う。だからあれはやってて楽しかった。

――細野さんのやりたかった音楽って、どういうことですか？

つまり、エッセンスなんだよ、そこにあるのは。かたちじゃなくて、エッセンス。それを音にすることがやりたかったんだ。

（1）ワールドハピネス　高橋幸宏がキュレーターを務める音楽フェス。毎年8月、東京の夢の島公園陸上競技場にて行われている。細野は初開催の２００８年にＨＡＳＹＭＯの一員として、２００９-１２年はＹＭＯの一員として、以降は細野晴臣として毎回出演している。

（2）ニューヨークでレコーディング　１９９３年、ＹＭＯ「再生」（再結成）後にリリースされたＹＭＯ通算10作目のアルバム『テクノドン』のレコーディングのこと。リリース当時、グループ名である「ＹＭＯ」が権利上の理由により使用できなかったため、「~~YMO~~」（ノットワイエムオー）としてリリースされた。

（3）セントラルパークでの撮影　1993年に「再生」したYMOはアルバム『テクノドン』の制作のため、ニューヨークでレコーディング、プロモーション用のCF撮影などを行った。その映像はDVD『TECHNODON LIVE 1993 TOKYO DOME』に収録されている。

（4）寺内タケシ　てらうちたけし　1938年生まれのギタリスト。「エレキの神様」とも称される、日本のエレキギターの第一人者。「寺内タケシとブルージーンズ」を率い、現在も精力的に活動している。

（5）ウォーク・ドント・ラン　Walk Don't Run　米国のインストゥルメンタル・バンド、ザ・ベンチャーズが1960年にリリースした大ヒット曲にして、メジャーデビューを果たしたアルバムのタイトル。同年のビルボード・チャートでは最高2位を記録。日本語タイトルは「急がば回れ」。

（6）『BGM』　1981年3月にリリースされたYMO通算5作目のオリジナルアルバムのタイトル。前年にリリースされたYMO初のライブアルバム『パブリック・プレッシャー／公的抑圧』がオリコン初登場1位を記録するなど、国内での注目度が加速度的に増していく状況に嫌気がさしていた坂本龍一が心身ともに不調に陥ったため、細野と高橋幸宏が中心になって制作された。

（7）ライアル・ワトソン　Lyall Watson　1939年、南アフリカ生まれの動物学者、生物学者。動物学や生物学的見地から自然現象や超常現象を考察、解明しようと試みた。1973年に刊行された代表的著書『スーパーネイチュア』は世界的ベストセラーとなった。2008年没。

（8）フランクル　Viktor Emil Frankl　1905年、オーストリア生まれ。ユダヤ系オーストリア人の精神科医、心理学者。フロイト、アドラーに師事し精神医学を学び、ウィーン大学教授やウィーン市立病院神経科部長を務めた。ナチスによってアウシュビッツの強制収容所に送られた自身の体験を「強制収容所における一心理学者の体験」として記した著書『夜と霧』(1946)は17ヵ国語に翻訳され、現在でも世界中で読み継がれる。1997年没。

(9) 伊福部昭　いふくべあきら　1914年生まれ、日本を代表する作曲家。ほぼ独学で作曲技法を学び、管弦楽曲や歌曲、また『ゴジラ』をはじめとして、映画音楽でも多数の作品を残した。2006年没。甥の伊福部達は工学者であり、伊福部昭作曲の交響曲「シンフォニア・タプカーラ」の第3楽章冒頭部分をモチーフに、NHKで使用される緊急地震速報のチャイム音を開発した。

(10) ギターラ　ポルトガルの民族歌謡ファドの伴奏で使用される12弦楽器。ポルトガルギターまたはギターラ・ポルトゥゲーザとも呼ばれる。

対話3
2012年9月25日
日本堤・カフェ・バッハにて

「誰かがやらないと
ホントになくなっちゃう。
ぼくがやれば
かろうじて少しは生き長らえる」

初めて降り立った駅。場所は細野さんお気に入りの自家焙煎珈琲の店。店内には初老の方々がある使命感を持ってつどっている。誰も細野さんとは気づかない、細野さんは店内のムードと同化していたから。（S）

政治的な歌

——今日は日本堤に来てるんですが、ぼくは初めて来たんです。このお店に来る途中に、突然ホームレスの人に話しかけられたりしました。「モニャモニャ」って、なんかジャマイカの人みたいな感じでした。

面白いね（笑）。

——この辺りにはよく来られるんですよね？

たまにだね。いまはこういうところに出かけるのが好きなんだ。街にいるのが好き。

——街でなにをしてるんですか？　お散歩とかですか？

この辺りでは散策はしないよ。路地に入ると緊張するから（笑）。

——じゃあ「カフェ・バッハ」を出たら、すぐに家に帰るんですか。

浅草に出たりね。三～四年前からかな。

——バッハと言えば、東横線の学芸大学に「平均律」っていうバロック音楽専門の喫茶店もありますよ。

それは緊張するな（笑）。名曲喫茶、名曲好きとしてはもっと行かないとね。というか、名曲喫茶、自分でやってみたい。

やりてえ（笑）。

——おお。行ってみたいですね、細野さんの名曲喫茶。ファンクとか、かかるんですよね。

——で、ときどき演奏すると。

それ一番いいじゃない。やろうかなあ。

——いいですね。ところで今日もお土産を持ってきたんです。SP盤なんですけど。クロード・ソーンヒル(1)の五枚組。この音源はCDになってないんですよ。

へえ。こんなの見たことないよ。

——『Piano Reflections』って作品で、ほぼピアノソロの作品らしいんですけど。

ええっ！　聴いたことないよ。うれしい！　ありがとう！　ホントにもらっちゃっていいの？

——今度またあげますよ(笑)。

すごい貴重なものだろうね。高かったでしょ？

——五〇〇〇円くらいですよ。いま、家でSP盤は聴けますよね。

聴けるよ。

——実はぼく来年、直枝政広くんとコラボレーションのアルバム(2)をつくるんですけど、南相馬でレコーディングをする予定なんです。

ホント？　頼まれたの？

——南相馬に住んでいる音楽家がいるんですけど、その人の自宅スタジオでつくることになりそうです。でも、いいオリジナル曲をつくらなきゃっていう気持ちでもなくて、そこで感じたことを素直に反映したものにできたらいいかなと思ってるんですよ。震災について歌うとかそういうことではなく、そこで感じたことだけを歌にできたらなと思って。細野さんは、そろそろオリジナルをつくる気分になってきました？

オリジナルをつくれない時期は通り過ぎたかな。この間、京都の「音博」[3]で、三人でやったんだよ。

——ベース弾いてましたね。

そうそう。三人だとロックっぽく演奏しないと間が持たないんだけど、やってみたら面白いなと自分でも思ったし、お客さんも新鮮だったらしくて、周りのウケもよかったんだよ。これでレコーディングしましょうなんて誰かが言い出したりしてね。みんなロックが好きだから、反応がいいんだよ。いまは、仙台と相馬のツアーに向けて、もうちょっとロックっぽい曲を探してて、ついにトラフィック[4]をやることにした。

——おっ。

「ヘブン・イズ・イン・ユア・マインド」って曲ね。できそうな感じだよ。

——ずっとやりたいって言ってましたもんね。十五年くらい言ってましたよ。

ついにやるよ。

——「音博」では、言ってみれば仕方なくトリオでやったんですよね?

仕方なくね。

——トリオ編成って音楽的に難しいじゃないですか。

でも、やってみたら、できるんだよ。YMOの曲もやったし。ちょっと新鮮だった。

——じゃあ、これからロックモードに入るんですか?

そうは言いたくないんだけど、一時的にね。一時的にね、ちょっとやりたくなってる。昨日から今日にかけて七〇年代のファンクを聴きだしたりしてね。

――サンフランシスコのベイエリアのファンクですか?

順を追って話すと、今年の六月くらいに、車のなかで鼻歌を歌ってて思い出した曲があって、それはぜんぜんファンクでもなんでもない曲なんだけど、「この曲歌えそうだな」と思って。それで、この曲なんだろうって探してみたらリスト[5]の曲だったの。

――リストって、ピアノ曲で有名な?

うん。

――ファンクの話かと思いきや、クラシックじゃないですか(笑)。

自分のなかではすべてつながっているからね。さらにその前の話だけど、一昨年くらいに鼻歌で歌いながら曲をつくっていたときのデモを聴いてみたら、それがなにかの曲に似てるんだよ。なにかに似ているからボツにしたんだけど、なにに似てるのかがわからなくて。昔聴いていた曲なんだけど、タイトルも歌手もわからなくて、一生懸命探したんだけど、どうしてもわからなかった。

――音を聞かせると曲を探してくれるアプリがありますよ。

そういうの持ってないし、ぼくは探すのが好きだからね。いつかわかるときが来るだろうと思いながら、親しい人に聞いてみたりしてたの。そしたら、それがついにわかったの。七〇年代の女性歌手だよ。さあ、誰だ?

――うーん。マリア・マルダー[6]じゃないですよね?

最初はジョニ・ミッチェル[7]かと思って探してみたんだけど、違ったわけ。マリア・マルダーじゃないことは知ってたし、ローラ・ニーロ[8]でもない。

——西海岸ですか、東海岸ですか？

ニューヨークかな。さあ、誰だ？

——うーん。ちょっと待ってください。答えはあるんですよね？

あるよ。結局、偶然わかったんだけど、メラニー[9]って人だったの。

——アイドルじゃないですか。

そう。アイドル系。

——細野さんから、ちょっと遠い人ですよね。

遠いんだけれども、昔よくラジオで聴いてたの。この曲いいなあと思って。最近でもアップルのCMにも使われていたんだよ。でも、アップルのCMの履歴を見ても出てこない。なぜだか抜けてる。

——メラニーの曲がアップルのCMで使われてたんですか。知らなかった。

うん。短い期間だったけどね。「Brand New Key」という曲なんだ。つまりね、そうやって、あの曲なんだっけなあ、って検索に没頭してる時期がここ最近ずっと続いているって話なんだ。なぜかっていうと、いままで生きてきたなかで、聴き流してきた名曲がいっぱいあるってことに気がついたわけ。だから、そういう曲をちゃんとおさえておかないといけないなっていう気分なんだよ。ぼくは名曲崇拝者だから。

――いつから名曲崇拝者でしたっけ?

昔からそうだよ。名曲以外に興味はないね。

――ディランは、自分のことを伝承音楽家って言ってますけど。

聴くことと演奏することが同レベルだっていうことなんだろうね。でも、順番から言うと、聴くことのほうが先にある。

――名曲からちょっと飛びますが、ディランの系譜で、いわゆるフォークソングの伝統としての「プロテストソング」みたいなものってあるじゃないですか。細野さんは正直どうなんですか?「政治的な歌」みたいなものは。

ぼくは右も左もないからね。もうそんな時代じゃないしね。それを新聞に書いたら、めっちゃくちゃ叩かれたけど。誹謗中傷の嵐。右翼だとかも言われた。

――細野さんがですか?

うん。もうそんな時代じゃないでしょ。昔からぼくはノンポリで通してきたんだけどね。結果は左寄りに見えたんだろうけど、「ぼくらは単なる音楽好きだよ」っていう思いしかなかったから、それすらも違和感があった。ぼくには、右も左も同じに見えるんだ。実際、当時の左翼はみんな右翼になっちゃったし。ディランについて言えば、ディランは左翼じゃないし、プロテストもしてない。心情的にイヤなことをイヤだって言ってるだけなのに、誤解されてると思う。ピート・シーガー(10)は政治的な動きをしていて、そういう運動にも参加していたけど、ディランはそうじゃない。

──ディランはかつて、ユダヤ系だったにもかかわらず、クリスチャンの洗礼を受けて批判を浴びましたよね。その後、クリスチャンであることもやめちゃいましたけど。

信仰心をテーマにしたことは深いことだと思うよ。右とか左とか単純な割り切りではできない。主義主張っていうのは左脳的なことだけど宗教はそうじゃないから。ちなみに、ぼくはアニミズムだよ。それがいまの基本。ものごとを分けること自体がバカバカしいって思ってる。

──ライ・クーダーはアメリカの大統領選を皮肉ったアルバムを最近出しましたよね。

あれはフォークの流れというよりは、むしろブルーズの心なんだよ。そのときそのときの出来事について歌うっていう、そういう伝統だよ。時事ネタっていうのかな。ブルーズのそういうところは面白いと思うな。ライ・クーダーのアルバムでも、ロムニー(11)をからかった曲なんかは、とても面白い、いい曲だよ。

──細野さんは、デモそのものには参加しないんですか。

二〇一一年の四月ごろはデモやろうよって周囲に言ってたんだけど、ぼくには向いてなかったんだ。周りの反応がなかったの。まさかぼくがやるとは思わなかったんだろうね。だから、ひとりでやろうかとも思ったけど。なにかしら表明しなきゃいけないって思ってはいたし、渋谷にいるようなギャルたちと新しいデモをやんなきゃって気持ちはあった。

──もし周りが反応して、やろうやろうってなってたらどうでしたか?

やってたね。

──音頭取りも細野さんがやるんですか?

行進の仕方を考えたり、プラカードのあり方なんかを考えてたよ。世界的なレベルで見ると、デモの効果のある国はあるんだよね、ドイツとか。そういう国って、プラカードがすごいんだよね。あっちのプラカードは標語じゃないんだ。ぼくはスローガンがダメなの。スローガンは戦争のころの話を思い起こさせるから。

——スローガンじゃないとすると、プラカードにはなにが書いてあるんですか？

もっと素直な自分の気持ち。それを表明することが大事なんだ。自分の正直な気持ちを書くんだよ。標語はダメなんだ。昔、そういえば、「東京ムラムラ」っていうイベントで、ガムランを演奏しながら浅草寺に入っていくっていうことをやったとき、ぼくが先頭で、行進しながら入っていったら人混みがさっと分かれたの。「なにこれ、すごい！」って思ったら、その人垣は、ぼくらのあとにやって来たゴルバチョフ大統領を迎える人垣だったの（笑）。

——ゴルビーの露払いやったわけですね（笑）。

結果的にね（笑）。なんにせよデモをやるならああいうのがいいな。ニューオーリンズのお葬式みたいな感じじゃね。

——ああ、セカンド・ライン(12)ですね。

そうそう。

——これで、やっとファンクの話に戻った（笑）。

名曲刑事

あ、そうそう（笑）。ファンクね。検索の時期が続いてるって言ったでしょ。そうやって検索しながらいろんな曲をクリックして聴いてると、いろんなものをダウンロードしちゃうわけだよ。キリがない。そんなことをやってたら、気になっていた歌が、ゴギ・グラント[13]っていう女性歌手のものだってことが最近わかったの。

——知らない人だなあ……。

「The Wayward Wind」って曲を流行らせた人なのね。オーケストラがハバネラ[14]みたいに演奏している曲なんだけど、ゴギ・グラントってちょっと高尚な女性歌手なのね。それで、どうもその人かなと思って、また検索し直したの。一曲一曲しらみつぶしに。

——刑事みたいですね。名曲刑事!?（笑）

それで、「これだ!」ってみつけたんだけど、そうやってみつけることが喜びなの。自分のライブラリーに名曲は網羅してるはずだから、探さなきゃいけない曲はもう少ないと思うけど、その曲だけは未確認だった。それが「Can't Help Lovin' Dat Man」という曲なんだけど、その曲のオリジナルは『ショウ・ボート』[15]っていうミュージカルの曲でね。『ショウ・ボート』は映画化もされてるんだけど、映画のシーンではエヴァ・ガードナー[16]が歌ってる。きれいな声でね。それで、『ザッツ・エンタテインメント』[17]（ジャック・ヘイリー・ジュニア監督、一九七四年）を観たときにもそのシーンが出てきたんだけど、実は吹き替えだったということがわかった。ホントに歌ってるのは、エヴァ・ガードナーじゃなくてゴギ・グラントなの。

——調べましたねえ。

それをみつけたときの喜び！　でも、あとでもう少し調べてみたら、吹き替えをしたのは、ゴギ・グラントじゃなくて、アネット・ウォーレンって人だってことがわかったんだけど（笑）。

——なんだ、別人だったわけですか（笑）。ちなみに、そのリサーチにはどのくらいの時間をかけたんですか？

二日間だね。そのときはラッキーだったよ。メラニーの曲のときは二年くらいかかった（笑）。あんなメロディほかにないから、忘れたくても忘れられない。そういうものが体のあっちこっちに引っかかってるんだろうね。

——そうやってみつけた曲はどうするんですか？　何度も聴くんですか？

自分で歌えるかどうか、試しに弾いてみたりする。「Brand New Key」は女の歌なんで、主語を男性名詞に替えれば歌える。だけど「Can't Help Lovin' Dat Man」は、「あの男を好きにならずにはいられない」という歌だからね。これはね、ちょっと難しい（笑）。でも男も歌ってるんだよ。ジャズ歌手が、ひとりだけね。ゲイなのかな。去年はずっと「ラ・ヴィオレテラ」(18)という曲を集めてたの。これも名曲。チャップリンの『街の灯』のテーマで、花売り娘のことを歌った曲なんだけど、この曲もどこの国の曲なんだろうって謎だったんだ。

——一度、ライブでもやってましたよね。

ライブでやるのは難しいよ。「ラ・ヴィオレテラ」を作曲したのはスペインの人。この曲は一九二七年から一九二八年にかけて大ヒットして、パリのバーレスクでも流行したらしいから、ヨーロッパの女性歌手はみんな歌うんだよ。花売り娘が歌う歌だから、ぼくは男の立場に変えて歌ってる。花売られ男の立場でね。でも、ひとりだけ男でも歌ってるのがいて、それがアルゼンチンのカルロス・ガルデルなんだよね。最近は、男歌、女歌っていうのがちょっと気になってる。日本では、女の歌を男が歌うのはあたりまえなんだけどね、裏声で。マヒナスターズとかもそうだよね。そういうのはたぶん、日本にしかないと思う。

——そうなんですか？

うん。やっぱり日本は、歌舞伎の国なんだね。

——でも、やっぱり女性の歌を男性が歌うのは難しいですね。

洋楽の場合は、歌詞を変えないといけないしね。男は声も低いから、そのままでは歌えない。まあ、とにかく検索の病気がはじまって、気になることをじっくり確認し直してる最中なんだ。それで、京都の「音博」でちょっとロックっぽいことをやったりしたら、トラフィックもできるかなと思って聴きだしたりとかね。そうするとほかの音楽もいろいろ聴きたくなるから、聴き出しちゃったの。それでついでにファンクを聴き出しちゃった。

——いままでの音楽人生で「なにか忘れていることがないか」と確認をしている？

めぼしいものは全部ＬＰで持っているんだ。七〇年代のファンクはアルバムのなかに一曲は必ずいい曲が入っているからね。昨日はね、ザ・ワッツ・103rd ストリート・リズム・バンド[19]とか、ベイエリアやオークランドのファンク・シーンのバンドを聴いてたの。昔、そういうバンドに影響されて、同じような曲をつくったりしてたよ。

——昔、細野さん、グラハム・セントラル・ステーション[20]のライナーノーツを書いてましたもんね。

え、そうなの？

——学生のときに買って、そのアルバム持ってますよ。

そうだっけ。そのアルバムどうしちゃったんだろ。ラリー・グラハムはベーシストとして好きだったよ。チャールズ・ライトもね。とっても好きだった。そういうのも聴くチャンスがなかったから、改めて聴き直しているんだ。

——そういう検索モードに入る時期って、これまでにもあったんですか。

いや、なかった。当初はiTunesとかダウンロードには手を出さなかった。モノが好きだったから。でも、たかがCDだと思いだしたんだよ。アナログで仕事してたのでCDも嫌いだったはずでしょ？　落とすとケース割れるし。しかも、CDで買っておくとあとで探し出せないの。だからiTunesなどでPCに入れておくようになった。

三枚におろす

——細野さんが「名曲！」って言うとき、なにか客観的な基準ってあるんですか？

いや、ないね。主観的。

――一貫した特徴はあります？　調性とかリズムとか。

うーん……他人からは変な曲って言われるね（笑）。

――メロディがですか？

いや、全体的に。昔からそういう曲が好きなの。iTunesって購買数の統計が出てるじゃない？　それを見ると、自分が好きな曲はだいたい人気がないね。誰も買ってない。だから、人と違う好みなんだと思うよ。もちろんメロディがいいに越したことはないけど、それだけじゃない。ファンクなんかメロディがないしね。うまく説明できないな。

――ぼくもそういう検索は日々やってますけど、細野さんの場合、やっぱり創作のためにやってるんですか？

ゆくゆくは創作につながるんだろうね。まずは歌いたくなるんだよ。名曲に出会うと、すぐに自分で表現したくなる。自分の体で再現できるかどうか試したいんだ。いままではそういうことはやってこなかったし、ちゃんと聴いていない曲がたくさんあるから。

――はっぴいえんどの結成直前、バッファロー・スプリングフィールドなんかをコピーしてたって聞いてますけど、それ以来ですか？

名曲と言われるものの数々をね、実はほとんどコピーしたことがないんだ。コピーしなければ、その曲は永遠に輝いているでしょ。コピーするっていうのは三枚に開いておろしちゃうことだから。おろしたら元に戻らない。だから、なるべくコピーはしたくなかった。でも、何十年と経って、やっとそういう曲を歌いたくなったんだ。

――コピーすることに対する抵抗はなくなった、と。

うん。いまはない。もうさんざん聴くのは楽しんできたから。晩年に至ったいまならもういいだろう、と。

――ついに、三枚におろしてやれ、と（笑）。

食べてしまえ、と（笑）。

――楽しいですね。

すげえ楽しい（笑）。

――バッファローとかドクター・ジョンとか、細野さんが解釈してぼくらに差し出してくれたおかげで、オリジナルが一層楽しめるということがたくさんあったわけです。たとえばトラフィックが日本であまり人気がないのは、そういうことをやった人がほかにいなかったからじゃないかと思います。

かもしれないね。そういう人が日本にはたしかに少なすぎるね。

――いわば、音楽の翻訳をやる人ですよね。

そうそう。翻訳家だよ。いまのぼくは。

――名曲翻訳家!!

『HoSoNoVa』のときに、ぼくは公園管理人みたいな立場だって書いた記憶があるんだけど、それと同じことだよ。絶滅種の野生動物が減ってないかどうか、頭数をチェックしてるわけ。いま言った音楽は全部絶滅種で、誰かがやらないと、ホントになくなっちゃうから。ぼくがやれば、かろうじて少しは生き長らえるでしょ。

——細野さんは、カバーといってもアレンジをし直すことなく、なるべくそのままでやりますよね。曲のトータルなエッセンスを失ったらなんの意味もないから。

——内外問わず、そういうふうにカバーする音楽家って少ないですよね。[21]原型を変えずにやるっていう。

八〇年代の後半だったかな。カバーって、シミュレーショニズム[22]なんだろうなと思ったの。そのころ、クロード・ソーンヒルの「スノーフォール」のカバーをやったんだけど、あれはコンピューターがあってはじめてできたことで、ピカソの模写をするみたいなものだったんだけど、新しい表現の世界だなと思った。だから、もっとやりたいなと思っていたんだけど、結局一曲しかやらなかった。でも、そのときに感じていたことと、いま感じていることは違うんだ。いまは、もっと曲のエッセンスとか、言葉では説明できない音楽の魂みたいなものを失わせたくないっていう思いがあるんだ。それがあるからその曲をカバーしたいっていうだけで、ほかに意味はない。音楽が好きって、そういうことでしょ。でも、名曲じゃなきゃダメなんだ。たしかにクラシックからポップスまで幅広く聴いてるけど、名曲というのは、そのなかのほんの一握りしかないね。

——細野さんが名曲だと感じる曲は昔の曲に限りますか？　たとえば、今年に出たアルバムのなかから、名曲をみつけることもありますよね。

もちろんあるさ。でも、最近はそれがあまりにも少なくなって幻滅しているところではあるけどね。

——あれば聴きたいですもんね。

ぼくにはいまのポップスはわからない。女性シンガーを検索してみると、なんでこんなに多いんだってくらいたくさんいるでしょ。でも、みんな似ていて、特徴がないよね。がんばって、その人たちのいいところを探そうとするんだけど、そのとっかかりとして、どんな曲をカバーしてるかを調べるんだ。ぼくの好きな曲をカバーしてれば、やっぱり聴きたくなるし、その人の好きな音楽がそれでわかるからね。でも、やっぱり自分と気が合うなと思えるような人は少数派だね。街の音楽家みたいな人が増えたのかな。昔は、誰も彼もレコードは出せなかったけど、いまはそのハードルがだいぶ下がっちゃったからね。

——でも、そうやって音楽が民主化したというか、誰でもCDを出せるようになったのは一般的に、いいことだということになってますよね。

ぼくもそう思ってきたけれども、いまとなっては、どっちがよかったのかはわからないね。よくわからなくなっちゃったよ、ミソとそうでないものとが混じっちゃって。そのなかから、ミソを探すのはとにかく難しい。

——細野さんでも、それを見分けるのは難しいですか？

うん。難しい。膨大な量だからね。

——iTunes に出てくるものは商品化されたものだからまだいいんですけど、YouTube はホントにすべていっしょくたになってますからね。でもなかにはうまい人もいますよね。

うまいんだよ。ついこの間もカントリー系のギタリストを検索したの。みんなめちゃくちゃうまいんだよ。

——うまい人って、昔のほうが、たくさんいたんですかね？

いたんだろうけど、昔はテクニックがあるだけではレコーディングできなかった。いまは街中で、安くレコーディングできるから。

——もしいまの時代みたいな状況だったら、細野さんは音楽家になってましたか？

どうだろうね。街の音楽家としてCDをつくってたかもね。でも、プレイヤーにはならなかっただろうね。

——ぼく自身はならなかったと思うんですよ。CDじゃなくて、ぼくはレコードをつくりたかった。レコードをつくりたかったから、この業界に入ったんです。

わかるよ。ぼくもホントにレコードが好きだったからね。レコードの体験があるから、iTunesで買っていてもその気分は変わらないね。それに、iTunesは便利だしね。amazonで買うと、来るのを待たなきゃいけないから。

——amazonは、翌日には届くじゃないですか。

翌日じゃダメなの。いま聴きたいから。ぼくはせっかちだからね。とにかく、いい歌手は少ないって話だよ。やっぱり素人が多い。歌がとにかく面白くない。女も、男も。

すでに誰かがやってること

——先日、尾崎紀世彦(23)さんが亡くなりましたけど、歌謡曲というか、昔の歌手は圧倒的でしたよね。だからこそ、その音楽は誰もが楽しめるものだった。

ホントにそうだね。ただ、ぼくのやってることはそこまでの広がりは持たないから、せめて少なくとも音楽をやっている人には伝わればいいと思ってるけどね。

――そうでもないんじゃないですか？

『HoSoNoVa』はいろんな人に聴いてもらえたけどね。

――日本レコード大賞で「スマイル」を歌った細野さんは、いつもより大衆に向かって開かれてる感じがしました。あのとき、細野さんってもしかしたら演歌歌手なのかなって思いましたもん。年末にレコード大賞で「スマイル」を歌うなんてやっぱりすごいことですよ。

あれはやっておいてよかった。いままでとは違う反響もあったしね。

――平成のチャップリンですからね。そういう存在も必要じゃないですか。

客観的に見ると、こんなオッサンがいてもいいよねとは思うよ（笑）。ただ、この音楽好きのオッサンの深い気持ちは、一般の人にはなかなか伝わらないんだ。それはそれでいいんだけど、音楽をやっている人にそうしたことがちゃんと伝わってほしいとは思ってる。そのことがホントは大事なんだ。だから、一番身近にいる（高田）漣くんとか伊賀（航）くんとか（伊藤）大地くんと一緒にやれることが大事なの。一緒にやることで伝えているから。

――うらやましいくらいですよ。

ぼくは、それまではずっとひとりでやってた。あるとき、ひとりでやっていたところに、くるりの岸田くんが現れて、ラブコールされたからごはんを食べに行ったんだけど、そのときに「一拍子ってなんだ？」って問い詰められたの。それは言葉じゃ説明できないから、今度一緒にやろうよと言ったの。それが四年前の話なんだけど、最近になって、少しずつ一緒にやる機会をつくれるようになってきて、伝えられるんだなって実感してるんだ。一拍子っていうのは、ぼくの二十代のころの大発見だからね。だから、一子相伝で、岸田くんにだけ教えるっていうか、まあ盗んでもらおうと思ってる。でもね、ムッシュかまやつの本を読んでいたら、スパイダースをやっているころには、それに気がついていたって書いてあるんだよね。

——一拍子のことをですか？

一拍子とは言ってないんだけど、エイトビートとフォービートのズレが大事だってことを言ってるんだ。ちゃんと知ってるの。だから、それに気づいたのは自分が最初だなんていうことではないわけね。昔のフィフティーズのバンドなんか、みんなこれを無意識にやっていたわけで。当時は時代の変わり目だったからフォービートとエイトビートが混在してたんだよね。

——ぼくは、細野さんにビッグ・フォー[24]っていうリズムを教わりましたけど、そんなのも、どこにも書いてないことですよね。

書いてないよ。それをぼくに教えてくれたのはロニー・バロン[25]だよ。ロニーが体で教えてくれたの。そうやって伝承された体験があるからこそ、伝統は大事だって思うんだ。彼らニューオーリンズの人たちはホントに伝統が好きなんだ。誰かがあるときに発明した技法やスタイルが、やがてみんながやり出すようになって伝統になっていくんだ。セカンド・ラインとかキンキーギターなんていうものは、みんなそうなんだ。

——キンキーギターってなんですか？

ギターをキンキンって弾くんだよ。いまは、すっかりやる人がいなくなっちゃったね。

——先日、ポール・サイモンの新しいDVD『ライブ・イン・ニューヨーク・シティ』を観てたんですが、すごくよかったんです。「サウンド・オブ・サイレンス」とか、代表曲もたくさんやっていて、表面的にはルーツ回帰している感じなんですけど、それだけじゃない新しい感覚があった。そういう部分は、細野さんに似てるのかなと思いました。

新しいニュアンスを生みだそうとしてるんだろうね。それはわかるな。

——だから、ポール・サイモンもライブと同じような内容のアルバムを出せばいいのに、って思ったんですけどね。

それができないのはメジャーアーティストの宿命かもね。ライブ録音なんて古くさいって言われちゃうんだよ。昔、ハーレムのクラブでベニー・グッドマン(26)がライブをやってたじゃない？

——わかります。小さい編成でやってるんですよね。ビッグバンドじゃないベニー・グッドマンって、すごくいいんですよね。

すごいんだよ。毎日が実験で、それを録音したものが残ってるんだけど、それは興奮するよね。

——ホントにベニー・グッドマンが好きな人は、ビッグバンドじゃなくてスモールコンボなんですよね。

ぼくはベニー・グッドマンに対しては偏見を持ってたのね。自分は好きじゃないって。でも、スモールコンボを聴くとすごい人だったというのがわかる。『A Song Is Born』(邦題『ヒット・パレード』)っていう映画があって、ライオネル・ハンプトンとベニー・グッドマンが出てきてセッションをする場面があるんだけど、これもすごいんだ。やっぱりすごいんだな。レコーディングだけじゃわからないすごみがあるんだね。

――ベニー・グッドマンは単なるジャズじゃないですよね。ジャズをはみ出してるよね。面白い。

――こういうことって、自分が若いミュージシャンに伝えていくことになると想定していました？

いやいや。それはロニー・バロンの影響だね。彼が教えてくれたことがすごく身になってるんだ。

――それっていつごろの話でしたっけ？

七〇年代に、彼が来日して、彼のソロを一緒につくったときだね。人間的にも面白くて忘れられない人だよ。あと、ジェフ・マルダーがラジオ番組に出てくれたことがあるんだけど、古い曲をかけたら、これは「シャヴェリング」っていうリズムなんだって教えてくれてね。昔は列車の音のリズムが音楽に大きな影響を与えていたわけだけど、そういう生活のリズムみたいなものの影響は、昔の音楽はより色濃いんだよね。

――ブルーズは、奴隷制時代の綿摘みのリズムですもんね。ちなみに細野さんの曲は「てくてく歩く」リズムが特徴的ですよね。

ハロルド・アーレン(27)って人は歩きながら曲を書いてたらしいよ。

――細野さんもやったりします？

歩くテンポは嫌いじゃない。

――そう言えば、この前、ハロルド・アーレンのレコード盤も売ってましたよ。買っておきましょうか？

持ってるよ。

——本人が歌ってるやつですか?

下手くそなんだ、歌が(笑)。下手なのにノっちゃってね。

——周りのミュージシャンにそういうのを伝えるのって楽しいわけですね。

楽しい。いまやってるバンドは、もうだいぶ長くなるけど、その成長の著しさはめざましい。心から賛嘆の気持ち。でも、まだやってないこともいっぱいあるんでカバーをやることはホントに勉強になるよ。

昨日がよみがえる

——お客さんに対して、期待することってなにかあります?

お客さんのことは一切わからないんで、おまかせしちゃってる。ミュージシャン同士で演奏してるでしょ。それが楽しいことが基本で、それをたまたまみなさんが観てるだけであって、見せるためにやってるんじゃないということに気がついたの。十年くらい前に。

——それまでは、お客さんのことを考えなきゃいけないって思ってたわけですか?

そう。そうすると緊張するわけだ。だって、ライブをやって今日はよかったって思ったことがなかったから。いつも落ち込むよ。最近はだいぶ落ち込まなくなってきたけど。

——「よかったですよ」とか言われるのは信じてなかった?

いやいや、周りも正直なもんで、ホントによくなかったときは、誰もなにも言わないから（笑）。そういう場合はいたたまれなくなっちゃってね。

――ぼくもライブの記録音源を自分で聴くまでは、疑ってます。どうだったのかな、と。

ぼくもお客さんをそういう意味では信用してないからね。でも、楽しそうに踊ってる女の子がいたりするとうれしくなっちゃう。ひとりでもいいからそういう人がいると、そのイメージがあるからまたやりたくなる。とにかくね、若者はなにも知らないという先入観はあるよ。だから紹介しようと思ってやってるんだ。ずっと同じことやっていれば記憶に残るでしょ。

――しつこいくらいに同じことをやると。

おかげで「香港ブルース」[28]とかは、もうみんな知ってるよ。

――細野さんのファンなら、ホーギー・カーマイケル[29]も「香港ブルース」も、もはや珍しい曲ではないと。

群衆ってのは余計な考えなの。個人でやってるわけだから。対大衆っていうのは幻想だよ。昔はそれに悩んだけど。

――「パブリック・プレッシャー」[30]ですね（笑）。

うん。そんなふうに大衆を相手にするなんて考えていたら音楽なんてできないよ。自分に向かっていかないと音楽はできない。外に向かっていったら音楽はできないんだ。大衆は不安の固まりだしね、ぼくにとっては。

――大衆は不安の固まり。わかるような気がします。ライブの最中にお客さんを見ますか？

見れないな。そういう余裕がないよ。ときどきチラ見はするけど。ＹＭＯのライブは、一万二千人のお客さんに対して、ステージには三人しかいないわけで、その圧力たるやすごかったよ。当時はそれを自分に取り入れてやっていたんだろうけど、いまはそうじゃないからね。十年前に考え方が変わったからね。

——どう変わったんですか？

たとえば、神社の田んぼみたいなところで奉納演奏をしてるときに、お客さんと演奏者が相対してるのはおかしいって思って、その間に祭壇を置いたの。そうしたら違う空間が生まれたんだよ。祭壇を中心に置くことで音楽がゆるく動きだすんだ。

——アイリッシュパブでは音楽はみんなで囲むもので、その形態は「サークル」と呼ばれていたそうです。アンビエントもそうですけど、音楽はそもそも面と向かって対峙するものではないんでしょうね。

そうそう。アンビエントの時期があったから、ぼくもそういうことに気づいたんだろうね。普通のコンサートでは、お客さんの存在を自分の力に変えてパフォーマンスするんだろうけど、ぼくはそういうふうにはできないから、たぶんライブは向いてないんだよ。

——普通はロックコンサートといえば、ステージが祭壇なわけですからね。いわばステージのアーティストを拝みに行くわけですもんね。

ミュージシャンがそういう対象になっちゃうわけだよね。そうするとホントの音楽は聴こえないんだ。ミュージシャンも一〇〇％完璧に演奏しようとするしね。そこに音楽のよさがあるとはぼくには思えないな。音楽に完成はありえないし、大事なのはプロセスだから、一番面白いのはむしろリハーサルなんだ。だからＣＡＹのライブでは公開でリハーサルをやったの。とにかく、ミュージシャンである自分たちがお互いの音楽を楽しみながらやらないといけないと思ってね。それを教えてくれたのはハーレムのミュージシャンたちだよ。一九四〇年代のハーレムのクラブではね、ミュージシャンたちは仕事のあとに遊びでセッションをやるんだ。お互いの演奏を楽しんでて、そうきたかとカウンターをやる。そのノリがものすごく楽しいの。自分で現場を見たわけじゃないけど、映画『5つの銅貨』[31]でそういうシーンを見て、これをやりたいって思った。ただただ楽しいんだよ。シリアスじゃない。

——細野さんの音楽人生もそうですもんね。すべてがプロセスで、それが楽しい。

いまだに完成しないね。

——結局、音楽はいつまでやるんでしょうか。

死ぬまでやる。完成はしないよ、節目はあるけどね。

——いまもある種の節目ですかね。

いまはこれまでで一番楽しいね。これまでと違うのは、これは自分で歌えるかもしれないって思えるとこね。歌うのが楽しい。うまくないから歌える曲は少ないけどね。

——もはや、ベンチャーズのカバーをやるのも楽しい、って言われてましたね。

そういえばそうかも。いままでのぼくの音楽は、いちいちおおげさだったでしょ。いまはベンチャーズ聴いてた中学生のころに近い。聴いてすぐやりたくなるんだ。あのころ聴いてたものは、昨日聴いてたもののように感じるよ。それは単に懐かしいわけじゃなくて、そのときがまたやって来たってことなんだ。昨日がよみがえるような感覚。数年前、ティンパンを再開したときもそうだった。ブランクがあったのに、いざ演奏すると、まるで昨日まで一緒に演奏してたみたいだったんだ。

（１）クロード・ソーンヒル　Claude Thornhill　１９０８年、米国生まれのピアニスト、作曲家、バンドリーダー。ギル・エヴァンスやジェリー・マリガンら、のちにジャズ界を牽引することになる編曲家・ミュージシャンを擁した楽団を率い、ノン・ビブラートによる独自のサウンドを確立。代表曲「スノーフォール」で一躍有名になった。マイルス・デイヴィスのアルバム『クールの誕生』に大きな影響を与えたことでも知られる。１９６５年没。

（２）コラボレーションのアルバム　鈴木惣一朗とカーネーションの直枝政広によるこのコラボユニットは、２０１３年7月に「ソギー・チェリオス」名義でデビューアルバム『1959』を発表することとなる。

（３）「音博」　ロックバンド「くるり」が主催する音楽フェス「京都音楽博覧会２０１２」のこと。細野（ボーカル&ベース）、高田漣（ギター）、伊藤大地（ドラム）の３人編成で出演。

（４）トラフィック　Traffic　１９６０年代後半から70年代にかけてのブリティッシュ・ロックを代表するバンド。スペンサー・デイヴィス・グループのボーカル・オルガン奏者だったスティーヴ・ウィンウッドを中心に、デイヴ・メイソン（ギター）、ジム・キャパルディ（ドラム）、クリス・ウッド（サックス）の４人により１９６７年に結成。サイケデリック、トラッド、ジャズ、ブルースなど多彩な音楽的影響のもと、実験精神溢れる作品を残した。

（5）フランツ・リスト　Franz Liszt　1811年、ハンガリー生まれの作曲家、ピアニスト。ピアニストとしては史上最強と言われるほどの超絶技巧の持ち主、作曲家としては数多くの技巧的難曲を生みだしたことで知られる。代表作に「巡礼の年」「ハンガリー狂詩曲」「ラ・カンパネッラ」などがある。1886年没。

（6）マリア・マルダー　Maria Muldaur　1943年、米国生まれの歌手。シンガー・ソングライターのジェフ・マルダーと結婚し、ジェフ&マリア・マルダー名義で『ポテリィ・パイ』『スウィート・ポテト』の2枚のアルバムをリリース。ジェフと離婚後はソロに転向し、『マリア・マルダー』『ドーナッツ・ショップのウェイトレス』『ジャザベール』等のアルバムをリリースしている。

（7）ジョニ・ミッチェル　Joni Mitchell　1943年、カナダ生まれの音楽家。女性シンガー・ソングライターの代表的存在にして、いまなお多くのフォロワーを生む神様的存在。『青春の光と影』『ブルー』『コート・アンド・スパーク』『逃避行』『ドンファンのじゃじゃ馬娘』『ミンガス』等々、名作とされるアルバムは枚挙にいとまがない。近年は「モルジェロンズ病」と呼ばれる難病の治療中と言われ、表舞台には姿を現していない。

（8）ローラ・ニーロ　Laura Nyro　1947年、米国生まれの音楽家。ソングライターとして多くのヒットナンバーを生み出した一方、シンガーとしても『イーライと13番目の懺悔』『ニューヨーク・テンダベリー』等の傑作アルバムを発表。ニューヨークを象徴する、高度に洗練されたポップミュージックの作者として絶大な支持を集めた。1971年に引退するものの、5年後に復活。以後寡作ながらも定期的にアルバムをリリースしていたが、1997年に惜しまれつつ死去した。

（9）メラニー　Melanie　1947年、米国生まれのシンガー・ソングライター。本名はメラニー・ソフィカ。ローラースケートを履いた女の子の切ない恋心を綴った「Brand New Key」（邦題は「心の扉をあけよう」）が全米で大ヒット。1971年12月から翌年1月のビルボードチャートで1位に輝いた。

(10) ピート・シーガー　Pete Seeger　1919年、米国生まれのフォーク・シンガー、ソングライター。父の友人だった音楽研究者のアラン・ローマックスの助手として働くうちに、自身も歌手としての活動をはじめる。アメリカの伝承音楽を積極的に紹介し、60年代にニューヨークのグリニッジ・ヴィレッジを中心に巻き起こったフォークソング・リバイバルの立役者となる。米国共産党への入党(49年離党)や公民権運動やベトナム反戦運動への参加等、政治運動に積極的だったことでも知られている。ソングライターとしては、反戦歌として有名な「花はどこへ行った」、シンガーとしては、公民権運動の象徴となった黒人霊歌「ウィ・シャル・オーバーカム」等が代表的作品。近年はオバマ大統領の就任記念コンサートやマディソン・スクエア・ガーデンで行われた自身の90歳を祝うコンサートなどでも元気な姿を見せていたが、2014年1月27日にニューヨーク市内の病院で死去。前年に日系アメリカ人の愛妻トシを亡くしたばかりだった。

(11) ミット・ロムニー　Mitt Romney　1947年生まれ、米国の政治家、実業家。マサチューセッツ州知事を経て、2012年のアメリカ合衆国大統領選挙に共和党候補者として出馬するが、民主党候補のバラク・オバマに敗北。米国のシンガーソングライター、ライ・クーダーは同大統領選をテーマに制作したアルバム『エレクション・スペシャル』において、「ミット・ロムニー・ブルース」を収録。なお、ニューウェイブバンドのディーヴォも「Don't Roof Rack Me, Bro!」という曲を発表し、ロムニーに痛烈な皮肉を放った。

(12) セカンド・ライン　Second Line　ニューオーリンズで行われる伝統的なパレード、またはそのパレードでブラスバンドによって演奏される音楽、あるいはそのリズムのこと。

(13) ゴギ・グラント　Gogi Grant　1924年、米国生まれの歌手。1956年リリースの「The Wayward Wind」(邦題「風来坊の唄」)はビルボード・チャートで1位を記録するヒットとなり、その後サム・クックやパッツィ・クラインらにもカバーされた。

(14) ハバネラ　Habanera　19世紀にキューバで生まれたダンス音楽の様式。ジョルジュ・ビゼーのオペラ「カルメン」やモーリス・ラヴェルの「スペイン狂詩曲」などで流用されるなど、ヨーロッパに伝わってさらに開花した。リズムは基本的に2拍子であり、タンゴのリズムのルーツとも言われる。

(15)『ショウ・ボート』Show Boat　女流作家エドナ・ファーバーによる同名小説をもとに、ジェローム・カーン作曲、オスカー・ハマースタイン2世の作詞によりミュージカル化。1927年にニューヨークで初演。1929年、36年、51年の3回にわたり映画化されている。

(16) エヴァ・ガードナー　Ava Gardner　1922年、米国生まれの女優。1951年公開の映画『ショウ・ボート』で一躍人気を集めた。俳優のミッキー・ルーニー、ミュージシャンのアーティ・ショウ、歌手のフランク・シナトラと結婚したが、いずれも離婚。大富豪ハワード・ヒューズらとも浮き名を流した。1990年没。

(17)『ザッツ・エンタテインメント』That's Entertainment!　1974年公開のアメリカ映画。メトロ・ゴールドウィン・メイヤー社の創立50周年記念作品として制作された。『雨に唄えば』や『ショウ・ボート』をはじめとした同社の名作ミュージカルから名シーンを選りすぐって収録し、フランク・シナトラ、ジェームス・スチュワート、ジーン・ケリー、フレッド・アステア、ビング・クロスビーら多くの大スターたちがプレゼンターとして出演している。

(18)「ラ・ヴィオレテラ」La Violetera　スペインの作曲家、ホセ・パディーヤ・サンチェスが1914年に作曲。スペインの歌手ラケル・メレエが歌い、ヨーロッパ中で大流行した。「すみれの花売り娘」という邦題でも知られる。

(19) ザ・ワッツ・103rd ストリート・リズム・バンド　The Watts 103rd Street Rhythm Band　チャールズ・ライトが1962年にロサンゼルスで結成したファンクバンド。チャールズ・ライト&ザ・ワッツ・103rd ストリート・リズム・バンドとして活動していた時期もある。代表作に1970年リリースの『Express Yourself』などがある。

(20) グラハム・セントラル・ステーション　Graham Central Station　スライ&ザ・ファミリー・ストーンのベース奏者だったラリー・グラハムによって、1973年に結成されたファンクバンド。代表的なアルバムに『Ain't No 'Bout-A-Doubt It』(1975) や『My Radio Sure Sounds Good to Me』(1978) など。なお、ラリー・グラハムはエレクトリック・ベースにおけるスラップ奏法（親指で弦を強く弾く奏法）の発明者とも言われている。

(21) シミュレーショニズム　simulationism　1980年代にニューヨークを中心に起こった美術運動。「シミュレーション・アート」とも呼ばれる。既存の芸術作品を積極的に引用（または盗用）することで、オリジナルとコピーが対立する近代的な芸術構造を乗り越えようとした。日本では、美術評論家の椹木野衣が著書『シミュレーショニズム　ハウス・ミュージックと盗用芸術』によってこの運動を紹介し、音楽界、美術界に大きな影響を与えた。

(22) 「スノーフォール」のカバー　桑原茂一によるプロデュースのチャリティ・コンピレーションアルバム「ピース・オン・アース」のために制作された。

(23) 尾崎紀世彦　おざききよひこ　1943年生まれの歌手。「和製トム・ジョーンズ」とも称された圧倒的な歌唱力で人気を博した。代表曲に「また逢う日まで」などがある。2012年没。

(24) ビッグ・フォー　The Big Four　ニューオーリンズのコルネット奏者バディ・ボールデン（1877－1931）によって発明されたとされているリズムのこと。それまでのマーチングバンドのリズムにシンコペーションを利かせたリズムであり、その後のジャズの誕生に大きく貢献したとされる。

(25) ロニー・バロン　Ronnie Barron　1943年、米国生まれのピアノ、オルガン奏者。ニューオーリンズを代表する音楽家のひとりであり、ドクター・ジョンとは50年代後半から公私にわたる大親友でもあった。78年にリリースされたセカンドアルバム『ザ・スマイル・オブ・ライフ』は細野と久保田麻琴をプロデューサーに迎えて制作され、林立夫や鈴木茂らも参加している。1997年没。

(26) ベニー・グッドマン　Benny Goodman　1909年、米国生まれの音楽家。「スウィングの王様」と称される、スウィング・ジャズの代表的音楽家のひとり。ジーン・クルーパ、テディ・ウィルソン、ライオネル・ハンプトンらを擁したベニー・グッドマン楽団のリーダー兼クラリネット奏者として活躍した。1986年没。

(27) ハロルド・アーレン　Harold Arlen　1905年、米国生まれの作曲家。「Over the Rainbow」「Stormy Wheather」「It's Only A Paper Moon」など、アメリカのポピュラーミュージック史を代表する名曲を数多く残した。1986年没。

(28)「香港ブルース」　Hong Kong Blues　ホーギー・カーマイケルが1939年に作曲。ハワード・ホークス監督の映画『脱出』（1944年）のなかで、ホーギー・カーマイケル本人によって歌われるシーンは有名。細野は1976年リリースのアルバム『泰安洋行』で同曲をカバーした。

(29) ホーギー・カーマイケル　Hoagy Carmichael　1899年、米国生まれの音楽家。「スターダスト」「我が心のジョージア」など、アメリカ音楽のスタンダード曲を数多く生み出した。また、俳優としては『脱出』『我等の生涯の最良の年』などの映画に出演している。1981年没。

(30)「パブリック・プレッシャー」 1980年リリースのYMOのライブアルバム『パブリック・プレッシャー／公的抑圧』にちなんでの言及。

(31)『5つの銅貨』 The Five Pennies 1959年公開。実在したコルネット奏者のレッド・ニコルズの半生をダニー・ケイが演じるほか、ルイ・アームストロングも本人役で出演している。

対話4
２０１２年10月30日
谷中・カヤバ珈琲店にて

「古賀政男さんは
やっぱりどっしりしてる。
誰も突き崩せないし
なんか根が深い」

木枯らしが吹きはじめる季節。
細野さんは秋のような人だ。　秋が似合う人。
震災後のひんやりとした風が心のなかに吹いている。（S）

おいしいイワナ

——寒いですね。風邪をひいてる人が多いらしいですよ。

流行ってるの？

——細野さんは大丈夫ですか？

うん。

——どうでした、東北は？

うん。複雑な気持ちだけど、いいところだったよ。

——石巻、仙台、相馬をツアーで回ったんですよね。震災後の街の様子はいかがでしたか？

見たところはなにも起こっていないような感じ。でも、港のほうに行くと恐ろしい痕が残っていた。

——そうですか……。

街から海が近いんで行ってみたんだけど、水位が高かった。陸が沈下したのかな。泳ぎたくなるんだけどね。でも、海は放射線量が一番出てるんだ。値が高いんだよ。そういえば、街の公園には測定器があったね。

——子供たちは、公園で普通に遊んでいますか？

一見普通だよ。でも、内心ではすごく放射能を気にしてるように見えたな。みんな線量計を持ってるからね。持ってるけれどもう測らない。ぼくもそうだけど。

――もう、見たくないんでしょうか。

放射線量が高いことはもうわかってるし、劇的な変化もあまりないから。

――海に行くと値が高いのは、やっぱり……。

海に汚染水を垂れ流しちゃったからでしょう。汚染水は全部海に行っちゃうんだよ。そういえば食事に行ったら、魚を出されたんだけどね。

――どうしたんですか？

おいしかったよ、イワナ。

――イワナ？　おいしそう。

おいしかったよ。川魚は怖いと思ってたけど、こっちからはなにも聞かなかったんだ。そうしたら店主から、これは養殖だから大丈夫ですって言われた。天然モノはいまだに現地の人も気をつけてるんだろうね。

――ライブに来たお客さんの感じはどうでした？

若い人たちが来てて、静かだったけど楽しそうだったよ。

――ついにトラフィックの曲をやったんですよね。

やったやった。楽しかった。やみつきになりそうだけど、レコーディングとかはしないかも。

――あれ？　ロックやらないんですか？

ベースを一生懸命弾きすぎて、いま腕がしびれてる。後遺症だね。治るまで時間がかかりそう。

サイン会もやったよ。相馬のライブ会場はスーパーの会議室だったんだけど、そのスーパーのオーナーが音楽好きでね。無料でやったの。

——そのオーナーさんとはなにか話されましたか?

オーナーじゃないけど、お客さんのひとりから「相馬はどう思うか」って聞かれたから、「放射線のことを考えなければすばらしいところだ」って言ったよ。

——正直ですねえ。

相馬の人もみんなそう思ってるんだ。だって空気がおいしいんだから。食べ物もおいしいし。

——聞いた話ですけど、ここから先は警戒区域だからって家の真ん中にロープを張られた人がいて、「警戒区域とそうじゃない地域がどう違うかわからない」って怒ってましたよ。

放射線は手に負えない。風に乗って動いてるからね。

——生活できなくなっちゃう。そもそも、警戒区域ってどういう線の引き方なのかわからない……。それで、相馬のライブには何人くらい集まったんですか?

八十人くらいだったのかな。

——『希望の国』(1)って映画は観ました?

まだ観てない。観た?

——ぼくも、まだ観てないんですけど。早く観たいと思ってるんです。

メッセージ性の強いものって一時たくさんあったけれど、あの映画みたいに、しっかりと向き合うようなものがこれからはきっと増えていくよね。

——そういえば、このあいだ細野さんに車で送ってもらったとき、実はひどい車酔いしちゃいまして。たった十分くらい乗ってただけじゃない。

——車のなかで珍しい音楽をかけてくれたじゃないですか。その音楽についていろいろと考えながら聴いてたんですけど、結構スピードを出されてたんで（笑）。

なにをかけたんだっけ？

——オハイオ・プレイヤーズやスティーヴ・ミラー・バンドなんかでしたね。「この曲のどこがいいんだろう？」って考えながら車に乗ってたんです（笑）。それで酔っちゃったんです。

あら、わかんないんだ（笑）。

——「わかんないなぁ……」って思ってました（笑）。

フィジカルな音楽だからね、ファンクとかは特にそう。昔聴いていいなと思ったものは、いま聴いてもいいね。それまではファンクみたいなリズムはなかったから。でも、その当時に聴いていないとわからないかもね。

発明のある曲

——ファンクのリズムがいまもいいわけですか？

オハイオ・プレイヤーズの「エクスタシー」って曲はリズムだけじゃなくて、構成もいい。ミニマルだからね。当時はああいうリズムはなかったんだよ。特にリフがね。あれは考えつかない。

「すげえ、大発明だ」って思いながら当時は聴いてた。

——いまでもそう思いますか？

うん。いまでも思うよ。発明ってぼくの目標になってるんだ。発明のある曲は時代が経っても古くならないからね。

——音楽の歴史のなかで大発明って呼べるものってあるんでしょうか？

大発明ってのはそんなにないだろうね。少しずつ小さな発明が積み重なってきたんだと思う。そういう発明って、既成のジャンルの枠から、ちょっと外れたところで生まれてるんだよ。だからその発明の結果として、少しずつそのジャンルが拡張される。そうすると、いままで使ったことのない感覚が刺激されるようになる。

——たとえばロック史における発明って、機材や楽器が大きく変わったことが要因だったように思われがちですよね。六〇年代から七〇年代のロックのイノベーションって、電子楽器の登場で、どっと急に起こったみたいに思われています。でも本当は、いままでにない音楽の感覚の積み重ねが作用したはずで、細野さんみたいに、そうした小さい発明に注目して聴いてる人って少ないですね。

音楽をやってるってのはそういうことだから。ぼーっと聴いてるわけじゃないってことだ。

——みんな案外ぼーっと聴いてるんですかね？

どうだろうね。でも、ぼーっと聴いてるんだなって思うことはあるよ。

——あります？

うん。そう思ったのは、とある女子に「ベースの音ってどれですか？」って聞かれたときね

（笑）。ミュージシャンたちは、楽器ごとに分けて聴くこともできるし、全体を聴くこともできる。聴くときの距離感を変えられるでしょ。

――でも一般的には……。

ひとつの方向からしか聴けない人が多いのかもね。

――とすると、どこを聴いている人が多いんですかね。やっぱりメロディなのかな。それとも、「ラウドな感じ」とか、なんとなくの雰囲気ですかね。細野さんは、トラフィックなんかにしてもそうですけど、音楽のきわどいところをよーく聴いてますね。

みんながそうやって聴いてるもんだと、ずっと思ってたんだけどね。でも人びとはほぼ歌詞を聴いてるんだってわかってきた。話を元に戻すと、トラフィックよりもバッファロー・スプリングフィールドのほうがホントはもっと難しいんだよ。あんなに地味でわかりにくいバンドはないと思う。でも、はっぴいえんどのおかげで聴かれるようになった。

――あっ、自分で言っちゃった（笑）。

いいんだよ、ホントにそうなんだから（笑）。トラフィックはもっとヒットチャート狙いのバンドだったから、あそこまでわかりにくくはないんだけどな。

――『マジカル・ミステリー・ツアー』[2]のリマスターされたDVDが最近出まして。特典映像がいっぱい入ってるんですけど、そこにトラフィックが出てくるんですよ。

へえ。

――本編には出てこないんですけど、なぜかトラフィックのプロモーション・ビデオが『マジカル・ミステリー・ツアー』には入ってるんですよ。本当は編集して、本編に入れようとしたらしいんですが、ビートルズに「トラフィックを紹介しようぜ」って気持ちがあったんだなって、それを観るとよくわかります。

紹介するっていうのは大事なことだよ。

——日本では、そういう文脈をつくってトラフィックを紹介してあげることがなかった。だから、細野さんが、こうやって紹介することには意味があると思います。

といっても、好きな曲は三曲しかないけどね（笑）。でもそれが抜群にいいから。どのバンドでもそうだよ。

——どのバンドも三曲だけですか？（笑）

一枚のアルバムのなかでね。十曲入りなら、打率は三割だ。

——全部の曲がよかったアルバムってありますか？

ビートルズの『リボルバー』かな。いま聴いても変わらないと思うけど、当時は全部いいなって思ってた。『サージェント・ペパーズ〜』なんかもそうだ。

——ちょっと話を戻しますけれど、そもそも発明って音楽に必要でしょうか？

もちろん。発明がないとダメになる。なんでもそうだよ。科学だってそうでしょ。みんな四六時中新しいアイデアを考えてるわけじゃない？　いまはそういうミュージシャンが少なくなっちゃったよね。みんな売れることばかりを考えてる。

——昔は売れることと、新しい音楽をみつけることが近いところにあったわけですね。

昔はそれが一緒だった。新しいアイデアが売れたの。

——ホントにそうですね。

だから、ヒットチャートを賑わせる音楽はみんなイキがよかった。

——発明という意味では、最近だとボカロ[3]が最後ですかね。

あれの使い方で面白いものが出揃ったのが二〇〇五〜二〇〇六年で、そのあとはそれが薄まって応用されてるだけって感じがするな。エレクトロニカも、そこで生まれた発明は、全部ポップスに応用されて消費されちゃった気がするね。

——エレクトロニカの出現あたりまでは、機材の進歩とともに、感覚や音楽的な拡張があったような気がします。

うん。その先はまだなにも生まれてないな。その証拠に、ぼくなんかＭａｃのＯＳをアップデートしてないもん。それまで使っていたプラグインとかが使えなくなっちゃうから(笑)。

——ＯＳのバージョンは、どこで止まってます？

パーソナルなＭａｃは常に最新にしてるけど、音楽専用のはマウンテン・ライオンの前だね。それを変えちゃうと、いろんなものが使えなくなっちゃうんだ。ライオン以降はロゼッタっていう基盤技術が廃止されちゃったから。

——スケッチショウの『トロニカ』[4]で使ったプラグインなんかは、とっくに使えなくなっちゃったんじゃないですか？

あれは、結局あのときしか使わなかったね。だからスケッチショウはもうできないんだよ。考えてみれば不思議なことだよね。とにかく、いまはかつてのテクノロジーがあっという間になくなっちゃう時代なんだね。あるうちにやっておかなきゃいけないって話だ。

——テクノロジーのおかげで、みんなが音楽家になった半面、街には雑音が増え、プロの音楽家も今後どう生きていくのかという問題があります。そういえば、先日、佐藤博(5)さんが亡くなられました。あのブギウギ・ピアノがもう聴けないのかと思うと本当に残念です。

いま困ってるんだ。ああいうねちっこいピアノは佐藤くんしか弾けないから。残念だよ。だけど、しょうがない。自分でやるしかないのかと思うね。

——もはや細野さんしかいないですよ、あのピアノを体現できるのは。

ぼくに出来るとは思えないな。

——佐藤博さんは本当に希有な存在でしたね。いくら街の音楽家が増えても、あのピアノは誰にも真似できない。

どこにでもうまい人はいっぱいいるんだ。オリンピックなんかを見てもそうだけど、びっくりするくらいうまい体操選手なんかがたくさんいるでしょ。だから、うまさってなんだろうって、ずっと考えてたの。才能があればの話だけど、技術を修練すれば、みんなうまくなる。コンクールみたいなところに出てくるピアニストってみんなうまいでしょ。でも、その音楽を好きでやってるのかな、って思っちゃうところはあるな。「ここが腕の見せ所」って感じでやっている人が多い気がするよ。そういう意味ではプレイヤーと作曲する人って根本的に違っているのかもしれないけれど。どちらにしろ、テクニックに走ったらショーになっちゃうね。

——思い返すと、ギタリストの大村憲司(6)さんもすごかったですよね。

ほれぼれするね。演奏の根本にブルーズの歌心があった。

――ぼくは憲司さんを松岡直也&ウィシングのステージで生で観たとき、ソロのパートでもカッティングしかしないのに驚いたんです。いわゆるギターソロでお客さんのウケを取らない。とはいえ、お客さんの心に届くような演奏をしようと思うと、やっぱりそれなりの技術も必要ですよね。

それはそう。下手じゃ困るよな（笑）。なんだ？　この話の展開は……（笑）。

服部良一と古賀政男

――いわゆる街の音楽家やインディーズのレーベルにとっては、インターネットが広まったことによってチャンスが増えたわけですが、細野さんもその点について、かつては明るい見通しを持っていましたよね？

明るいと思ってたよ。パソコンなんかで音楽をつくれるという、クリエイティブなツールができたと思って喜んだんだ。ぼくは、みんな音楽の才能は豊かなのに、演奏する教育も機会もないままそれが発揮できてないだけなんだって思ってたの。それで表現する手段がないから才能をかたちにできていないだけで、ツールを持てばかたちにできる。それはすごいことだと思ってた。

――なるほど。

だから、みんなが自分にしかできない音楽をやるべきだと思ってた。音楽を聴くと、その人がどんな人かわかるでしょ。だから、みんなが音楽をやればひとりひとり違う音楽ができて、みんながそれを名刺がわりにするようになれば、きっと面白くなるだろうって思ってた。そうなると、音楽は市場に流通しなくなるだろうと思ったの。経済的な側面がぜんぜんなくなっちゃうんだけど、そうなったらどうなるんだろうなってのも、一方で思ってた。

——ある部分はそうなりましたよね。

ただ、なりゆきを見ると、ひとりひとり持っている音楽の世界を、それぞれが間違ったやり方で表現しちゃったように見えるな。自分が聴いたものを、そのまま表現しちゃう。自分のなかから出てくる音楽じゃなくてね。じっくり煮詰めてないし、勉強が足りない感じだ。音楽をより深く知るということが足りないんだ。音楽という、昔から続いている文化の流れが、どれくらい自分にも入ってるか、そこにどうやって自分が加わるのか、音楽の海に自分がどうやって入っていくのか。そういうことについての勉強はみんな足りなかったね。

——昔、細野さんの『レコード・プロデューサーはスーパーマンをめざす』（徳間文庫）って本を読んだんですけど、そのなかに「レコードを売りたいならレコードを買わなきゃダメだ」って書いてあったんです。過去、百年くらいのポピュラー音楽の歴史を聴けと。ぼくはそれを真に受けちゃって。

真に受けてよかったじゃない（笑）。

——プロとしてやっていくにあたって、そういうことは知っておくべきだと思って。

ブラジルって音楽の国って言われるけど、あそこはみんなが先達のことをすごく尊敬してるでしょ。自分が歌う曲は誰かがつくったものに影響されてるということを表明するの。誰がつくったかってことを忘れないんだ、彼らは。音楽の国って呼ばれる所以って、そこにあるのだと思うし、それがあるからこそ音楽の国なんだよ。だから、いいミュージシャンがいっぱい出てくる。サンバなんか、ホントにそうなんだ。

――ヒップホップにもそういうところはありますよね。彼らも、先人たちへのリスペクトをすごく表明します。

そうかもしれない。

――かつて、日本にもそういう文化はありましたよね？

どうだろう。

――歌謡曲って、そういった継承の文化があったように思いますけれど。昔の歌謡曲を聴いてみると、ずいぶん音楽の血が濃かったんだなと思います。

ある歌謡曲の大作曲家が歌謡曲の流れが変わったのははっぴいえんどのせいだって言ってたそうだよ。又聞きだから、ホントかどうかわからないんだけど。

――それはどういう意味でおっしゃったんですかね？

結果的にだけど、続くと思われていた歌謡曲の流れを変えちゃった発端だからかな。

――職業作曲家に代わって、そうではない人たちが出現したってことですよね。

うん。でも、それってアメリカで起きたことが十年遅れて起きただけなんだ。十年もかかってないかな。ニューヨークでやってたキャロル・キングなんかもそうだけど、つくり手がそのまま歌い手にもなったっていうことだよね。そうじゃない人は消えていった。自分でつくって、自分でどんどん歌う人が出てきた。それが日本でも数年後に起こったんだ。

――そのきっかけが、はっぴいえんどだったわけですね。

まあ、目立ってただけだと思うけど。フォーク系のシンガー・ソングライターもいたけれど、彼らは少なからず歌謡曲の路線を引っ張っていたからね。

――はっぴいえんどは当時から孤立して、浮いてたみたいですね。吉田拓郎さんが先日のラジオで、はっぴいえんどはライブがはじまる前にずーっとチューニングしてて、それが癪に触ったなんて話をしてましたよ。

孤立してたし、浮いてたよ。みんな敵だと思ってたから、どう思われようと構わなかった。

――はっぴいえんどが流れを変えた、というのは、言うなれば、音楽を職業人の手から解放して民主化したということですよね。

そう言えるのかな。結果的にはそう言えるのかもしれないけれど、当時はそんな達成感を感じることはまったくなかったよ。敗北感にさいなまれてたからね。いる場所がなかったし、支持されてる感じもなかったから。

――当時、はっぴいえんどって、実は売れてなかったんですよね？

ぜんぜん。「誰が聴いてるの？」って感じだった。

――でも、いまはそう思われてないですよね。伝説化されて、当時からすごかったんだ、みたいに思われてますよね。細野さん自身は、少なからず歌謡曲的なものに対するアンチテーゼはあったんですか？

ヒッピー・カルチャーが台頭してきて、時代の変わり目だっていうふうには見てた。文化的な断絶を感じながら後先のことは考えずにやってた。衝動だよね。それがロックの美意識というか、それ以外にロックをやる意味はなかった。

——でもその後、細野さんは職業音楽家として歌謡曲もやるようになるじゃないですか。

それはね、松本隆の目論見なんだ。解散はしてたものの、はっぴいえんどのスピリットで歌謡界を変えていきたい、みたいなことを言うんだよ。そういう合意の上でやってたことだから、かたちは違うにしても、ぼくにとって歌謡曲の仕事ははっぴいえんどと同じなんだよね。

——歌謡曲そのものに抵抗はなかったんですか？

面白いなって思ってた。

——その開けた感じが細野さんの面白さですよね。「歌謡曲なんかやるもんか！」って頑なになっちゃう人もいるわけでしょうから。

ぼくたちより、周りのほうがもっと過激だったよ。ロックしかやらないんだから。ブルースブームだったしね。逆に言えば、ロックと歌謡界の距離みたいなことを意識的に考えていたのはぼくたちくらいだったのかもしれないね。ほかのシンガーソングライターの人たちは気づくと歌謡曲になっちゃうんだよね。だから、すんなり世間に受け入れられたんだと思う。ぼくらは逆に、自分たちのやっていることの意図をはっきりさせないと歌謡曲はできなかったんだ。でも、松本隆がある種の理屈を持ってたからそこに乗っかることができた。

——歌謡曲を成り立たしめてるものはなんなのか、とか、そういった研究はしたんですか？

そんなには考えなかった。服部良一[7]と古賀政男[8]って人がいて、ずいぶん違うなとは思ってた。で、当初とは逆に、ぼくはだんだん古賀政男が気になっていったんだ。

――そうなんですか？

服部良一さんは自分に近いからなんとなくわかるわけ。洋楽からの影響で、それをひねってる感じなんかがね。

――そうなんですか。

そう思いはじめたのは最近の話だよ。最初は服部良一さんばっかり聴いてたからね。最近になって、古賀政男さんはやっぱりどっしりしてるなと思ったことがあった。誰も突き崩せないし、なんか根が深い。

――星野哲郎(9)さんや遠藤実(10)さんはどうですか？

星野哲郎さんは好きで、面白い人だなって思ってた。変わった歌詞の曲もあるし、ユーモアもあって、なんかぼくと近いなって思ってたよ。一時期年賀状をくれててね。なんか一緒に仕事できそうだなと思ってたんだけど、いつの間にか来なくなっちゃった（笑）。ところで、ぼくは本條秀太郎さんという三味線界の第一人者と接触ができたことで、邦楽の門が開いた時期があった。ワールドミュージックの流れのなかでたまたま起きたことだけど、それまで邦楽の世界にはとても入れないと思ってた。伝統的な世界だし、そのことを変えていくのも難しい世界だから。でも、そのことで彼らも悩んでるんだよ。伝統的なことと新しいことがうまく結びつかないことをね。

――邦楽の世界は変化できないものなんでしょうか？

戦後のある時期までは自由だったはずなんだ。ラジオとかでもよくかかっていたし、広沢虎造(11)なんて子供でも知っていた。浪曲とジャズが同列だった時代があるんだよ。

――広沢虎造って「旅行けば～」の人ですよね。

浪曲や民謡って、ぼくにはエキゾティックなイメージが湧くんだよね。三味線にストラップつけて粋なスーツを着て、河内音頭みたいなことやったらかっこいいだろうなあって、ずっと思ってたの。そういうことが似合う人がいたらプロデュースしてみたいなって思ったんだ。でも、邦楽の人たちは伝統を大事にしているので根が真面目だし、お互いシャイなので、そういう遊びは切り出せない。もしそれがやれてたら面白いことができたんだろうと思うけど、できなかった。逆にもしできていたら伝統が混乱したかも。そういう伝統音楽って品位もあるし、言ってみれば、ピアソラみたいなの（笑）。俗っぽさと対極の芸術性を目指すような。それと似た感じが、日本の歌謡界の底流にもあるんだろうね。

――その代表格としての古賀政男さん。

そう。ふざけられないんだ。根がどっしり張っていて、外から勝手にアレンジを加えられないような存在感があるんだよ。だから余計気になるんだ。その演歌の血脈みたいなものは、おそらく自分のなかにもあるから。

――流れているんですね、細野さんにも、演歌の血が（笑）。細野さんなりにいま、古賀政男ワールドにアプローチしてみたいと思いますか？

それはあるね。いつか演歌に向き合うようなアルバムをつくりたい。

――以前、演歌作家になりたいって本気で言ってましたよね。

うん。でも、彼らには絶対認めてはもらえないわけ。

——それは寂しいですね。

寂しいというか、厳しいよ。

——そうすると細野さんは、邦楽や演歌の人たちからはどういうふうに思われてるんですかね。ロックの人、みたいなことになっちゃうんでしょうか？

どう思われてるのかはよくわからないんだけれども、まあ、アイツは本気じゃないって思われてると思う（笑）。

——遊びでやってると思われてるんですかね。もしかしたら、筒美京平さんのように、職業作家として音楽をやる道も、細野さんにはあったのかもしれないですよね？

それはそうだね、歌も歌わず、バンドも組まないとなれば、音楽を続けるには職業作家になるだろうね。

——バート・バカラックが、先日のコンサートの途中で「アルフィー」を弾き語りで歌ってましたよ。声はあんまり出ないんですけど、すごくよかったんです。職業作家でも、バカラックはひとりのアーティストとして、できることをやったという潔さがありました。

そういう、達成した人は、見栄を張ったり、飾ったりする必要はないんだろうね。

選びのセンス

——細野さん自身は、自分をどっちだと考えてますか？　プレイヤー？　それとも表現者？

どっちもだね。ベースを持てばプレイヤーだし。ところで、ネットで女性シンガーを検索して、日本にはどんな人がいるんだろうって、新しいものを探してみたら、ジャズのシンガーばっかりだったの。次から次へと出てくる。全部聴いたの。そしたら、みんなうまいわけ、歌が。おまけに演奏もうまい。でも、この人たちと自分は関係ないなと思っちゃったの。ぼくもスタンダード・ジャズなんかは聴いてるじゃない? だからこっちは親近感を持っているんだけど、向こうはこっちのことをまったく知らないだろうなって思ってね。つまり邦楽と一緒で、ジャズにも門があるんだ。みんなすごくうまいし、個性もある。けれども、なんというか外には門戸を開いてはくれない感じがする。

——グレードが高い世界。

高いよ。彼らのような表現はできない、と思ったほど高い。ぼくにはジャズをあんなふうに弾けないし、ソロを延々と演奏することもできないしね。でも歌に関しては興味あるから、ちゃんと聴くんだ。聴くと、うまいなあとは思うんだけど、洗練されてて近づき難い。ぼくは気が弱いから美女は声かけられないいんだ。スタンダードってのは原型があって、本来はすごくクセがあったり、臭みがあるものじゃない? そういえば、いまスウィング・ジャズのベストを選んでるの。バンドのみんなに聴かせたいと思ってね。ビッグバンドだよ。そんなことをしていると、いろんな記憶がよみがえってきてね。ジミー・ランスフォードってよかったよな、とかね。そういうクセのある音楽がとにかく面白い。

——そうですね。

いまの音楽は曲のクセとか臭みがなくてつるつるになってる。あと、アルバムなら選曲が気になる。洋服でも、いまはセレクトショップがいいものを集めてるよね。セレクトが命。ぼくたちはセレクトショップのバイヤーみたいなもので、大事なのは選曲なんだよね。だから、とりあえず新しい人たちの選曲を見て、カバーをやっていれば聴いてみる。オリジナル作品っていうのは、音楽の趣味という点では参考にならない。どのカバーをやってるかが大事。どんな曲を選んでるか、どう編曲しているか。そこにすべてがつながってるんだ。なにを選ぶか、だよ。

——選びのセンスってことですか？

センスだよ。センスこそクリエイティブの中心だよ。

——言い切っちゃった！

言い切っちゃうよ、もう（笑）。センスのもとになるのはイマジネーションだから。

——わかります。ぼんやり聴くというか、ぼんやりしたイメージを追いかけるんですよね。コード進行を真似るとかじゃなく。いろいろ調べちゃうとダメですよね。

それそれ。そういうこと。エッセンスだよ。つまり、エッセンス、イマジネーション、センス、この三つだ。

——いまのミュージシャンはせっかちと言うか、背景やイメージを追いかけないで、音楽の具体的な構成やコードやリズムといった要素をすぐにシミュレートしちゃう傾向がありますね。

そうかもしれない。ところで前にも言ったけれど、いまベニー・グッドマンなんかを聴き直してるところなの。子供のころ聴いてた「シング・シング・シング」とかはそんなに好きじゃなかったけど、いまはスモールコンボで演奏してる曲を聴いてる。

——あれこそ発明ですよね。

『ベニイ・グッドマン物語』（ヴァレンタイン・デイヴィス監督、一九五六年）って映画があるんだ。

——ぼくも一昨日見たばかりです（笑）。

みんなが踊りをやめて、演奏に聴き入っちゃうシーンがあるでしょ。

——感動的なシーン。踊る音楽から、聴く音楽へ。そこに発明があるんですね。

そう。ベニー・グッドマンもサッチモのコンボも、ドラムのジーン・クルーパ(12)がすごいんだよ。ロックだね。ジーン・クルーパが中心になったライブ盤があって、それがすごいんだ。「ライムハウス・ブルース」をやってるの。ジョージ・ウォルタースってピアニストと一緒にやってるトリオ。あれはすごい。

——「ライムハウス・ブルース」ってバーレスク音楽というか、ストリップのバックで演奏されるような曲ですよね。

かなりオリエンタルな曲だよね。そういえばそれで思い出したけど、はっぴいえんどでも、昔そういうバーレスク的なバッキングをやったことがあるよ。デパートの屋上で、そのころ「11PM」のカバーガールだった人のダンスパフォーマンスのバッキング演奏をしたんだ。

——ああいう音楽って、お客さんを沸かせないといけないじゃないですか。

踊り子に夢中だから音楽で盛り上がるわけじゃないね。でも、ああいう曲のテンポがぼくは好きなんだ。

——カバーをやったんですか？

そのときは即興だね。よく憶えてないけど。松本隆はドラムセットがなくて、コンガみたいなのを叩いてたのかな。たいした話じゃないよ。とにかくいまは、ビッグバンドに興奮してるんだ。

——いまのバンドのみんなにも、聴かせてるわけですもんね。

ああいうノリを身につけてほしいから。

——絶えずあれ聴け、これ聴けって言ってますもんね。

一曲をやるごとに、関連した音源をいろいろ聴いてもらうからね。いまのバンドで十年近くやってるけど、フォークやカントリーのカバーをやりはじめて、ここまで来るのにこれだけ時間がかかった。そうすると、今度は管楽器が欲しくなる。でも、いない。うまく演奏してくれるプロはいるんだけど、一緒につくりあげていくような人が欲しいんだよね。

——ホーンは、何本必要なんですか？

3管あれば理想だけど、サックス一本でもいいんだよ。本当はジャズっていうよりも、ビッグバンドをやりたいんだ。でも、ビッグバンドって経営が大変でしょ。だから、スモールサイズでやりたいとは思ってる。それでなにをやりたいかっていうと、歌手を育てることをやってみたいんだ。ビッグバンドってそういう場所だったでしょ。シナトラもビッグバンドで育ったわけで、そうすると音楽のエッセンスを歌手と共有できる。

——キャブ・キャロウェイ[13]的な感じ？

キャブ・キャロウェイみたいに動くのはキツいな。むしろ、犬をいつも抱いてる人。あの人みたいなのがいいね。

——犬ですか。誰ですか？

ザビア・クガート[14]。ザビア・クガートっていつも犬を抱いてるんだよ。かっこいいんだ。憧れだね。ウディ・アレンの『ラジオ・デイズ』（一九八七年）にもそれっぽい楽団が出てくる。

——いいですね、細野さんならやっぱり猫ですかね（笑）。ところで、新作[15]の進み具合はどうですか？

二枚組にしようかと思ったけど、やめたよ。オリジナルとカバーとを分けて二枚組にしようかと思っていたんだけど、オリジナルをつくる意欲がなくなっちゃった（笑）。カバーをしたい曲[16]がいっぱいあってね。それが楽しいんだ。思いついたら全部やりたいの。昨日『グレン・ミラー物語』（アンソニー・マン監督、一九五四年）を観てたんだけど、「ムーンライト・セレナーデ」をつくる流れがいいんだよね。曲が出来た直後、ストリップ小屋の音楽みたいにアレンジされちゃったでしょ。あのアレンジは最悪だっていうことになってるんだけど、あれがぼくは大好き。あのアレンジでやりたくてしょうがない。

——ストリップなグレン・ミラー？　やっぱり細野さんはマニアックだなあ。

あの優雅な「ムーンライト・セレナーデ」が、そのときはアップテンポのポップソングになってる。物語のなかでグレン・ミラーは失望して怒ってたけど、ぼくは興奮したよ。あと、「ムーンライト・セレナーデ」をつくるシーンで印象的なのは、出来上がった曲を、グレン・ミラーが奥さんに聴かせると、奥さんがぐっときて、そこで泣くの。この人は根っからのミュージシャンなんだなあって思ったんだろうね、たぶん。

——あのシーンはいいですよね！　大好きです。

ジーン・クルーパが出てくるシーンもいいんだよ。理想の演奏スタイルだね。すごく楽しそうなんだ。とにかく楽しそう。いまはとにかくこういう音楽の話ばかりしていたいよ。

（1）『希望の国』　２０１２年10月20日公開。架空の県で起こった大地震とそれに伴う原発事故によって避難を余儀なくされた老夫婦とその息子夫婦の決断を描く。園子温監督。出演は夏八木勲、大谷直子、村上淳、神楽坂恵、でんでんなど。

（2）『マジカル・ミステリー・ツアー』　Magical Mystery Tour　ビートルズの４人が企画、制作、主演を務めたテレビ映画。１９６７年12月に英ＢＢＣで初めて放映された。脚本もなく、断片的なアイデアをもとに撮影・制作された実験的作品だったため、批評家、ファン双方からは当初失敗作とみなされ酷評されていたが、80年代のミュージックビデオやＭＴＶの人気の高まりとともに、その評価も少しずつ見直されていった。

（3）ボカロ　VOCALOID（ボーカロイド）のこと。ヤマハが開発した音声合成技術、およびその技術を使用したソフトウェアの総称。録音された人の声を基にして、歌声を合成することができる。ソフトウェアの名称として擬人化されたキャラクターを指すことも多く、「初音ミク」などがその代表格。

（4）『トロニカ』　高橋幸宏と細野晴臣によって結成されたエレクトロニカ・ユニット、スケッチショウが２００３年２月にリリースしたミニアルバム。コーネリアスこと小山田圭吾によるリミックス曲も２曲収録している。

（5）佐藤博　さとうひろし　1947年生まれの音楽家。はっぴいえんど解散後に鈴木茂が結成したバンド「ハックルバック」に加入以降、細野のトロピカル三部作や大瀧詠一の『ナイアガラ・ムーン』、山下達郎の『SPACY』といった作品に参加し、日本を代表するピアニストとして絶大な評価を得る。特に、ラグタイム～ブギウギ～ニューオーリンズのスタイルのピアノ演奏においては右に出る者はいないと言われるほどだった。近年はラッパーのSoulJaや歌手の青山テルマのプロデュース、ドリームズ・カム・トゥルーのコンサートの音楽監督を務めるなど、精力的に活躍していた。2012年、解離性大動脈瘤破裂により死去。

（6）大村憲司　おおむらけんじ　1949年生まれの音楽家。フォークグループ「赤い鳥」への参加を経て、村上秀一や小原礼らとのセッションバンド、バンブー、カミーノを結成。YMOの国内および世界ツアーや、坂本龍一によるカクトウギセッションへの参加などでも知られる。アレンジャーとしても、本田美奈子、大江千里、山下久美子らの楽曲を手掛けた。1998年没。

（7）服部良一　はっとりりょういち　1907年生まれの作曲家。日本コロムビアの専属作曲家として、「別れのブルース」「蘇州夜曲」「東京ブギウギ」などの大ヒット曲を量産し、ジャズをはじめとした西洋音楽に大きな影響を受けた作風によって、日本のポピュラーミュージックの礎を築いた。1993年没。同じく作曲家の服部克久は長男、服部隆之は孫（克久の長男）にあたる。

（8）古賀政男　こがまさお　1904年生まれの作曲家。1931年に日本コロムビアの専属作曲家となってから78年に死去するまで、その生涯にわたって5000曲とも言われる作品を残した。藤山一郎、淡谷のり子、ディック・ミネ、美空ひばり、島倉千代子らによって歌われた作品の数々は「古賀メロディ」とも呼ばれる昭和歌謡の代名詞。マンドリンと大正琴を愛したことでも有名。

（9）星野哲郎　ほしのてつろう　1925年生まれの作詞家。「男はつらいよ」「三百六十五歩のマーチ」「アンコ椿は恋の花」など、昭和歌謡における代表曲を多数手掛けた。作曲家の船村徹とのコンビでも多数のヒット曲を世に送り出したことで知られる。2011年没。

(10) 遠藤実　えんどうみのる　1932年生まれの作曲家。門下生だった千昌夫のヒット曲である「星影のワルツ」「北国の春」、同じく門下生の舟木一夫の「高校三年生」、森昌子の「せんせい」等、演歌を中心に多くヒット曲を送り出した。2008年没。

(11) 広沢虎造　ひろさわとらぞう　1899年生まれの浪曲師。23歳で2代目広沢虎造を襲名後、戦前から戦後にかけてラジオ番組に多数出演し、国民的人気を誇った。なかでも「清水次郎長伝」は人気で、「旅行けば駿河の国に茶の香り」「食いねえ、食いねえ、寿司食いねえ」等の台詞は日本中で流行語になった。1964年没。

(12) ジーン・クルーパ　Gene Krupa　1909年、米国生まれの音楽家。ベニー・グッドマン楽団の花形ドラム奏者であり、ジャズ史における重要なドラム奏者のひとりとして知られる。1973年没。

(13) キャブ・キャロウェイ　Cab Calloway　1907年、米国生まれの歌手、バンドリーダー。ディジー・ガレスピー、ベン・ウェブスターといった当時の一流ミュージシャンを擁した自身率いる楽団が、30年代からニューヨーク・ハーレムのジャズクラブ「コットンクラブ」でデューク・エリントン楽団と並ぶ人気を誇った。「ムーンウォーク」の起源とも言われる特徴的なダンスと特有の節回しによるスキャット唱法も有名。1994年没。

(14) ザビア・クガート　Xavier Cugat　1900年、スペイン生まれの音楽家。家族でニューヨークに移住後、30年代から自身の楽団を率いて映画音楽を中心に活躍。「ルンバの王様」とも呼ばれ、米国におけるラテン音楽の代名詞的存在として大きな人気を誇った。チワワを抱いて歌う姿がトレードマークだった。1990年没。

(15) 新作　2013年5月にリリースされた細野のアルバム『Heavenly Music』のこと。

(16) グレン・ミラー　Glenn Miller　1904年、米国生まれの音楽家。カウント・ベイシー、ベニー・グッドマン、デューク・エリントンと並ぶスウィング・ジャズの代表的存在。自身作曲の「ムーンライト・セレナーデ」のほか、「イン・ザ・ムード」「チャタヌーガ・チュー・チュー」といった曲は、グレン・ミラー楽団の演奏によって大ヒットを記録した。第2次世界大戦が勃発すると、アメリカ軍兵士の慰問活動を国内外で精力的に行っていたが、その最中の1944年、イギリスからフランスに向かうために搭乗していた飛行機が消息を絶ち、現在も行方が明らかになっていない。

対話5
2012年12月4日
神田須田町・竹むらにて

「ごはんがおいしい、お風呂が気持ちいい。それでじゅうぶん幸せだと思った」

古い甘味処の畳に座る。店内には音楽はなく、店の人のひそやかな話し声、コチコチと鳴る時計の音、心地のよい場所。

細野さんはこの日元気だった、少なくともぼくよりは元気だった。(S)

聴いてるうちが花

先週まで、ずっとCMの音楽をやっててね。苦労してたんだ。「Something Stupid」[1]っていう曲をやったんだけど、一回提出したらやり直しになって……。

——細野さんでもそういうことあるんですね。

よくあることさ。たぶんキャッチーなポップさを求められてると思って、大瀧サウンドみたいに、音の壁をつくってわかりやすくしたらOKが出てほっとしたんだ。リズムも最初はスウィングだったんだけど、最終的にはわかりやすい普通のリズムに変えてね。しかし、これが、とにかく難しい歌で。ブレスにずいぶん悩まされた。とてもじゃないけど、息継ぎが苦しくて。

——でも結局、歌えたんでしょ？（笑）

レコーディングではなんとかできたよ。しかし、とにかく息が続かない。タバコをやめないとダメだろうね。これを歌ってるシナトラって、つくづくうまいんだと思った。

——アン・サリーさんとデュエットしたんでしたっけ？　彼女はうまいですよね。

アンさんはとにかく息が続くからすごい。それに英語もうまい。英語で歌うのって本当に難しい。

——以前、ぼくがプロデュースしたビートルズのカバー・アルバム『りんごの子守唄』で細野さんからボーカルのトラック・ファイルを送ってもらったんですが、歌の音節がすべて分割されていて驚いたことがあります。

ノイズをカットしてるんだよ。あれは必ずやる。

——あれはすごかったなあ。歌の余韻も全部カットされてましたよ。

そうするのが一番いいんだ。ブレスの音も調節するし、リップノイズもすべてカットしてるよ。

——それが不自然ではなく、最終的にちゃんとハマるからすごいですね。

ぼくは古いリボンマイクを使ってるから、ハム音が入ったり、ノイズが多いんだよ。

——それでも、あそこまでやる人は本当に珍しいと思いますよ。

そうかもしれないね。それでさ、その「Something Stupid」っていう曲のオリジナルがね、ヒットしたシナトラではなく、じゃあ誰かって話なんだけれど。知ってる？

——知らないですね。

さあ、だーれだ？

——えー、知りませんよ。

カーソン＆ゲイルっていう男女のデュオなんだ。

——知らないなあ……。

知らないでしょ。ぼくも知らなかったの。

——六〇年代の人ですか？

うん、六〇年代。カーソンって人はカーソン・パークスっていうんだけど。

——パークス？　とすると、ヴァン・ダイク・パークス(2)となにか関係がある人なんですか？

ヴァン・ダイクのお兄さんなんだよ。

――あ、わかった！　ヴァン・ダイクと一緒にスティールタウン・トゥーっていうコーラスグループやってた人でしょ？

そう。その後兄弟でやったグリーンウッド・カウンティー・シンガーズの人。

――レコード盤持ってました。知ってる知ってる。

だから、そのカーソンはいまどうしてるんだろうと思ってたんだ。

――もうひとりのゲイルというのはどういう人なんですか？

いや。まだよく知らないんだけど、奥さんかガールフレンドかもね。

――曲はどちらが書いたんですか？

カーソンだね。

――「Something Stupid」ってずいぶんヒットした曲ですよね。何度もカバーされてますし。最近では、女優のニコール・キッドマンとロビー・ウィリアムズが歌ったバージョンもありましたね。

フランク・シナトラと娘のナンシー・シナトラがデュエットしたのが大ヒットしたんだ。

――そもそものCMは「Something Stupid」をやってくれっていうオーダーだったんですか？

そうなの。本当に大変だった。当分は聴きたくない（笑）。

――やっぱり、聴いてるうちが花ですね（笑）。ところで、選挙の話をちょっとしたいんですけど、今度の衆院選の投票には行きますか？

うん。行くよ。

人と人との間に

――今日、テレビを観てたら「選挙に行ってもなにも変わらないなんて、あきらめないでください」って叫んでました。ぼくも行くつもりなんですけど、投票したい人がホントにいなくて困ってるんです。

うん。わかるよ。とにかくオッサンたちはみんな経済最優先だからね。

――生意気ですが……このままだと、日本のよさがどんどん失われてしまう。憲法九条は日本が持つ最良のもののひとつなのに、自民党はそれを変えようとしているわけですから。だから「あきらめないで選挙に行ってくださ～い」なんて言われても、結局、憲法改正に向かって進むと思うと、暗澹たる気持ちになります。細野さんは昔から選挙に行かれてたんですか？

昔は行かなかったよ。最近になって行くようになった。

――なぜ昔は行かなかったんですか？

芸人は選挙に参加しちゃいけないと思ってたの。

――えーと、それはどういう理念なんですか？（笑）

なんて言えばいいんだろう。芸人は浮き世離れしてなきゃいけない存在だから。でも、そうも言ってられない状況になってきた。

――選挙に行きだしたのはいつごろからなんですか？

いつからか忘れたけどこれは行かなきゃいけない！　と思った選挙が何度かあったよ。

——そういえば、またドクター中松さんが出ますね。マック赤坂さんも出るみたいですけど、あれってつまりは選挙が趣味というわけなんですかね？

うん。趣味じゃないかな。

——今回の衆院選は、よくも悪くも大きな転機になるんでしょう。もうすぐ二〇一三年になりますけど、来年はどんな年になると思いますか？

うーん。よくないまま、この状況がずっと続くと思うよ。

——もっといろいろなことが悪くなる？

そうかもしれない。原発がなくなったころによくなるよ。そうなったらみんなの気持ちも変わると思うし。

——でも、それはずいぶん先の話ですよね。

うん。そのころにはぼくはもういない。

——ぼくもいないと思います（笑）。

でも、これから先は大変だな。自然環境がおかしくなってきてるから、思ってもみないことが起こる時代になるんじゃないかな。

——それはたとえばどういうことですか？

小惑星が飛んできたりとかね。

——そういえば、細野さんは昔から、惑星のことは調べてますよね。

うん。突発的に起こる出来事のうちで、一番大きく歴史を変えるからね。

――小惑星が地球に飛んでくるというのは、現実的な話なんですか?

近い将来に来るという予測は結構あるよ。二〇三〇年とか四〇年とか。

――細野さんに観たほうがいいって言われたので、映画『メランコリア』(ラース・フォン・トリアー監督、二〇一一年)も観ましたよ。惑星が近づいてきて人類が鬱病になったりする不思議な映画でした。あと、『アナザー プラネット』(マイケル・ケイヒル監督、二〇一一年)も観ました、面白かったです。

『メランコリア』はすすめておきながら、まだ観てない(笑)。ところで、ぼくらは毎日天体の影響を受けてるんだよ。月の満ち欠けもそうだけど、天体の運動に地球自体が影響されてるわけだから、人間だって影響を受けるのはあたりまえだよ。そのなかでも太陽の影響が一番強いんじゃないのかな。黒点運動とかね。

――ある時期から黒点の運動がすごく減ってしまったと聞いたことがあるんですけど、いまはどうなってるんですかね?

いまは異常な動きをしていて、太陽の磁場が四極になっちゃってる。北と南だけじゃなくて、東西にも磁極が出てきてるんだ。以前にも四極だったことがあるらしいんだけど、そういうときは異常気象がすごいんだよ。あと、学者たちはフレアを気にしてたね。太陽フレアが大爆発を起こすと放射線が飛んでくるでしょ。

――太陽活動が、また活発な時期に入ったということなんでしょうか。

どっちとも言えないらしいんだよ。不安定なのかもしれない。太陽が十一年周期で活動するっていういままでの基本的なセオリーが狂ってるらしいんだ。だから予測するのが難しくなっちゃった。黒点の数も十一年周期で変化するんだけど、基本的には極小期と極大期があるとされてて、たしかいまは極大期になってるはずなのかな。ぼくもまだその辺のことはよくわからないんだけどね。

――いまは黒点が増えているべき時期なのに、そうなってないということですか。

らしいよ。でも、ぼくにはフレアの爆発のほうが気になる。気分が滅入っているときに、これはもしかしたらフレアの影響なんじゃないかと思うと正気に戻るんだ（笑）。

――正気に戻る？　眠気が醒めるような感覚？

眠いのは眠いでいいんだ。それよりももやもやしてイヤな気分のときに、これは太陽活動が原因なんじゃないかと思えば、正気に戻る。この世では、人と人のことで気分が滅入ることが多いでしょ。だから、太陽の活動が原因だと思ってたほうがいいんだよ。とにかく、都会にいると人にしか会わないじゃない？

――細野さんの家には猫もいるじゃないですか？（笑）

猫は大事。猫にかぎらず、人と人との間にはなにかがないとダメなんだ。昔はタバコがあった。けむりも大事。あと、地方に行けば空気がある。人と人との間の空気が濃いからね。あるいは、お花でも、木でも、土でも、なんでもいいの。

――実家から戻ると、東京は空気が薄いって感じますね。

まるで空気がないみたいな感じじゃない？　人と人、あとはお店しかない。

――ときどきハワイに行くと、空気でおなかがいっぱいになっちゃうんですよ。ハワイは空気が濃い。

東北に行ったんだけど、空気がいいんだよ。放射線が入ってるけどおいしい（笑）。

――そういえば最近、渋谷とか青山にいる、ロバを連れた花屋さん知りませんか？　ロバに花を積んで売って歩いてるんですけど。

見たことあるよ。

――街中にあのくらいのサイズの生き物がいると、すごくいいなって思うんです（笑）。

うん。いいよね。こないだ感じたんだけど、自分が癒されるのは音楽と猫だけなの（笑）。本当にそう思ったよ。

完成のダンス

――ニール・ヤング(3)の自伝（『ニール・ヤング自伝』奥田祐士訳、白夜書房）には、鉄道模型が彼の癒しアイテムなんだって書いてありました。

鉄ちゃんなの？

――そう。鉄ちゃんなんです。ニール・ヤングは子供がふたりいるんですけど、ふたりともダウン症で。その子供たちとのコミュニケーションのために、鉄道模型をはじめたらしいんです。自宅にすばらしいジオラマがあるらしいんですけど、ほとんど誰にも見せないんですって。見たのはデヴィッド・クロスビー(4)ぐらいだって書いてありましたけど、ニール・ヤングはツアーが終って家に戻ったら、ジオラマで鉄道模型をいじって過ごすという、すごく静かな生活をしてるんですよ。

誰にも見せたくないという気持ちはよくわかるな。でも、彼の子供がダウン症だとは知らなかった。

――ニール・ヤング自身も子供のころ、小児麻痺を患っていたそうです。それで、子供の母親はそれぞれ違うから、ニール・ヤングは自分自身に問題があるんだって責めているそうです。

それは大変な話だね。重い話だ。

――でも、ニール・ヤングは自分の子供がかわいそうだ、とは思っていないとも言ってます。ダウン症の人は、進化した人間のかたちだって言われることもあるから。

うん。気だてがすごくいいんだよね。

――話は変わりますが、先日、キャラメル・ママでテレビに出てるのを観ましたよ。ユーミンさんのバックをやってましたよね（NHK「松任谷由実デビュー40周年はてない夢の旅」）。どうでしたか？

どうでしたって、なにが？（笑）。別に普通だよ。かつてレコーディングをやってたときと同じ。そんなに感慨なんてないんだよ。かといって、つまらないわけじゃない。昨日までやっていたことをまたやっているという感じかな。

――う〜ん……こういう話題だと細野さんは盛り上がらないな（笑）。でも、やっぱり細野さんはベースがうまいなって思いましたよ。

うまいもなにも（笑）。簡単な曲だもん。

――そんなことはないと思います（笑）。いまや当時のキャラメル・ママのころのことは、あんまり憶えてないんですよね。

憶えてないんだよね。

――なんとなくいままで聞けずにいたんですけど、七〇年代のころの話を聞きたいんです。細野さんにとって、七〇年代ってどんな印象として残ってますか？

どうかな。本当によく憶えてないんだよ。重度の神経症だったし、ぼくがいた七〇年代は神経症的世界だったという印象しか残ってないな。

――そのころは、過換気症候群の症状も出てたんですか？

うん。

――とにかくすごく忙しかったころですよね？

でも、いまほど忙しくなかったと思うよ。

――いまほどって（笑）。八〇年代にはもっともっと忙しくなるわけでしょ。

いや、いまは忙しいよ。

――当時といまでは、忙しさの質が違うということですか？

うん。でも、昔も忙しかったんだろうね。

――仕事の本数が多かったということだけですかね。

いろんなことやったなという気持ちはあるよ。いま毎週日曜日に、白金の家に行って、こたつに入ってごはんをごちそうになるんだけどさ。

――ごちそうになるって、自分の家の話ですよね？（笑）

そう（笑）。家族揃ってこたつ入ってごはんをごちそうになってると、いままで本当によく働いたなと思うんだよ。ほっとするとそう思うの。自分はこんなに普通の生活をしてるのに、なんでいままでこんなにいろいろなことやってきたんだろう、って改めて思うんだよね。

——なんとなく、その気持ちはぼくもわかります。月曜から土曜までは、そんなことは考えずに夢中で仕事をしてるわけですね。

そう。黙々と。

——じゃあ、日曜だけは感慨に浸るわけですね。

なんて言ったらいいんだろう。ひとりでいるときにはそういうことは考えないの。そこに誰かがいるから、その人に言うわけ。だから、娘に言うんだよ。「いろいろやってきたよ」って。ぼくよりも、見てるほうがそう思ってるから、なぐさめてくれるわけ。馬車馬のように働いて帰ってきて、疲れた馬みたいに見えるんじゃないかな(笑)。

——疲れた馬、いい表現ですね(笑)。細野さん自身は決してワーカホリックじゃないのに、いつもワーカホリックにならざるを得ないんだろうなって思います。

そうだね。

——仕事の依頼を断らないからですよね。

断らない。

——やっぱり細野さんは、仕事が好きなんですよ。

音楽に関わっている限りはね。やることは音楽だから。たとえば、「Something Stupid」を当分聴きたくないって言ったけど、つくってる間は楽しいんだ。その結果がプレッシャーなんだよ、いつも（笑）。結果なんかどうでもいいの、本当は。つくってるだけで楽しい。それに関してとやかく言われたくないというね（笑）。

――最近は自分でつくったものは聴きますか？

ミックスして、マスタリングが終わったらもう聴かないかな。毎日ミックスを繰り返してるじゃない？　毎日のようにやり直しては、修正してるから。でも、あるポイントで、「あ、できた」と思う瞬間があるんだ。そのときは踊るんだよ、必ず。

――踊る？　実際に踊るんですか？

そうそう。踊るときは完成したときなんだ。

――知ってます。細野さん踊りうまいから。

そういううまい踊りじゃない（笑）。のんきな踊りを踊るわけだよ。

――誰もいなくてもやってるんですか？

誰もいないからやってるんだ。スタジオに鏡があるからそれを見ながらね（笑）。その瞬間が一番楽しいんだよ。だから、そこまでは一週間くらい聴きっぱなしだけど、そのあとはあんまり聴かなくなっちゃう。

タブラ・ラサ

――昔の自分のアルバムを、聴きかえすこともないですか？

実はね、いまソロの準備をしてるんだけど、新しい曲をつくるのがどうにもしんどいから、昔の曲をいくつかやる用意をしてるんだ。昔つくった歌謡曲を自分で歌ったらどうなるのかなと思って、事務所から歌謡ボックス（『細野晴臣の歌謡曲～20世紀BOX』）も借りてきたんだけどね。

――借りてきたって（笑）。自分で持ってないんですか？

持ってなかった。そのなかに気になってる曲がいくつかあるんだ。女の子のアイドルが歌ってるんだよ。

――ぼくも知ってますよ、いろいろと（笑）。

それを自分でも歌えるかなと思ってね（笑）。本当は歌いたかったんだよ、ずっと。

――いい話ですね。当時のデモテープは、自分で歌ってたんですよね？

松田聖子のとかはそうだね。松本隆の歌詞なんだけど、歌ってるのが女の子だから、ぼくには歌えない。歌詞を変えないとダメかなと思ってるんだけど。

――「わがままな片想い」(5)とかいいですよね。

あれは（コシ）ミハルちゃんがカバーしてくれたからね。地味で誰も聴いてないような曲のなかに、ぼくがやりたいものがあるんだよ。

――つみきみほ(6)さんは？

つみきみほと裕木奈江(7)のは歌えるかもしれない。

――最近になって、歌えるかもしれないと思ったんですか？

ずっと思ってたよ。ずっとと言っても、この一週間くらいだけど（笑）。ずっと聴いてなかったから。本当は昨日聴いたばかりなんだけど（笑）。

——じゃあ、セルフカバーになるわけですね。いいアイデアじゃないですか。

バンドでやるか、ひとりでやるかを悩んでるんだけど。

——ちょっと話を戻すんですが、さっきは七〇年代についてうかがったので、今度は八〇年代について聞かせてください。

八〇年代は四つ打ちの時代だよな（笑）。

——表面的だなあ（笑）。

八〇年代は表面的な時代だ。だから嫌いなんだ。

——嫌いなんですか？　いまは八〇年代リバイバルが流行ってるんですよ。

ぼくには関係ないなあ。八〇年代は嫌いだよ。このあいだメラニーの曲を探してて、八〇年代のヒット曲のコンピレーションをいっぱい聴いてみたんだけど、全部つまらなかった。つまらないっていうか、いま聴きたくない音楽ばっかりなの。そんなこと言ってても、また面白くなるかもしれないんだけど（笑）。

——この前、神田の淡路町に「八〇年代カフェ」という店をみつけたんですけど、「八〇年代いかがですか？」って書いてありました（笑）。なんかすごいでしょ。

鈴木くんはどうなの？

——八〇年代、ぼくも好きじゃないですよ。自分が八〇年代にプロデビューしたことをずっと恨んでましたからね。なんでこの時代だったんだろうって。

音が好きじゃないんだよな。普遍性がない、あの時代の音には。

——いまはファッションも八〇年代リバイバルなんですよね。

もうそれは終わってるんじゃない？　遅いよ（笑）。ずいぶん前から八〇年代ブームだとか言われてるでしょ。

——たしかに、八〇年代ブームって長いですよね。

もしかしたら八〇年代から続いてるんじゃない？（笑）

——そりゃあ長いですね（笑）。じゃあ九〇年代は？

九〇年代は好きだよ。大事。すごく大事な十年間。

——音楽で言えば、アコースティックの楽器とコンピューター・プログラミングの音が一緒になった時期でしたよね。

そう。いろんなものが一緒になった時代だよ。テクノとアンビエントとフォークが一緒になったみたいにね。

——ワールドミュージックなんかもそこに入ってきました。

そう。あとクラブミュージックもだね。クラブミュージックみたいにビートのある音楽とアンビエントって、それまでは対極の存在だったのに、その二つが一緒になっちゃったでしょ。だから、いろんなことが融合していった時代だよね。いや、融合じゃないかな。タコ壺っていうか。なんでもありの時代だよ。ぼく自身もなんでもありだと思っていた。あとは、やっぱりワールドミュージックの影響が大きかったよね。あれで、世界の門が開いた。

――九〇年代はいい印象なんですね。

うん。九〇年代は自分のなかでアラブの扉が開いた時代でもあったの。八九年にテレビの仕事でパリのアラブ人街を取材[8]しに行ったんだけど、アラブ世界の脱イスラムがこれから起こるんだっていう実感がそのときはあったわけ。いまで言う脱原発みたいなものだけどね。まだ湾岸戦争の前だったから、そういう空気はたしかにあったんだよ。でも、湾岸戦争がはじまって、また引き戻されちゃったでしょ。ブッシュ政権の謀略でね。それでまた気持ちが暗くなっちゃったんだけど。

――当時はワールドミュージックをきっかけにして、宗教や民族をめぐるいろいろな問題がいい方向に行くんじゃないかという気運が本気であったんですよね。そこで細野さんはガイダンス的な活動もしていた。

そう。ジャーナリストのような気持ちで、日本の人たちに世界の音楽を紹介しようと思っていた。

――平和な世界に向かっていくんだという、ある種、楽観的な雰囲気が流れていたのに、湾岸戦争が一気にそれをとめてしまった。

直前まではすごくいい雰囲気だったんだよ。

――九〇年代って、ロックカルチャーが生まれてから三十年ぐらい経過した時代ですよね。そういう意味では、ロックカルチャーが最も成熟していた時代だったと言えるのかもしれませんね。でも、ロックもだんだんと歳をとるわけですね。

いまはもうおじいちゃんだよ、ロックはぼくと同い歳。ストーンズはがんばっててすごい。

――じゃあ、二十一世紀。二〇〇〇年代はどうですか？

二〇〇〇年代は特別だな。空白になったの、一回。そういうのなんて言うんだっけ？

――タブラ・ラサでしょ。(9)

そう。それそれ（笑）。ぼくは二〇〇〇年代に入って、いろいろなことがいったん白紙状態になった。ノストラダムスの影響もあるよ。

――細野さん、『ノストラダムスの大予言』と『日本沈没』が本当に好きですよね。

節目って大事なことなの。だらだらしてないで、ピリオドを打っていかないといけないんだよ。一九九九年で世界が終わるなんて思ってなかったけど、世紀の変わり目って、なにかが変わっていく節目なのかなとは思ってた。だけど、「ミレニアム」のお祭り騒ぎには白けた。なんだ、なんにも起こらないじゃんと思ってね。

――そのころ、細野さんがシュワルツェネッガーの映画『エンド・オブ・デイズ』（ピーター・ハイアムズ監督、一九九九年）を真剣に観に行っていたの憶えてます。なにか起こると本気で思ってましたもんね。

そう。思ってた。

――「Y2K」とか「二〇〇〇年問題」とか。

そう。だから二〇〇二年くらいまではすごく白けてたんだ。アンビエントのリセットは九〇年代に済ませてたし、だから白紙状態になっちゃった。

――細野さんが「ハイド・パーク・ミュージック・フェスティバル(10)」に出るのが二〇〇六年かな。あの時期からまた少し変わりましたよね。

その前にエレクトロニカやってたから。

――それは、白紙状態だった時期よりもあとですよね?

うん、そのあとだね。そのころから、なんかまた響きが巡ってきたっていうのかな、世の中に。そんな感触があったんだよ。二〇〇〇年代の響きが巡ってきたと思って、ちょっと興奮してた。

――「9・11」の影響はいかがでしたか?

ちょっと放心状態になっちゃったよね。意味がわからないんだもん。出来事としてケタが外れてた。

――ぼくも仕事から帰って来て、「9・11」の映像をテレビで観たとき、バーチャルな映像にしか見えなかったです。細野さんもパニック映画好きですが、ぼくも、そういう映画の観すぎで、現実に飛行機が突っ込む映像を観ても、実感が湧いてこなかった。「3・11」の起こる少し前くらいに『TSUNAMI―ツナミ―』(ユン・ジェギュン監督、二〇〇九年)っていう韓国映画もありましたけど。

うん。地震の前にその映画は観てた。それとクリント・イーストウッドが監督した『ヒア アフター』(二〇一〇年)も地震が起こる前に観てたんだよ。

――バーチャルなイメージが人間の脳に書き込まれすぎてしまうと、いざ現実に起きたときに本当に思えない。たとえば、身近な人の死をなかなか受けとめられなかったりとか、そういうことってあるじゃないですか。強いストレスから感情がガードされるというか、麻痺してしまうというか。

そうそう。防衛なんだろうね。

――では、二〇一〇年代に入ってから今日までは、細野さんにとっていかがでしたか?

いや、そんなこと言われても困っちゃうな（笑）。その話はまたあとでしようよ。

仕事じゃなくて生業

——この前、京都精華大学[11]のウェブサイトに載っていた細野さんのインタビューを読んでいたら、最後にぼくの話がでてたんですよ。ぼくが昔、「プロになりたい」と細野さんに相談をしに行ったら、「やめときなさい」って言われた話です。そのインタビューでは、人にとめられたとしても、好きだったら結局はやるんだということを、細野さんは恋愛にたとえて話してました。ぼくも好きなことを仕事にしてもう三十年近く経ちますけど、この前知り合いから「三十年も音楽つくってて飽きたりしないんですか？」って聞かれて、そのときにちょっと考えたんです。そういえばちょっと飽きてきたかもしれないけど、音楽を聴くことには飽きてないなと思ったんです。音楽をつくる以前に、音楽を聴くプロだという自負はあったから。

ぼくと同じこと言ってるじゃん（笑）。

——自然と同じになりますよ！（笑）。でも、音楽に少しでも飽きが出てくると、打算が入ってくるじゃないですか。その打算というのは、仕事をしてると誰でも考えることなんじゃないかと思うんですよ。ぼくにとっての打算は「音楽で食べていくにはどうすればよいか」ということなんですけど、CDの売り上げがどんどん減っているこの状況を見ると、音楽を続けていくことについて、自分なりに考える時期になっているんです。

ホント？　音楽を続けるかどうかを考えるの？

――いや、音楽は続けると思うんですよ。ただ、それをつくってパッケージにして売ること、いわばアウトプットの部分を今後どうするのか考えるという意味なんです。

だから、それは仕事じゃないんだって。田中泯(12)さんも同じこと言ってたよ。仕事じゃなくて、生業《なりわい》なんだよ。

――生業ってなんですかね？

なんだろう。生まれつきの業《ごう》かな。仕事のことを生業と昔は言ってたけどね。

――業ですかね、結局。人からなにか言われたとしても、やめられないことってあるわけですよね。

生きるのをやめろって言われてるのと同じだからね。やめないよ。

――細野さんも同じだと思うんですけど、ぼくは十五分でも時間が空いてたら、音楽を聴いたり、音楽について調べているんです。その行為がぼくの生業だとすれば、自分の好きなことが自然と仕事になっていくということはあるわけですよね。

そうそう。なんでも一万時間やると仕事になるって言われてる。「一万時間理論」というのが西洋にはあるの。一万時間を年月に換算すると十年くらいになるらしいんだけど、ひとつのことを十年くらいやると、それがものになるんで、自然と仕事になる。だからいまからラッパを練習してもぼくはもうダメなんだけど（笑）、若いうちに好きなことをやりはじめることが大事なんだよ。若いときのほうが吸収がいいでしょ。ぼくも中学生のころからギター弾いてるけど、ごはんを食べるよりもギターが好きだったからね。母親が「ごはんよ」って言っても弾いてたよ。何度呼んでも来ないって怒られながらギターを弾いてたからね。三度の飯より好きっていうのはそういうことなんだよね。

——トイレにも行かず我慢して音楽をやっていたっていう逸話は?

それはまた違う話(笑)。でも、いかに自分が体を大事にしてこなかったかを最近つくづく思い知ったよ。いろいろな症状を体が訴えはじめるんだ。もっと気を遣ってくれよって、体が言いはじめるんだよ。考えてみれば、お肌の手入れもしたことがないしさ。おかげで乾燥肌になって、ぼろぼろと皮膚が落ちてきたんだ。歳のせいか、粉吹いてるんだ。肌クリームを買ってみたんだけど、体に馴染まないし。それにつけるのも忘れちゃうし。

——そういうことは、習慣にならないとできないですもんね。

うん。習慣がないもんね。肌がカサカサになってるのかもしれないけど、気がつかないんだ。ぼくは膝小僧がつるんつるんなんだよ。ピカピカに光ってる。疲れるとそれがなくなるの。

——膝小僧見せてもらってもいいですか? ホントだ! よくテカってますね(笑)。

反射してるでしょ。あと、自分の手はよく見る。人生のなかで一番長く見る自分の体の部位は手だよね。一番見てるから、やっぱり手が歳とってくるのはわかるんだよね。あと、爪も大事だね。

——ギターを弾く人は特にそうですね。

うん。いつもギターを弾こうとして、爪が伸びていることに気がついて切るの。でも、いつも爪切りがないから、その場で買って、またどっかにいっちゃうんだ。徳武(弘文)くんとか(鈴木）茂とかは、エナメルを塗ってきれいにしてる。ああ、こうやらなきゃいけないんだと思ったよ（笑）。

――クラシックやボサノヴァの人は爪をきれいにしてる人が多いですよね。

ぼくもマニキュアを買ったことがあるよ。でも忘れちゃうんだ。だからいつも手が汚い。いつも真っ黒。爪と皮膚の間が開いちゃってね。楽器をやってるせいか、爪と皮膚の間にゴミがたまりやすい。だから、ときどきコンビニに行ってお金を渡すときに、手を隠したりしちゃうもん、汚いのが恥ずかしくて（笑）。

――たしか、右手に血豆の痕がありましたよね？

それはずいぶん前だよ。ベースを弾き出すとそうなる。最近はしょっちゅう弾いてるから、大丈夫なんだけどね。毎日弾いていると、血豆が定着してくるというか、皮膚が厚くなってくるんだよね。昔は指に溝があって、そこに緑青[13]が入ってたから、指が青くなってたんだ。そうなると、ギターが弾きやすいの。そういう話って大事なんだよ。

――最近は、そういうミュージシャンならではの身体話を聞かなくなりましたよね。

うん。

――細野さん、昔は風邪すらひかなかったですよね。

子供のころはすごく弱かったんだ。すぐに風邪をひいてなかなか治らなかった。しょっちゅう熱を出してたしね。鈴木くんじゃないけど、車に乗るとすぐに酔ったよ（笑）。

――子供のころの写真を見ると、首も細くてひどく痩せてますもんね。

そう。ひ弱だった。歳をとって、鈍感になってきちゃっただけのことだね。

——鈍感？　それはいいことなんじゃないですか。楽でしょ。

楽だね。楽であるということがいまのテーマなの。なにかを抱えてても楽ならいい。痛いとか引きつるとかそういうことがあると気になるから、楽でいられなくなっちゃう。とにかく痛くないのはありがたいことだよ。一昨日、腕のしびれが取れてきたら、今度はこむら返りのすごいのがきたの。寝起きにね。激痛。なんであんなことになるんだろう。あんなに痛いのは初めてかな。そのあとあまりに痛くて、歩けなくなっちゃった。麻酔なしで盲腸の手術をしたときよりも痛かった。あれは鈍痛じゃないよ、激痛。歳のせいなのかな。なんであんなことになるんだろう。でも治ってくると、ああ治るもんだなと思う。どこかが治ると、ほかの部分が痛みはじめるって、EXILEの人がテレビの「笑っていいとも！」で言ってたよ（笑）。

——タモリさんの「いいとも！」観てるんですか？（笑）

火曜日は観てるんだよ。火曜はさまぁ～ずが出てるから。

——本当にさまぁ～ず、好きですねー（笑）。

まあね。とにかく、痛みって移動していくんだよ。ひとつ治ると、また別のところが痛むようになる。そうやってバランスを取っていくんだろうね。だから、痛いところがどこにもないときは、いまがそうなんだけど、本当に幸せ。昨日、お風呂に入りながらそのことをつくづく考えてたんだよ。幸せっていうのはこういうことだなと。

——細野さんがほっとするのは、こたつやお風呂に入っているときなんですね。

うん。お風呂はね、ぬるいところに熱いお湯を入れるのが好きなんだ。こたつも、寒い部屋でこたつに入るのが好きなの。

――お風呂にぬるい状態で入るということですか？

お風呂にお湯を入れるじゃない？　でも、いつもしばらく入らないの。お湯を入れたことを忘れちゃうんだ。「そうだ、お風呂だ」と思うときにはもうぬるくなってるわけだよ。だから、シャワーからものすごく熱いお湯を出して、湯船に浸かった状態で、お尻から背中にかけてかけるの。直接あてると熱いでしょ。そうすると、お湯のなかに温流が出てきて、背中から上半身をさすってくれるわけ。これは子供のころからやってるんだけど、とってもほっとするの。病気も治るんじゃないかと思うくらい、副交感神経にいいというか、体からホルモンが出てくる気がするんだ。だから、幸せって、そういうことで感じるんだなと思ったよ。もうほかにはなにもいらない。ごはんがおいしい、お風呂が気持ちいい。それでじゅうぶん幸せだと思った。今日思ったばかりだけど（笑）。

――最終的には、やっぱりごはんを食べることが一番幸せだと感じるようになるんですかね。

ごはんがおいしいと本当にいいよね。毎日飽きない。ごはんは飽きないでしょ。

――細野さんは、お酒を飲まないですからね。お酒を飲む人はむしろ、ごはんよりもお酒に幸せを感じるでしょ。

ぼくにはその気持ちはぜんぜんわからないな。ごはんは毎日同じようなものを食べても飽きない。それはすごいと思う。ごはんをおいしいと思うと脳のドーパミンが出るじゃない？　快感物質が。ぼくの場合、一番ドーパミンが出るのが揚げ物なの。声が出る。うめき声が出る。

――うめき声？

うん。高い声。裏声でね。

――高い声が出ちゃいますか？（笑）

うん。揚げ物を食べると、声を出さずにはいられないくらい快感物質が出る。それが出ていれば少なくとも脳の病気にはならない。パーキンソン病とかね。パーキンソン病にかかると、ドーパミンが出なくなるって言うから。単なる思い込みの自説に過ぎないけどね。

――ぼくも基本的にはとんかつをいつも食べたいですよ（笑）。

人間って我慢するじゃない？　特に夫婦生活なんかで。

――夫婦生活？（笑）

夫婦のどっちかが我慢してるんだよ。ふたりともじゃないんだよ。我慢してるほうが体を壊すんだ。

――一般的には、男性のほうが早死ですよね。

それは我慢してる男が多いからだよ。

――どうなんでしょうか？（笑）でも、細野さんの言う通り、食事がもたらすメンタルな作用って大きいですよね。おなかが空いていると不機嫌だったり、怒りっぽくなったりするじゃないですか。

栄養が偏るとそうなるんだ。カルシウムが不足してると怒りっぽくなるもん。実際は関係ないらしいけど、ぼくにはそういう傾向はある。

――精神に悪い影響を与えないような体でいることが大事なんでしょうね。

そうだよ。さっきの、トイレを我慢していたという話だけど、我慢していたんじゃなくて、無視してたんだよ。脳を優先してたわけ。そうすると体が悲鳴をあげるんだ。

サーファーになりたかった

――最近、物忘れがひどいんです。普段、なんでもグーグルで検索しているせいなんでしょうけど、さすがにちょっとマズいなと最近思ってます。

ぼくもダメだよ。車に乗ってると、「あれ、いまどこ走ってるんだろう」と思うことがある（笑）。

――そういうときは、とりあえずまっすぐ行くんですよね。

そうそう。とまるわけにはいかないからね。そうすると、だんだん思い出してくるんだ。

――体調は、太陽や天体の動きなんかの物理的な現象に支配されてることってやっぱり大きいんですね。最近、つくづく感じます。

大きいよ。考えてみれば割と簡単なことだけど。

――どれくらい支配されてるんでしょうか？

それは、わからないな。ケース・バイ・ケースじゃないのかな。精神が物理的な現象の影響を受けているんだと思うことによって解決できる場合もあるし。違う考え方が必要なこともあるし。

――歳をとると、肉体は衰えてくるじゃないですか。でも、精神は拮抗してくるんじゃないかと思うんです。ぼくも五十代になったのに、若いときよりも自分が子供っぽい考え方になってきたような気がして。肉体は衰えてきたけど、精神的にはすごくシンプルになってきたというか。若いときのほうがもっと大人っぽいことを考えていたように思うんですよ。

ぼくもそうだ。

――でも、歳をとって説教臭くなる人ってやっぱり多いですね。この前、銀座で道の真ん中歩いてたら「端っこを歩けよ」って注意されました。

ああ、いるね。本当にイヤだ。本当にイヤな目に遭うんだよ、そういう人に会うと。こないだ、目黒駅前にあるコーヒー屋さんに豆を買いに行ったんだけど、ローストをくださいと言ったら、怒りだしたわけ。「豆にはいろいろな種類がある。どの豆のローストなんだっ!」って文句言われたんだよ。

――お店の人に?

うん、マスター。オッサンだよ。むしゃくしゃしたオッサンには気をつけろってことだな。

――なにかにこだわると、そうなるんですかね?

そう。頑固親父になるね。

――音楽評論家でもいるじゃないですか。誰とは言わないけど、ジャズでもフォークでも、スペシャリストの人ってガチガチに頭が固いですよね。フォークをやろうが、ジャズをやろうが、それ以外のジャンルの音楽的要素が演奏に自然と出てくるのは、音楽家なら当たり前のことじゃないですか。なのに、これは間違ってるとか、下手だとか言われることがあって、すごくイヤなんです。まあ、下手だとはよく言われるんですけど（笑）。

そんなこと言われるんだ。かわいそうに（笑）。ぼくだって自分は下手くそだと思ってるよ。

——細野さんは、絶対に下手じゃないです。

いやいや。自分なりに下手だと思うこともあるわけ。人の曲をカバーしてるだけだから。

——それは最近の話でしょ？

うん。最近。ベースだってそうだよ。できることしかやっていないから、できないことがいっぱいある。

——自分のできることを、最高峰のレベルにまで引き上げられるのは、ひとつの才能じゃないですか？

音楽のなかでなにが大事かという価値観は人によって違う。別にうまくなくたっていいんだからって思うのが、ぼく。

——結局、うまいってどういうことなんですかね。

わかんない。うまくても下手な人はいるじゃない？

——固有名詞は出さないでくださいよ（笑）。

要するに、たとえばドラムをやるならなによりもリズム感が大事でしょ。それがあってこそのドラムの技術だから。だから、リズム感があれば下手でも別にいいんだ。でも、両方を兼ね備えている人もいっぱいいてね、そういう人を見るとやっぱりうまいなと思う。打ちのめされる。自分にはこれはできないと思う。

——ブライアン・イーノの新作(14)を聴いて、同じことを思ったんです。新作ですけど、なにも新しいことをやっているわけじゃないんです、できることしかやっていない。それをぼくはうまいと感じる。つまり、イーノに新しいことを求めている人なんていない、ということを本人がわかってるんだろうと。

そうだね。イーノと二十年前に話したときは、もう音楽には興味がないって言ってたよ。そのころはね、彼は匂いに凝ってた。香りを研究していた。

——デヴィッド・バーンとのコラボレーションを再開したりして、イーノはまたアクティブな活動をするのかなと一瞬思ったんですけど、もとのシンプルな世界にまた戻ったみたいですね。

そのことに関係があるけど、『マジカル・ミステリー・ツアー』のDVDを観たんだよ。(15)本編のほうに、野原でピアノを弾くおじさんが出てるでしょ。あの人はアイヴァー・カトラーっていうんだけど、あの音楽がすごい好きになっちゃったんだ。あれを聴いたときにイーノを思い出したの。イギリスの風土のなかに、イーノがつくり出したようなアイリッシュ系のアンビエント感がすでにあったんだよ。

——アイヴァー・カトラーがアンビエント? あのおじさんを見てそう思う人は、まずいないと思いますけど(笑)。

そうかな。だから神戸のライブでその曲を早速やったんだよ。歌詞もアンビエントだしね。

——どういう歌なんですか?

アイヴァー・カトラーがつくった曲なんだ。すごくユーモアのある詩を書く人でね、その詩の朗読会をやるとみんな笑ってるんだよ。すごくイギリス的なユーモアでね。アイヴァー・カトラーにはいま一番注目してる。やっぱりイギリスって深いなと思ったよ。彼はビートルズが注目した人でもあるしね。

——イギリス的なユーモアって言うと、『Mr.ビーン』の主演のローワン・アトキンソンが、「Mr.ビーンを五十代になっても演じるのは悲しくなってきた……」と言うんですよ。「これからはシリアス俳優として生きていきたい」と。

それは冗談だと思うよ（笑）。

——そう。ものすごいジョークなの。その報道を観たイギリス人はみんな笑ってるんですよ。

イギリス人のユーモアってホントにクセがあるからね。独特だよ。

——だから真に受けちゃいけないと思って。

そう。信用しちゃいけない。イギリスにはまだ知らないことがいっぱいあるな。アイヴァー・カトラーだって最近知ったばかりだし。『マジカル・ミステリー・ツアー』は昔にも観てるんだけど、若いころにはアイヴァー・カトラーにはぜんぜん興味湧かなかった。でもこの歳になってあの音楽が聴けてよかった。

——細野さんはアメリカの喜劇俳優については詳しいですけど、イギリスの俳優はそうでもないんですか？

ずっと気にはなってるんだけどね。『骨まで笑って』[16]は観た？

——すみません、まだ観てないんです。

観てほしいよ。ジェリー・ルイス演ずるスターの息子がコメディアンとしてデビューするんだけどぜんぜんウケなくてね、誰も笑わなかったんで、ショックのあまりイギリスにネタを仕込みに行くわけ。要するにネタを買いに行くわけなんだけど、それくらいイギリスの巷には芸人がいっぱいいるんだ。で、そういう芸人がイギリス中で一番集まっているのがブラックプールっていうリゾート地らしくて、その息子もブラックプールに行くんだけど、映画に出てくるそのコメディアンたちがすばらしいんだよ。実際には現役のブラックプールのコメディアンが出てるわけではなくて、有名なコメディアンが出てくるんだけどね。リー・エヴァンスという才気ある若手や、ジョージ・カールっていうサーカス芸の大御所とかね。リー・エヴァンスはまだ活躍してるけど、ジョージ・カールはもう亡くなっちゃったね。

——イギリスのコメディの情報って、日本にはあまり入ってこないですよね。

うん。入ってこない。だけど本当に面白いのはやっぱりイギリスなんだ。アメリカ人のコメディのルーツはイギリスなんだと思うよ。だって、イギリスにネタを買いに行くわけだから。チャップリンだってイギリス人だし。

——笑いの伝統があるんでしょうね。

うん。ピーター・セラーズのようなスターもいたしね。

——細野さんはテレビの「モンティ・パイソン」(17)とかは好きでしたか?

観てたけど、ちょっとついていけないところがあるんだ（笑）。あれはイギリスっぽすぎて、イギリス人以外にはあんまりウケないと思うんだよ。

——ビートルズ以外のイギリスの音楽や文化には、昔から興味を持っていたんですか?

うん。昔はよくロンドンにも行ってたし。

――よくユーミンさんが言ってますが、『ひこうき雲』[18]のレコーディングのころ、ユーミンさんはイギリス的なものが好きだったけど、松任谷さんや細野さんたちは、アメリカの音楽や文化にかぶれてたから、よくぶつかったんだと。

ぶつかったわけじゃなくて、ユーミンが不安だったんじゃないかな。自分にアメリカの要素がなかったから。

――あのアルバムが、イギリス的な方向に行きすぎたら、ああいう結果にはならなかったと思います。

アルファで録った最初のデモがね、「返事はいらない」という曲だったんだけど、それがイギリス的だった。そのデモをユーミンのプロデューサーがぼくに送ってきて、編曲をしてくれって頼まれたんだ。新しいプロダクションにしてくれって言うんで、キャラメル・ママでスカに変えちゃった。イギリス的だった曲を、アメリカ的な曲に変えたわけだよ。

――ふむふむ。

デモの段階では、プロコル・ハルム[19]みたいだった。そういえば、プロコル・ハルムはすごくよく聴いてたな。プロコル・ハルムは大好きだったよ。はっぴいえんどのメンバーもみんな聴いてたよ。海のバンドがプロコル・ハルム。陸のバンドはザ・バンド。ふたつ並べてよく聴いてた。対照的なグループだなって。

――それは、なんでそう思ったんですか？（笑）

プロコル・ハルムはイギリスのバンドだし、イギリスは海の国だし、海の感じがする歌が多いと勝手に思ってたの。ザ・バンドは山のなか、土ぼこりのなかっていう印象だね。編成が同じだし、曲調も似てるでしょ。

——海の音楽か山の音楽か、その住人のことってぼくもよく考えるんですけど、細野さんは山の人ですか？

わからないな。でも、きっと海だよ。ぼくは若いときから海しか行ってないんだ。サーファーになりたかったから。子供のころから、山よりも海に縁があったと思う。

——サーファー。それは意外ですね。初めて聞きました。

一日中サーフィンやってたんだ。でもすぐやめちゃった。うまくできないから。ぼくの知り合いのお兄さんたちが、テッドっていう湘南の有名なサーファーグループだったんだ。彼らのところに行って、サーフボードを借りてやってたんだけど、ロクに練習もしなかったから上達しなかった。

——いくつのときですか？

高校三年生くらいのとき。

——ビーチ・ボーイズは？

ビーチ・ボーイズは中学から聴いてた。だから、サーフィンにはすごく詳しかったんだよ。ワイプアウトとかね（笑）。

——イメージは万全だったわけですね。

完璧だった。でも、できなかった（笑）。当時のサーフボードはデカくてね。怖いの。昔はスキーの板だってデカかったでしょ。まあそもそも、練習もしないでできるわけがないんだけど(笑)。

――細野さんは当時、ファッションはアイビー[20]でしたよね？

アイビーだったよ。

わざと迷う

――みゆき族でもあったんですよね？

みゆき族のふりもしたことがある。みゆき通りによく行ってたからね。「VAN」の袋かついで。

――それはいくつのときですか？

高校生のとき。高二だね。

――ぼくもこう見えて、アイビーなんですよ。

なんか、わかるよ。

――中学のころに、いつも遊んでた子に、石津くんっていう子がいまして。

石津？

――石津謙介さんのお孫さんなんです。

へえ。アイビーの神様の孫！

――で、その石津くんから「VAN」の洋服をもらったり、着方を教えてもらったりしてたんです。彼はボブ・ディランが好きだったんですけど、やっぱり、アイビーとフォークという組み合わせなんですよね。こっちはビートルズだから、そんな大人っぽいものを聴いたり、着たりしてるのかと思ってたんですよ。

そんな時代が日本にも数年あったんだよね。当時はアイビーの歩き方っていうのがあったんだよ。やってみせることはできるんだけど、言葉で説明はできないな。独特の歩き方でね。あれは、なんだったんだろう。みんなアイビーの歩き方をしてた。男だけだけどね。まあアイビーというか、みゆき族歩きだな。

――アイビーの歩き方？　それは誰が発明したんですかね。

なんとなくなんじゃないかな。不思議な現象だった。あれ以来ないね、そういう歩き方って。

――歩き方が流行った時代？

流行ったというかみんなやりだしたの。いまで言えば言葉遣いのようなことじゃないかな。「マジっすか」みたいな言葉遣いと同じだよ。社会学者って、なんでそういうことに言及しないのかね。

――でも、細野さんは以前から歩き方には言及してますもんね。

歩き方は大事だもん。そういえば、こないだウッチャン（内村光良）がムーンウォークやってて面白かったたな。

――ぼくも観ましたが、そんな番組観てるんですか？（笑）

うまくなるんだね、練習すると。

――あれ？　何の話でしたっけ？（笑）そういえば、京都精華大学で教えるんですって？　どんなことを教えるんですか？

授業が二回しかないから、教えることはできないよ。伝えることはできるかもしれないけど。

――学校で話してくれ、という依頼はよくあるんですか？

ときどきね。多摩美術大学では何回かやってるよ。生徒に伝わってるのかいつも不安だったけど。伝わってないなら空しいね。

――空しいんですか？

うん。教えることはできないし。

――たとえば、一年間講座を持ってほしい、という話だったら受けてもいいと思いますか？

興味はあるけど、結局はできないと思う。

――学校でなにかを教える、ということについてはどう考えてますか？　ぼくは、学校で音楽のなにかを教えることとなんてできないと思ってるんですけど。

なにも教えられないよ。だから、落語を聴いてもらうような感じだな。

――落語は盗めって言いますよね。師匠にもよると思いますが、基本は教えない。

昔の職人はみんな教えなかった。弟子になにも教えない。ただ見てろって言うだけ。

――細野さん自身は、誰かに教わったことはあるんですか？

ないんだよ。ないない。ぼくは全部レコードからだよ。たとえばドクター・ジョンのピアノをコピーしようと思って、コピーというか、ああいうふうに弾きたいと思って、それを練習したことがあるんだけど、レコードの時代だから、三十三回転のレコードを十六回転に落として何度も聴くんだよ。昔のプレイヤーは半速にできたからね。それで少し弾けるようになった。分解しないとなにもわからなかったからね。だから、レコードが先生なんだよ。

――それをもし、誰かに教えてもらえてたら、回り道しなくて済んだのにとは思いませんか？

それだと、自分がつまんないからね。たとえば、車でどこかを走っているときに迷っても、人に聞けばいいのに、ぼくは聞かないタイプなんだよ。絶対に聞かない（笑）。

――わかります（笑）。とりあえず自分ひとりで、どこまでできるかやると。

それで夫婦喧嘩になるタイプ（笑）。

――車のナビも使わないですか？

遠くの知らないところに行くときは使うけど、都内で使うと喧嘩になるね、ナビと。ナビの言う反対側にいつも行くから。なんでオマエはそんなにバカなんだっていつも思ってるよ。

――う～ん……細野さんは天の邪鬼なんですかね？

迷い込むのが好きなんだよ。未知の世界に放り込まれるのが好き。探検だよ。

――七〇年代にマーティン・デニー[21]を知ったばかりのころ、車でマーティン・デニーをテープでかけながら道を走ってたら興奮して道に迷ったという話を聞いたことがありますけど、わざと迷っていたわけですか？

そう。わざと迷ってた。

――さっきの学校の話ですけど、細野さんに音楽を教わりたいという人は、いっぱいいるわけですよね。

そういう人はいないよ。これまでにひとりもいなかった。くるりの岸田くんが唯一だね。「一拍子ってどういうことなんですか?」って聞いてきたから、「うーん、それは教えられない」って言った(笑)。

——細野さん、聞きにくい重厚な雰囲気もありますもんね。「ベースがうまくなるにはどうすればいいんですか」なんて、なかなか聞けないし。

答えにくいしね。

——でも学校で授業をもつと、学生さんはある種の答えを求めてくるんじゃないですか?

自分の授業がダメなせいか、そんな学生いないね。ぼくはライブと同じ気持ちで講義してるけど、「あれ? ウケてないな」と思うよ。みんなぼやっとしてるのは自分のせいと思っちゃう。だから学生というよりお客さんだな。ライブでお客さんに期待したりしないでしょ? 自分の演奏を黙々とやるだけだから。以前、敗戦後のジャズブームがいまの芸能界の基礎になった、という話をしたんだけど、知らないことへの興味がないんだ。みんな知ってることが好きなんだ。自分も学生のころそうだったしね。

——仮に細野さんが学生だとして、いまの細野さんみたいな人が教えに来るってなったら、聞きに行ってみたいなとは思いますか?

百人に一人くらいはそういうヤツもいるだろうから自分もそのひとりかもしれない。もしそういう学生がいたら話をしたいね。音楽好きの若者には、なんかを植え付けたいんだよ。ばい菌だね(笑)。ばい菌を植え付けたい。

――音楽のばい菌（笑）。

ぼく自身のことじゃなくて、ぼくの好きな音楽なんかは伝えていきたいよ。ぼくは、一九三〇～六〇年代の音楽を受け継いでる自覚があるけどそんな音楽を絶滅種にはしたくない。DNAがひとつでも残ってればなんとかなると思ってる。まったくなくなっちゃうと再現ができないからね。そういうことは考えてるよ。次のアルバム用にカバー曲を準備してるけど、そういう気持ちがあるからカバーをやるわけでね。それをいいと思ってくれれば、次につながっていくから。だから、いまはオリジナル作品に気持ちが向かない。自己表現より音楽の大きな流れを伝えていくことのほうが大事だと思ってる。

歌謡曲と唱歌

――さっき、歌謡曲のカバーをやるかもしれないと言われてましたけど、歌謡曲というものになにかこだわりはあるんですか？

歌謡曲をつくろうという意識はなかったな。松本隆の歌詞に曲をつけていった、というだけだよ。とくにそのボックス（『細野晴臣の歌謡曲～20世紀BOX』）をつくったときに、自分でもあまりの量の多さに圧倒されちゃった。それで、自分のソロのために書いた曲よりも、歌謡曲のほうが多いから、作曲をすることが自分の本質なんだと思ったわけ。歌謡曲はメロディを一生懸命考えてつくる行為でしょ。それが自分の本質なんだと思った。ソロではサウンド全体のことまでを考えてやってるから、作曲とはまた違う種類のことをやってるんだ。作曲というのは、コードとメロディに関することだからね。いまはそれが自分の本質だと思ってる。さっきまで話してた「伝えたい」っていうのは、自分の本質というより義務だね。歳のせいとも言える。

――その歌謡曲は、仕事としてやっていたわけですよね。それに、すごく忙しい時期だったから、時間的な制約も大きかった。でも、そこで一生懸命つくった曲に、細野さんの本質がある、と。

そう思ったよ。

――それは自己表現とは違うんですよね。

違うんだと思う。人のためにつくっていたから。でも、そのなかで自分のベストを出していくというか。とにかく限界の時間のなかでやってたから、あれこれ考えるヒマはない。

――作曲家の細野さんは、かなり込み入った曲をつくりますけど、ソロアルバムには、比較的シンプルな曲が多いですね。

うん。単純なのばっかり。人の曲をつくるときは自分で歌う必要がないからね。そういう意味では自由だったんだ。

――やっぱり、作曲家のモードに切り替わるとずいぶん違うんですね。

違うみたいだね。

――以前に、細野さんが書いたある曲の譜面をもらったことがありますけど、クロード・ドビュッシーのピアノ曲みたいで、すごく複雑なボイシングで構成されていて、これは弾きながらつくってないなということがよくわかりました。

うん。どれも自分では歌えないよ。頭でつくってるからね。

――だから、ときどき思うんですよ。いまは自分でも歌うようになりましたけど、作曲家としての細野さんは、これからどうなるんだろうって。

そうなんだよ。それはまだやり残してる部分でもあるんだけど。

――眠ってるというと失礼ですけど、いまは冷凍されてるところなのかな。

やり残したことはあるけど、一度はやっちゃったことだから、もうこれからはやらなくてもいいや。やるとしても、余生の合間に少しずつね。でも、ぼくが死んだあとに、誰かがああいうものをまとめてくれればいいなとは思うよ。まとめるというより、元のメロディとコードを生かした編曲をして、その人なりに歌ってほしいんだよね。だから、鈴木くんは無理かな（笑）。

――それは無理ですよ（笑）。

女性シンガーと組んでやってよ。編曲の力量が試されるけどね。

――細野さんがいまやっているカバーのアプローチもそうですが、その曲を最初に歌った人とは別のなにかを引き出すというのが、カバーの醍醐味ですよね。細野さんがこれまでに書いた曲のなかにだって、まだ引き出されてないものがあるはずですよね。ぼくは以前YMOの「ロータス・ラヴ」のカバーをやったときに、あの曲のなかにある、なにかを引き出せた気がしたんです。

それはね、鈴木くんに教わったんだ。あの曲はこういう曲なんだって。そのことがきっかけになったのかはわからないんだけど、あのころにつくったテクノの曲は、実は全部カントリーだったんだってことがわかったの。実際にやってみたらカントリーになるんだよ（笑）。

――テクノのディーヴォやクラフトワークなんかもカントリー&ウェスタンのマニアでしたよね。彼らのナンバーもアコースティックでやればすぐにカントリーになっちゃう。

そうだよ。

――曲って結構ごまかされやすいから。

着るものによってね。お色直しだ。編曲で音楽が大変化する。

――細野さんの書いた歌謡曲にも、そういうものがあるのかもしれないですね。

たしかに、鈴木くんの言った通り、眠ってる感じがあるんで、ちょっと起こしてみようかなというくらいの気分で、自分で一度やってみたい気もするね。ぼくが死んだあとは、ミハルちゃんとか鈴木くんにやってもらえればいいんだよ。インストでやってもらってもいい。曲の断片がいっぱいあるから、完成させてほしいんだ。遺書書いとくからさ(笑)。昨日本当にそう思ってたんだ。聴きながら、これは自分でできないな、と。時間的なことでね。

――そう言えば、ホーギー・カーマイケルの「スカイラーク」って、いろいろな人がカバーしてますけど、どれもすごくいいんですよね。

うん。いい、いい。

――ジョニー・マンデルがアレンジした『ホーギー・シングス・カーマイケル』というアルバムに、ホーギー・カーマイケル自身が歌ったテイクが入ってて、それもいいんですが、ほかの人がやるともっとすごい曲になるんですよね。

そうなんだよね。ほかの誰かがやって、はじめて生きるっていう場合もあるからね。

——ジミー・ウェッブ(22)やハリー・ニルソン(23)ももっと言及されるべき作曲家だと思います。もちろんボブ・ディランも然りです。

うん。そうだ、ディランだ。ディランにも、カバーのほうがいい曲が結構あるね。

——細野さんの歌謡曲の仕事のなかにも、そういう曲があるかもしれないですよね。

やってみようと思ったけど、自分ではできる曲は少ない。

——仕事としてやった作品のなかに、意外と自分の本質みたいなものが宿っている。それが生業ということなのかもしれませんね。

うんうん。本当にぼくはメロディが好きだからね。一時期は、物語性みたいなものはもういらない、うるさいやと思って、九〇年代から十年間近く、メロディのことは一切排除してたの。サウンドとテクスチャー、そこにスピリットが入るとどうなるかという実験をしてた。でもやっぱりこの時代になると、いかにメロディが絶滅種になってしまったかを強く感じる。「メロディの十二音階限界説」なんてことを聞くと、「なにを」と思うんだよ。あまりにも左脳的な考えだよね。

——とりわけ「3・11」以降は、メロディや物語の復権というか、「物語を取り戻そう」みたいな気分がいろんなところにあるような気がしますけどね。

うん。あるね。

——映画の世界は、物語性のあるというか、温度や湿度のある映画が出はじめてきているように思うんですけど、音楽でも、物語性のあるものがもっと出てきてくれればいいんだけど。

いまの若い人は、若い人なりにすごくメロディアスなものをつくってるんだよね。でも、みんな同じだけどね。下から上にあがってくるメロディばっかり。

——下から上にあがったら、次は下がるしかない（笑）。いまは、歌謡曲みたいな音楽がなくなってしまったじゃないですか。

かつての自分の曲でいまだに気になる曲がいくつかあるんだ。自分が書いた歌謡曲のなかにね。埋もれてるというか眠ってるわけだけど、そうした曲は全部模様が同じなんだよね。

——模様ですか？

なんて言うんだろう。メロディが一緒なんだよ。

——ざーっとひと通り聴いて、この曲は特別だっていうのはすぐにわかるわけですか？

うん。そういう曲は限られてるから。

——どうして、その曲が特別だと思うんですか？　前のめりになってつくってたからとか、そういう思い出みたいなことなんですか？

そういうわけでもないんだ。

——じゃあ、なし崩し的にやったけど、出来上がってみたらそれが案外よかったというようなことですか？

そうそう。

——逆に、そういう曲のほうが面白いことが多いのかもしれないですよね。

うん。あとで聴くと面白いんだよ。そのときはあんまり聴かないんだけどね。いまはそういう音楽はないなと思うんだよ。自分のなかにもないけど、世の中にもない。ぼくは歌謡曲というよりも、なんていうんだっけ？　唱歌だ。唱歌に近いと思ってるの、自分のやってきた仕事がね。だからその前にいた人たち、北原白秋とか瀧廉太郎みたいな人たちのあとを継いでいるような気がしてた。そういう意味で、歌謡曲の仕事にぼくの本質が出てるんだと思う。日本人としての本質だね。ぼくはアメリカ人じゃないから。でも、カバーをやったり、ソロをつくるとどうしてもアメリカっぽくなる（笑）。

——その本質って、細野さんが洋楽を知る前に聴いていた音楽にあるものですか？

そうなのかどうか、自分ではわからないんだけど、出てきちゃうんだよ。当時は限界のなかでやってきたから、追い込まれて出てきちゃったものが、ああいうかたちになっちゃったわけで。

——でも、たしかに細野さんが引っかかる曲は唱歌っぽい気がします。

うん。唱歌だね。だから、最近の音楽界に合わない。最後にやった仕事はアニメの挿入歌で、唱歌みたいな曲をつくったんだよ。そしたら全部直されて、アニソンっぽく編曲されちゃった。いまどきのアニメだから「唱歌」じゃダメだろうし、仕方ない。

——また地味だって言われたんですか？

昔からずっと地味だって言われ続けてる。

——前回も、短調の話をしましたけど、唱歌の時代は、まっすぐな短調っていうか、そういう曲がいっぱいあったし、子供でも悲しい気持ちになれる曲がたくさんありました。いまの子供たちは、湿度のある音楽でそういう気持ちになれる機会が少ない。適度に面白おかしいものだけに接してると、心の振り幅が狭くなりますよね。子供にだって悲しい気持ちはわかるのに。

たぶん、そういうことが絶滅していく流れは避けられない。子供のころのことって大事だからね。子供のころに聴くものによって、その人の一生が決まっちゃうくらい大事。子供のころにいまの音楽を聴いてると、それ以上になにかが広がることはないからね。

――そうですよね。ぼくの世代は瀧廉太郎の「荒城の月」とかを学校で習いましたけどね。

いまはどうなのかね?

――知り合いに聞いたらひどい状況ですよ。先生が、自分でつくった歌を子供に歌わせてるという話を聞きました。変なフォークみたいな曲なんだって。ぞっとしましたよ。

それは最悪だね。すごいな。エゴの世界だな。

――アメリカなんかでは、まだ唱歌の世界が残ってますよね、フォスターみたいな感じ。ハンク・ウィリアムスなんかも若い人は普通に知ってますからね。テレビでもひんぱんに流れてる。みんな、なんとなくは聴いてるんですよね。それに、アメリカはまだラジオが元気ですからね。

ピーター・バラカンもそうだけど、ぼくもラジオは好きだよ。いまだにピーターもラジオに関わってるでしょ。ラジオの復権みたいなキャンペーンもやってるし。

――細野さんは、普段ラジオは聴きますか?

「ラジオ深夜便」はときどき聴くね。

――この前、夜中の三時台に細野さんの特集やってましたね。

「深夜便」でやってくれたんだよ。ああいうのはうれしいね。

——ぼくは入浴時によく聴いてますが、あの響きが好きなんです、モノラルで。深夜便は選曲のセンスがホントにいいです。やっぱりラジオはいいですよね。

うん。テレビを観てもなにも入ってこないからね。

——あれれ? さまぁ〜ずは?（笑）

「さまぁ〜ずさまぁ〜ず」は聴いてるだけでも面白いや（笑）。

（1）「Something Stupid」 カーソン・パークス作曲。フランク・シナトラと娘のナンシー・シナトラをはじめ、マーヴィン・ゲイとタミー・テレルなど、数多くの歌手にデュエットで歌われた名曲。アン・サリーが参加した細野による同曲のカバーは、2013年リリースのアルバム『Heavenly Music』に収録されている。

（2）ヴァン・ダイク・パークス Van Dyke Parks 1943年、米国生まれの音楽家。『Song Cycle』『Discover America』等の傑作アルバムで知られ、現在でも数多くの音楽家から尊敬を集める、アメリカ音楽界の至宝的存在。はっぴいえんどの3作目のアルバム『HAPPY END』のレコーディング時にロサンゼルスのスタジオに偶然やってきたヴァン・ダイクは、メンバーとともに同アルバムの収録曲「さよならアメリカ さよならニッポン」を共作した。また、2007年には細野のトリビュート・アルバムに参加し「イエロー・マジック・カーニバル」をカバーしている。2013年にはスペシャルゲストに細野を招いた来日公演も行った。

（3）ニール・ヤング Neil Young 1945年、カナダ生まれの音楽家。クロスビー・スティルス・ナッシュ&ヤング、バッファロー・スプリングフィールドのメンバーであり、ソロのシンガーソングライターとしても傑作を数多く発表している。自身の子供が障害児であることもあり、障害者の支援活動には妻とともに積極的に関わっている。

（4）デヴィッド・クロスビー　David Crosby　１９４１年、米国生まれの音楽家。クロスビー・スティルス・ナッシュ&ヤング、及びバーズ等のメンバーとして活躍。薬物や拳銃の不法所持による逮捕、服役や、薬物中毒の後遺症などにより音楽活動を行うことができない時期もあったが、２０１４年６月には20年ぶりのソロアルバムをリリースするなど、近年は精力的に活動を続けている。

（5）「わがままな片想い」　１９８３年リリースの松田聖子のシングル「天国のキッス」のB面に収録された曲。両曲ともに細野晴臣作曲、松本隆作詞。２００７年リリースの『細野晴臣トリビュートアルバム― Tribute to Haruomi Hosono ―』において、コシミハルによってカバーされた。

（6）つみきみほ　１９７１年生まれの女優。１９８８年リリースのシングル「時代よ変われ」および、B面の「サヨナラのあくる日」は細野晴臣作曲、松本隆作詞による。

（7）裕木奈江　ゆうきなえ　１９７０年生まれの女優、歌手。１９９３年リリースのアルバム『旬』では細野、松本によるコンビで「青空挽歌」「いたずらがき」の2曲を、１９９４年リリース、松本隆プロデュースによるアルバム『水の精』では、「宵待ち雪」「空気みたいに愛してる」「時空の舞姫」の3曲の作曲を細野が手掛けた。

（8）パリのアラブ人街を取材　１９９０年1月20日放送のNHKの番組「熱砂の響き～細野晴臣の音楽漂流～」のこと。

(9)タブラ・ラサ　tabula rasa　ラテン語で「白紙状態」の意。

(10)「ハイドパーク・ミュージック・フェスティバル」　２００５年と０６年に埼玉県狭山市の狭山稲荷山公園で開催された音楽フェス。60年代から70年代にかけて狭山周辺に住んでいた細野をはじめとしたミュージシャンが多数出演した。

(11)京都精華大学　２０１３年新設のポピュラーカルチャー学部にて、細野は客員教員を務めている。

(12)田中泯　たなかみん　１９４５年生まれ、ダンサー。70年代から現在まで国際的に活躍する日本の前衛舞踏の代表的存在。近年では、「場所で踊るのではなく、場所を踊る」ことをテーマにした「場踊り」を提唱し、日本及び世界各地での即興パフォーマンスを続けている。俳優やナレーターとしても活躍する。

(13)緑青　ろくしょう　銅が酸化することで生成される青緑色の錆。ギターやベースのフレット部の金属に発生する。

(14)ブライアン・イーノの新作　２０１２年11月に、英ワープ・レコードからリリースされた『ＬＵＸ』のこと。

(15)アイヴァー・カトラー　Ivor Cutler　１９２３年、スコットランド生まれの詩人。ＢＢＣラジオの番組でピアノやハーモニウムを弾きながら自作の詩を披露して人気を博し、『マジカル・ミステリー・ツアー』への出演や、ビートルズのプロデューサーだったジョージ・マーティンのプロデュースによるアルバムのリリースも果たした。のちにはロバート・ワイアットのアルバムにも参加している。２００６年没。

(16)『ファニー・ボーン　骨まで笑って』　ピーター・チェルソム監督による１９９５年の英米合作映画。日本では劇場未公開だが、かつてＶＨＳが販売されていた。

(17)「モンティ・パイソン」 Monty Python　１９６９年結成。「コメディ界のビートルズ」とも称されるイギリスの6人組のコメディアン・グループ。英ＢＢＣのテレビ番組「空飛ぶモンティ・パイソン」で人気を博し、世界中に「パイソニアン」と呼ばれる熱狂的ファンを生んだ。映画監督のテリー・ギリアムもメンバーだったことや、ビートルズとの親交が深かったことでも知られる。「空飛ぶモンティ・パイソン」は１９７６年から日本でも放映され、山田康雄や広川太一郎らが吹き替えを担当した。

(18)『ひこうき雲』　１９７３年にリリースされた荒井由実のファースト・アルバム。村井邦彦によるプロデュースのもと、細野、林立夫、鈴木茂、松任谷正隆という、当時の「キャラメル・ママ」メンバーがレコーディングに参加した。宮崎駿監督の映画『風立ちぬ』の主題歌に採用された同名曲は、本作から2番目にシングルカットされた「きっと言える」のＢ面曲だった。

(19)プロコル・ハルム　Procol Harum　１９６７年、ボーカル／ピアノのゲイリー・ブルッカーとオルガンのマシュー・フィッシャーらを中心に結成されたイギリスのロックバンド。結成直後にシングルリリースされた「青い影」は、欧米各国のチャートで1位を記録するなど、世界中で大ヒットした。１９７７年に一度解散をするも、91年に再結成。２０１２年には、彼らからの影響を公言する松任谷由実とともに「青い影」をレコーディングし、松任谷のデビュー40周年を記念したベストアルバムに収録された。また、同年に松任谷とともに日本ツアーを行った。

(20)アイビー　ＩＶＹ　アメリカ東部の名門私立大学8校、通称「アイビー・リーグ」の学生たちの間で流行していたファッションを、ファッションデザイナーの石津謙介が「アイビールック」として日本に紹介し、銀座みゆき通りに集う若者たち、通称「みゆき族」を中心に60年代に流行した。石津が創設したブランド「ＶＡ

N」はアイビーの代名詞として人気を誇った。紺のブレザー、ボタンダウン・シャツ、コットンパンツ、コイン・ローファーの靴などが定番アイテム。

(21) マーティン・デニー Martin Denny 1911年、米国生まれの音楽家。ラテン、アジア、アフリカなどの南国情緒溢れるサウンドをミックスし、「エキゾチカ」と呼ばれる独自のサウンドを生み出した。アルバム『Exotica』は59年にビルボード・チャートで1位を記録している。デニーの曲「ファイアー・クラッカー」をコンピューターで演奏するという細野のアイデアが、YMO結成のきっかけとなったことは有名。2005年没。

(22) ジミー・ウェッブ Jimmy Webb 1946年、米国生まれの音楽家。モータウンで職業作曲家として活動後、シンガーソングライターとしてデビュー。代表曲に「ウィチタ・ラインマン」「ガルヴェストン」など。

(23) ハリー・ニルソン Harry Nilsson 1941年、米国生まれの音楽家。「七色の声を持つボーカリスト」と呼ばれ、「ニルソン」の名で活躍した。ソングライターとしての代表曲に「孤独のニューヨーク」「ワン」などがある。歌手としても「ミスター・ボージャングル」「うわさの男」「ウィズアウト・ユー」等のカバー曲を歌い、大ヒットさせたことで知られる。長年にわたる薬物とアルコール中毒からの再起を目指していたが、果たすことなく1994年に死去。

対話6
2013年2月19日
銀座・カフェ・ド・ランブルにて

「いまだに自分にはなんのノウハウもない。常に白紙。そこでサバイバルスイッチが入るんだ」

若いころには訪れなかった街、銀座。

歳をとり背丈がいくらか似合うようになった街、銀座。

細野さんが「銀座が好きだよ」と言いはじめたのはいまのぼくと同じ歳ごろだった。（S）

ルイジアナ生まれの白金育ち

――今回もお土産を買ってきたんです。ピアノものが多いんですけど。

へえ、こんなのあるんだね。ピアノコンボはね、詳しくないんだ。知らないものがいっぱいある。

――そんなことないじゃないですか。知ってるじゃないですか。

いや知ってるものなんてごく限られてるよ。

――どんなもの聴かれてます？

アート・テイタム(1)とかね。

――好きですか？

華麗ですごいと思うけど、才能がありすぎて弾きすぎるね。オスカー・ピーターソンのほうが親近感がある。エロール・ガーナーはピアノはすばらしいけれど、録音がいいのがないんだ。

――セロニアス・モンクは好きですよね？

モンクはいいよ。なにがいいって、モンクは弾かないから。

――しれっとラグタイムを弾いてるのなんか、とてもいいですよね。

あとはエリントンだね。

――ああ。エリントンのピアノはいいですよね。細野さんも最近はピアノを弾いてるんですよね。

弾いてるよ。かなり弾いてる。ブギウギばかりだけどね。ニューオーリンズ出身でシカゴ育ち、みたいな体で。

――でも、白金育ち（笑）。細野さんが求めるようなピアノを弾ける人は、なかなかみつからないですよね。

佐藤博くんがあの世に逝っちゃったからね。仕方ないから自分で弾くしかない。

――先日、横浜の萬珍樓っていうお店で中華を食べていたら、そこに、いいピアノ弾きがいたんですよ。スペイン系の結構年配の方なんですけど、ドビュッシーを弾いてたかと思うとエリントンにつないだりして、すごく洒落てるんですよ。

その人、スカウトしてきてよ（笑）。

――その一方で、冬ソナとかビリー・ジョエルの曲なんかもやったりするんですけど。

ショーマンだ。そういう人は面白いね。芸人というか、そういうショーマンシップっていまや出る幕がないからね。

――そうなんです。でも、単にサービス精神旺盛っていうだけじゃなくて、演奏自体がとてもいいんです。で、その人が弾き終えたあとに、次の人が出てきたんだけど、これは、ダメだった。がつんがつん行っちゃうんですよ。

自我が出てきちゃうわけだ。いまっぽいんだね。

――そうなんです。

その洒落た人、興味あるな。つないでよ。

――ホントですか？

うん。ホントに。

——で、その人の演奏を聴いていて思ったんですけど、スウィングって食事の邪魔にならないんですよね。なんというか、変に主張しないっていうか、そういう感じありますよね。

そうかもしれない。リズムが、頭からガツンって入っていかないからね。

——そうなんです。裏からすすっと入っていく感じ。ぼく、それができないんですよ。一拍目から入っちゃう。それで、知り合いのギタリストに「すごく日本人っぽい」ってバカにされるんですよ。

ははは。

——細野さんは、裏から裏から攻めていきますもんね。ぬめぬめっと。あれはなかなかできないと思います。

最近レコーディングした新曲がブギウギなんだけど、知り合いに聴かせたらアメリカ人っぽいって言われたね。

——自分が、もしアメリカに生まれ育ってたらどうなってただろうって、細野さん、思いませんか？

それは思うよね。きっと誰しも思うんじゃないかな、音楽家なら。昔もそう思ったことあるよ、子供のときに。

——なんだか、恨めしくなかったですか？

そう？　ふーんって感じだよ（笑）。

——ふーん、って（笑）。

自分は日本でもない、でも、アメリカでもない、っていうことになっちゃうね。じゃあ、どこなんだと言われたら、答えようがない。

あの世の曲ばかり

――やっぱり「さよならアメリカ さよならニッポン」だ。それははっぴいえんど以来の大テーマですよね。先日、中村八大さんが最近つくったものを人に聴かせてもらったんですが、ジャズとかの影響を受けてすごくモダンだった人が、ある時期から土着的なものに向かっていくんですね。ああいうのは、わかるような気もするんですけど、ちょっと違うなって気もするんです。

うん。たしかに。みんなそのテツを踏むね。危ない橋を渡るとは知らずに。

――そうなんですか？　難しいですね。アメリカ音楽と日本人であることの折り合いをどこでつけるか、っていうことですよね。

ビーチ・ボーイズの曲のなかに沖縄っぽいものがあったりするじゃない。ああいうのは面白いんだよね。

――見えない水脈でつながってる、みたいなことなんですかね。

レイモンド・スコット(2)がちょっとオリエンタルなことをやったりする、ああいう感じは面白いと思う。ああいうやり方はあるかな。あと大瀧くんの「イエローサブマリン音頭(3)」は、すばらしいと思う。

――本当にすばらしいですよね。レイモンド・スコットも、大瀧さんがすごく影響を受けたって言われてる三木鶏郎(4)さんとか、やっぱり面白いですよね。日本的なものとアメリカのものとの出会わせ方、という点で。

うん。面白い。

――なんなんでしょう。ユーモアみたいなことなんですかね。

うん。ユーモアは大事だよ。

――八大さんとかでも、音楽のテーマが、太陽とか土と水とか、ものごとの本質みたいなものにどんどんなっていくんですよ。

それは危ないね。そうなったら危ない。実は自分もそうなりつつある。

――そうなんですか？ 細野さんは大丈夫ですよ。

それにしても、見渡すといいピアニストってのは少ないもんだね。

――仕方ないから自分で弾く、と。

昔、ちょっと習ってたからね。運指を。

――そうなんですね。結構練習してるんですか？

してるというより、したい。ピアノの練習をしたい。それこそ、スウィングをやりたいから。四〇年代のスウィングを。本当はちゃんとしたジャズをやりたいんだけど、なかなか昔ながらのスウィングができなくて、なんだかニューミュージックみたいなものになっちゃってつまんないんだ。いまの自分としては、今回はブギウギをなんとか、っていうところまでだね。

――やりたいことが、まだまだいっぱいある感じですね。

ホントだよ。実際、やりたいことの三〇％くらいしかできてない。本当は、やりたいことがいろいろあるわけ。思考は自由だからね。でも、それを物理的世界で実現しないといけないわけじゃない。なんとか実現しようって一生懸命やって三〇％。適当にやってたら一〇％にも満たないと思うな。

――細野さんは、いままでやりたいことをずいぶんやってきたように見えますけど。

いや、ぜんぜんできてない。だから、やっとこれからできるのかなって思うんだけど、結局、それが仕事より優先されることはないからね。どうしたって締め切りのある仕事のほうがそうしたことよりも先にきちゃう。

――そんなにやりたいことあります？

たくさんあるよ。やりたいことは変わっていくし、それにつれて広がっていくからむしろ増えていくよ。

――たしかに、時代時代でどんどん変わっていってる感じはわかります。

だから変節漢って言われるんだ。『トロピカル・ダンディー』から『泰安洋行』の期間ですら、やってることが変わったって言われたし、はっぴいえんどからキャラメル・ママに変わったときも言われたし、ＹＭＯになったときも言われた。

――『トロピカル・ダンディー』のときはなにかが変わったんですか？

変わったよ。神経症から解放されて「わーい」って（笑）。

――でも、なんか当時「ハワイぼけ」とか言われてましたよね。ひどいですよね（笑）。

ひどいもんだよ（笑）。自分ではなかなか変わらないんだとは思うけれど、外からの力によって人はどんどん変わっていくわけだ。ちょっとしたことでどんどん変わっていく。

——ところで新作のタイトル、決まったそうですね。

そう。『Heavenly Music』。

——かっこいい。

最初に仮のタイトルでつけていたのがそのまんまになっちゃった。曲をざっと並べてみたら、あの世の曲ばかりのアルバムになっちゃったから。だから、天国の音楽。セルフカバーが一曲入ってるけどね。

——新曲はなし。セルフカバーが一曲、ってことですね。

そう「ラムはお好き?」をね。これに吉田美奈子にコーラスで入ってもらうの。美奈子が歌ったもののアンサーソングというか、前日譚みたいなものだね。

——楽しみです。セルフカバーも含めて、今回は全部がカバー曲になるわけですよね。カバーで、この曲をやろうっていうアイデアは、どういうふうに出てくるわけですか?

それはね、ビジョンがあるわけだよね。人の曲を聴いて、「あ、これはこういうふうにできるな」って。オリジナルは一からつくっていかないといけないじゃない。

——オリジナル、結局書けなかったんですね……。

うん。オリジナルは結局書けなかった。震災からちょうど二年でしょ。書かなきゃと思いながらも、でもやっぱり書けなくて。やろうという気持ちはあったんだけど、ダメだね。これからだね、むしろ。次はオリジナルでやりますって、もう公表しちゃったし。

――みんな、楽しみにしてますから。

今回のアルバムは、震災以降、ずっとライブをやってきたその気持ちの延長のなかでできたという感じだね。

――でも、曲を書いてなかったわけでもないじゃないですか。

つくりかけのものはいっぱいあるんだよ。震災前に書いたものもある。

――ぼくは最近、じゃんじゃん書いてますよ。

鈴木くんは真面目なんだよ。ぼくは震災のせいで曲が書けなくなったのをこれ幸いに、サボってるだけかもしれない。

――そんなことないですよ。じゃあ、いまはレコーディングも全部終わってミックスをしているという感じですか？

そう。

ミックスはお好き？

――細野さん、ミックスの作業はお好きですか？

ミックスは嫌いだよ。アルバムつくってて楽しいのは最初だけで、最初のうちはもうめちゃくちゃ楽しい。でも、終盤のミックスのあたりにくるともう楽しくない。「マジメか？」っていうくらいぜんぜん楽しくない（笑）。

——そこが楽しくてしょうがない、なんて人もいますよね。いわば、オタクみたいな人。

ぼくは、ラフミックスが好きなんだ。だから最終ミックスはそこに向けて磨いていくという感じなんだよね。

——途中で目指す方向が、わからなくなったりしません？　ぼくは聴きすぎちゃってときどき自分がわからなくなるんです。

そういうこともある。でも結局のところ大事なのは録音だよ。今回は、48Kで録ったのを96Kでミックスしたの。そしたらこれがいいんだよ。とくにリズム隊がいい。地面がちゃんとある気がするんだよね。これを96Kで録っちゃうと、地面の下に穴があいちゃってるような感じになるんだよね。

——わかる気がします。解像度があがればいいってもんじゃないんですよね。

そう。どんどん解像度をあげていけばいいっていうのは大きな間違いだね。日本の家電のつまずきはそこにあると思うね。つまりは、スペック重視。画質重視。

——たしかにそうですね。ぼくこのあいだ『ライフ・オブ・パイ』（アン・リー監督、二〇一二年）っていう3D映画を、あえて2Dで観ましたけど、とってもよかったです。前に細野さん、言ってましたけど、いい映画は小さい画面で観てもいい映画ですよね。画面のサイズや解像度は関係がない。音楽も、いい音楽は、AMラジオで聴いてもいい音楽ですよね。

逆を言えば、うるさい音楽は小さな音で聴いてもうるさい（笑）。

――それは前回の『分福茶釜』でもおっしゃってたことですが、いや、ホント名言だと思います。でしょ?(笑)

――はい(笑)。ところで、最近、タバコ減ってます?

いや、減ってないね。逆に、最近はスタジオでも吸ってるね。これはね、ディランの影響なのね。けむりが充満してないとダメっていう。別に吸わなくてもいいんだよ。ギターのヘッドにこう差すでしょ。あれは昔から真似してた。

――そういえば、ロシアで隕石落ちましたよね。あれ、細野さん、どうですか?

どうって?

――あれ、ホントに隕石ですか?(笑)

じゃあなんなのさ?

――いや、その辺、細野さんのほうが詳しいのではないかと(笑)。

なにそれ。

――隕石の映像、まるでSF映画みたいだったじゃないですか。

ぼくは基本的に映画をファンタジーとしては観てないからね。現実だと思ってるから。だから現実の予行演習をしてるようなもんだ。その線で言うと、落ちた現場から生命体が出てきたりしないかと、そのことを最初に心配したね。

――生命体って、『トランスフォーマー』みたいなことですか? 細野さんは実際、ああいうの見たことあるんですか?

あるよ。でも、言わない（笑）。

――そう言わずに（笑）。

二十五、六歳のころだけどね、車で環八を走ってたら池袋方面に隕石が落ちていくのを見たことあるよ。見た目十円玉大くらいのものが落ちていくのが見えて。それも青く光ってるの。

――ひぇーっ、燃えてるんですか？

いや、燃えてなかった。しかもゆらゆら落ちていくのね。これは大変なことになると思って、車を降りて、すぐさまラジオをつけたんだけどなんの情報もなくて。その後ひと月くらいずっと新聞を丁寧に読み続けたけど、なんの報道もされなかったね。

――とはいえ、ああいう隕石って、しょっちゅう落ちてきてるんですよね、きっと。

関東にも落ちてきてたでしょ。

――そうなんですか？　細野さん、その隕石みたいな青いのを見たときは、パニックにはならなかったんですか？

ならないんだよね。むしろ覚醒しちゃう。揚げ物食べたみたいになっちゃうから（笑）。サバイバルスイッチが入っちゃうんだね。

――震災が起きたときも、かえって冷静になったっておっしゃってましたもんね。

冷静冷静。そういうところはおじいさんの遺伝子を受け継いでるのかもね。

――おおタイタニックの。サバイバル遺伝子ですね（笑）。

火事場のクソ力みたいなものかもしれないけどね。

――唐突なんですけど、秋元康さんのお話してもいいですか？

え？

ぶつかったら左に曲がる

――いや、ぼくも秋元さんの仕事ってこれまでほとんど興味を持ったことがないんですけど、テレビを観てたら結構いいこと言ってて。細野さんに近いところもあるのかな、って思ったりしたんです。

ふーん。

――ものすごいワーカホリックなんですよね。秋元さん。二日で三曲分の歌詞を書くって言ってるんですよ。それで、「仕事はルーティンになっちゃダメだ」って制作スタッフに対して厳しく言ってるんですよ。「これはエンターテインメントなんだから」って、手を抜いたりすることをすごく怒るんですよ。なんだか感心したんです。

徹底してるという意味では、たしかにすごいよね。自分を追い込んでる感じはあるね。まあ、でも、それも全部自分でまいた種だからね（笑）。

――でも、クリエイターは常に違うことをやってたいっていう思いがあるわけですよね。細野さんはどうですか？

普段使わない頭を使わないとダメだって思ってはいるよ。いつも同じ頭だけ使ってると、ルーティンになってくるから。

――そうするためには、具体的にはどういったことをするんですか。

たとえばピアノで弾けないフレーズをひたすら弾けるようになるまで練習したりするんだよ。

――え、細野さん、それ、するんですか？

もちろん。ギターもそうだよ。

――細野さんでもそうなんですね。

曲づくりも一緒だよ。普段使ってる頭だけでやってると、同じような曲しかできない。だからいつも違うこと、違うことをやろうとしてる。

――その感じは、わかります。でも、そうやってがんばってつくった曲って、案外評価されないですよね。

頭使わないでやった曲のほうが評判よかったりね。でも、自分としては、いつだって新しいことをやったほうが満足感はあるんだよ。

――最近、カーネーションの直枝くんとコラボしてるんですけど、それはぼくにしてみると新しい経験で、とっても面白いんです。

どういうことをやってるの？

――歌詞を先につくって、曲をつけたりしてるんです。実は、これまでやってこなかったことなのでとても新鮮ですね。

詞先はいいよね。違うことをやるひとつの手だね。

――詞先もそうですけど、人と一緒に曲をつくるっていうのも、やっぱり面白いです。細野さん、共作とかあまりやらないですよね。

共作は苦手なんだよね。人の土俵に参加するのはやるんだけど、自分の作品に人が入ってくるのは得意じゃないんだよ。絵描きが、絵を描いてるときに、後ろから覗きこまれるのってイヤじゃない。で、「そこをちょっと」なんて言われたらなおさらね。

——ヒッチコックは、奥さんがずいぶん指図してたみたいな話もありますけど。

ぼくらは、これまでコラボしたことあったっけ?

——だから、細野さん、お願いしたじゃないですか。森繁さんの「とんかつの唄」、歌ってくださいよって。

いいね。とんかつの唄なら。魂の叫びしちゃうよ(笑)。

——そもそもは、イノシシの唄にしようかと思ったんですけど。

イノシシもいいね。

——細野さん、イノシシ年じゃないですか。実は、ぼくもそうなんですけど。

あれ? そうだっけ?

——そうですよ。まっすぐ進んで、ぶつかったら左に曲がるってヤツです。

そう。あれは必ず左なんだよね。

——なんでなんですか?

心臓の位置と関係してるんじゃないかな。で、左に曲がり続けてるうちに元に戻っちゃうという(笑)。

——あはは。で、いや、それでちょっと話が秋元康さんのところに戻っちゃうんですけど、細野さんも、一時期追い込まれて仕事してる時期があったわけじゃないですか。それってなにかの役に立ちましたか？

うーん。どうかな。別に、なんらかの方法論を得たとは思わないけどね。いまだに、自分にはなんのノウハウもないよ。常に白紙なの。だから、結局、仕事はそのつどそのつど、一から組み上げるって感じだね。そこでサバイバルスイッチが入るんだ。そういう意味では、スイッチを入れる勘所みたいなものはわかるようになったと思うけど。

——十年くらい、それこそ猛然と働いているような時期がありましたよね。

それの後遺症で、いまもずっと廃人だよ（笑）。

——ずっとリハビリ中？（笑）

まあ、廃人っていうのは冗談だけど、ああいう時期を通り過ぎて、歳をとったら少しは好きなことできる時間が持てるようになるのかと思ったら、そうはいかないね。そんな時間はできない。ビートたけしも同じことを言ってたよ。好きなことができる時間なんてぜんぜんないね。

——改めて、細野さんが現役でやれてる理由って、なんなんですかね？

ぼくの場合、まず聴く人であるっていうのが先にあって、それを自分のなかに取り込んでは、吐き出していくということをやってるだけなの。自分のなかを、これまで聴いてきた音楽で充満させていって、そのエッセンスを取り出して音楽にしていくということなんだよね。でも、どうやって、それがこういうサウンドになるのか、どうやって音楽をつくってるのか、って聞かれても、さっき言ったように方法論なんかないわけだから、そこにやり方なんてないんだよね。そのつどやっていくなかで、出来上がっていくものだから、決まったやり方があるわけじゃないんだよ。

――決まった方法論みたいなものがない、っていうのが現役でいられる秘訣なのかもしれないですね。そうでないと、それこそ、ルーティンになっちゃうからね。

（1）アート・テイタム　Art Tatum　1909年、米国生まれのジャズ・ピアニスト。重度の視覚障害を抱えていたが、類まれな超絶技巧と革新的な奏法により、数多くのピアニストやジャズ・ミュージシャンに影響を与えた。チャーリー・パーカーもテイタムから大きな影響を受けていることが指摘されており、テイタムこそがビバップの元祖であるとする意見もある。

（2）レイモンド・スコット　Raymond Scott　1908年、米国生まれの作曲家、ピアニスト。1930年代より、自身のクインテットを率いて活動し、『ルーニー・チューンズ』をはじめとしたワーナー・ブラザーズ制作のアニメーション映画において、自作曲が多く使用されたことで脚光を浴びる。1946年には「マンハッタン・リサーチ研究所」を創設し、自作の電子楽器の開発に取り組むとともに、アンビエント音楽の先駆けとも言うべき『Soothing Sounds For Baby』等の作品をリリースした。1994年没。

（3）「イエローサブマリン音頭」　大瀧詠一のプロデュースにより、民謡歌手の金沢明子が歌った、ビートルズ「イエロー・サブマリン」のカバー。原曲に大胆な音頭調のアレンジを施し、松本隆による日本語訳詞が付けられている。

（4）三木鶏郎　みきとりろう　1914年生まれの作曲家、放送作家、演出家。コントと音楽を融合した「冗談音楽」の元祖として、日本で初めてコマーシャル音楽を手掛けたことで知られる。また、ディズニー映画の日本版音楽監督やテレビアニメ「鉄人28号」の主題歌の作詞作曲なども手掛けた。野坂昭如、いずみたく、永六輔らの才能を世に送り出し、戦後日本の大衆文化の発展に多大な功績を残した。1994年没。

対話7
2013年8月22日
麻布・サクラ苑にて

「ニューヨークに行って
皿洗いでもしながら
ミュージシャンの道を歩んでいたら
ああいうセッションを
やっていたかもしれないね」

対談は一年を過ぎ、また暑い夏がやってきた。
細野さんが「かき氷が食べたい」と言うので訪れた古い古い喫茶店。
ぼくは生まれて初めてホット・コーラなるものを飲み、むせ返る。（S）

いまはどんどん時代が見えないところで変わってるんだね。実は見えないところで激変しているんだよ。

飽きない遊び

——どういうことですか?

それがよくわからないんだ。説明がまだできないの。

——ぜんぜん見えてはいないけれど、変わりはじめている感じはする、と。

うん。見えていることから感じるんだけどね。はっきりしたことはよくわからない。

——……どういうものを見て、それを感じるんですか?

普通のことだよ。たとえばいろんな週刊誌を読むと、なんだか急にエッセイがつまらなくなってきてる。ぼくは小説よりエッセイが好きだけど、最近はどれを読んでもつまらない。エッセイの崩壊がどこかで起こってるような気がする。なんでだろうな。自分の感性が崩壊してるのかもしれないけどね。

——うーん。ちょっと話がずれるかもしれませんけど、いまのお笑い芸人の人たちって、一発屋になるのがすごく怖いんですって。あまり面白すぎると一発屋になっちゃうから。少しつまらなくて、そこそこ面白い状態をキープするのが、生き延びる方法だって言うんですね。ぼくはそれを聞いてショックだったんです(笑)。お笑いの人たちがそんなことを考えはじめてるなんて。ある意味、彼らのそういうところはサラリーマン的な発想と言えるのかもしれない。でも、たとえば細野さんの大好きなチャップリンとか、それこそ命懸けで人を笑わせていたわけで、その時代と比べるとずいぶん大人しくなったというか、去勢されたというか。

うん。まあ、でも、いまの時代、お笑いの人はそれは考えるだろうね。消費のスピードが早いから。

――エッセイが面白くないと感じはじめたのは、いつごろからなんですか？

『Heavenly Music』を出して、ちょっと休みになってからかな。それまでは忙しかったから。お笑いに関してはいまも毎日のように見てるけど、ベテランは安定期になったり、若手はちょっと急降下してきたね。

――いつもの「モヤモヤさまぁ～ず」はまだ観てますか？

観てるよ。前ほどじゃないけど。

――お笑い番組はなにを観てるんですか？

いまは「ざっくりハイタッチ」かな（笑）。芸人の素《す》が出ていて。それこそ年収いくらかとかね。そういうことを問い詰めたりカミングアウトしたりする風潮があるね。

――小籔（千豊）さんが出てる番組ですね。

小籔は妙に面白いよ。

――小籔さんの面白さって説明できますか？　それがぼくの最近の命題なんですけど（笑）。

説明できるの？

——できないですね。でも、あの目かなと。あんな目つきのお笑いの人っていないですよね。

あの人、見た目とか言葉とか古典的な関西の芸人に見えるけど、若者なんだね。

——吉本新喜劇の座長ですもんね。

そういう人が東京でウケてるのが新しいことだよね。ほかにもいっぱい面白い人いるじゃない？　新喜劇に。でもぜんぜん東京に出てこない。小籔だけが出てきた。なんでだろうな。ひところ一番どこにでも出てたのが千原ジュニアだけど、千原ジュニアと小籔と後藤（輝基）と岩尾（望）の四人がバスのなかで話してるのが、いま一番面白いんだ。ネタじゃないんだけど芸人のスピリットが溢れてる。

——後藤さんは最近どうですか？

後藤は役割があるから。千原は哲学。小籔は思想。ツッコミを入れるのが後藤の役割。後藤が狂言回しで、つっこんでいく。自他ともにツッコミの帝王みたいに言われてるからね。彼のそういう役割が面白い。ところで、この芸人談義、なに？

——ちなみに、細野さん、さんまさんはどうなんですか？

そんなこと聞く？　たたみこむねえ。じゃあ言うけど、さんまという人は天才で放っていても大丈夫だから観ないんだ。松本人志はいまだに目が離せない。「すべらない話」みたいな番組をつくる人としてね。

——後藤さんがさんまさんの後を追ってるのかな、と思ったんですけど。

それはね、ただのネタだよ。なるのは難しいと思うよ。さんまはツッコミとかそういう型のなかでやってるわけじゃないから。天才なんだと思う。人が言ったことに対して、返せないことがないからね。黙っちゃうことがない。芸人はみんなそうやって反射的な反応を、常に意識的に鍛えてるんだろうね。間を空けないようにね。特に後藤はかなり意図的に勉強してる感じはするね。面白いことを言おうと常に狙っている。その図が面白いんだけどね。この話、まだ続くの？（笑）

——それをさんまさんは、天性でできちゃうと。

うん。でもよく聞くと、そんなに面白いことは言ってないんだよ。

——たしかに。よくよく聞くとそうですよね。

本当はなに言っているのかぼくには聞き取れない。ピンポンみたいなもので、そのリズムを聞いてるだけで「すげえ」と思うの。いずれにせよ、さんまもきっと引退ってことは考えてるんだと思うな。タモリもそうだし、松本人志もそうなんじゃないかな。敬称略で言わせてもらってるけど。

——そうなんですか？

そう言われてるよね。憶測が飛び交ってはいるよ。

——お笑いの人って、（島田）紳助さん、上岡龍太郎さんもそうだったけど、急にカットアウトしますよね。

引き際をいつも考えてるんだね。

——引きの美学ですかね。

美学っていうのもあるのかもしれないけれど、才能に自負があるんだと思う、みんな。でもそれは枯渇するでしょ。ピークを過ぎると衰えてくるから、いい時代を築いたらすぐ消えたいって思うんじゃないのかな。

——一方で、ミュージシャンってしぶといじゃないですか。引きの美学って、あんまりないような気がするんですけどね。

そうだね。ミュージシャンは「引き際」を考え出すと死んじゃうんだよ。昨日、実は加藤和彦(1)のインタビュー(『エゴ～加藤和彦、加藤和彦を語る』SPACE SHOWER BOOKS刊、二〇一三年)を読んでたんだけど、ミュージシャンって、ぼくみたいにのんべんだらりとやっていく場合もあるし、突然切れちゃう場合もあるんだね。

——いままで、細野さんと加藤和彦さんを比べたことはないんですけど、ぼくも『エゴ』を読んでみて、細野さんと共通する部分を感じた気がするんですよね。たとえばこんな感じ。「外から見ると好きなことをやってるように見えるけど、常にいろいろ考えている。実は偉大なるミーハーだ」。「自分が興味があることは絶対みんなも興味があるに違いない」。これ、加藤さん本人が言ってるんですよ。あとは「とりあえず自分が楽しいのがいい」って。

うん、たしかにぼくと一緒だ。

——ほかにもいろいろありますよ。「自分が好きな、満足いくものをつくる」。「三回聴くと飽きちゃうようなものは捨てます」。「曲なんてすぐにできちゃう。コンセプトが固まるのに時間がかかるだけで」。

なるほど。でも、みんなそうなんじゃないかな。

——そうですか?(笑)「いらないものは、どんどん捨ててどんどんつくっちゃう」。「レコーディング自体に時間はかからない。音にはぐちぐちこだわるけど、大瀧くんのようにはえんえんとやらない」とか。

うん（笑）。これもみんなそう。

——これはどうですか。「いい加減につくって、自分の音だけが満たされていればいい」。だいぶ究極的な感じしません？

うん。これはちょっと極端かもしれないね。

——「アーティストは、絶対に完璧とは思わないんだから、つくったらそのあとにああすればよかったと絶対に悔やむに決まっている」。「自分のつくった作品を完璧だな、最高だなと思ってたらダメ。ものはつくれない」。これが九〇年ごろの加藤さんの発言です。美意識の強い方だったと思うので、このなかのことからひとつでも外れてしまったら、自分が許せなくなっちゃったんじゃないかな、と思うんです。

なるほどね。

——あと高橋幸宏さんとの会話のなかに、「昨日と同じものを着てきちゃったよ」。「『あの素晴らしい愛をもう一度』をやるとウケる。ウケちゃっていいのか。楽だね」というのもあります。これは亡くなる前に幸宏さんに言っていたことだそうです。ある意味、すごく自分に厳しい方です。自分で自分を許せなくなっちゃったのかなって。

でも、それだけで死ぬのかな。ぼくにはよくわからない。

——細野さんには基本的に、粋とか洒脱さみたいなものがあるじゃないですか。それが細野さんを支えてるんじゃないかと思うんです。そういう江戸っ子的な部分は、加藤さんにはあまりなかったんですかね。

ないのかな。でも、あの人は日本橋育ちなんだよ。彼のことに、ずっと京都にどっぷりの人だとぼくも思ってたんだけど、実は江戸っ子なんだよね。

――そうなんですね。江戸っ子という感じは加藤さんから受けませんでしたか？

うん。先入観があったのかもね。京都の旦那衆のイメージがなんとなくあった。趣味とか遊び方とか、なんかそういうところがね。

――さっきの性格の話に戻りますけど、細野さんを音の完璧主義者だと見ると、やっぱり大瀧さんと同じような気質なのかなと思うんですが。

完璧主義じゃないんだよ。義務感もないから、遊びみたいなものだよ。飽きない遊び。それを突き詰めていって自分の満足いくところに到達できることがうれしいだけなの。だから、それに向かってただ没頭するだけでね。息抜きとかは必要ないの。むしろ、そこに到達することが息抜きなんだよ。

――到達することが息抜き？　たしかに細野さんの音楽を聴くと、その遊びの感覚に圧倒されますね。ぼくは、そこまで音楽では遊べてないです。まだ真面目にやってる感じがする。

ぼくだって真面目だよ（笑）。

――いや、そうじゃなくて（笑）、ぼくはどこか構えてるんじゃないかって思うんです。

遊びってのは、周囲の目を気にしないということだからね。一心不乱ということかな。「出来上がったらどう思われるか」とか、そういうことはつくってるときはまったく思わないから。つくったあとだよ、そういうことを考えるのは。

――音楽をはじめたころからそうなんですか？

見えない大木

最初からそうだね。つくりたいっていう衝動だけだからね。で、ひとつつくると、次にやりたいことがまた出てくるわけだよね。彫刻みたいなものだよ。大木を目の前にしてどうしようかと考えながら、ちょっとずつ削っていくと、なにかができる。それをどんどんやっていくと、かたちができてくる。なにかを足していく彫刻じゃなくて、削り出していく、そういう彫刻ね。

――なにかをそこから削り出すための、その大木ってのは、常に細野さんの前にあるわけですか？

うん、あるよ。見えない大木と暮らしているようなもんだ。削りはじめる前は、その大木は、なににでもなる可能性があるわけだよね。無限の可能性ってものがそこにはある。いや無限の可能性はそこにしかないって言ってもいい。ただ、それがあるのは一瞬だけなんだよ。一回鑿《のみ》を入れたら、そこから無限は失われるわけだ。ということは、無限の可能性っていうのは、なにもやらないことなんだよ（笑）。いったんやりだしたら可能性がどんどん狭まってきて、方向性を狭めていって、ひとつに絞らなくちゃいけなくなる。無限のなかからひとつを選ぶわけだ。結局のところ、ビジョンっていうものは、すべて大木のなかに隠れているわけだ。音楽で言えば、歴史の流れみたいな大木が自分のなかにあって、そのなかから、なにを削り出したいか、ということなんだね。

――無限の可能性から「なにを削り出したいか」は見えてるんですね。

そうだね。やりたいことはいっぱいあって、そのなかで、まずなにをやりたいかということはおおまかにわかってる。最近で言うなら、四〇年代の音を出したいというのは、そのうちのひとつ。

――ロックミュージックそのものの歴史も、年齢で言うと細野さんと同じくらいで、もうさんざん削り出されたはずなんですけど、やっぱりそのなかには、まだ可能性があるなって最近思うんです。有限だと思って一周してみたら、まだまだやれることは尽きない。

そう。そうやってぐるぐる回っちゃうんだよね。

――だから飽きないでいられるんですね。細野さん、自分に飽きたりはしないんですよね？（笑）

どうかなあ。うまく説明できないけど。やっぱり飽きてはいると思うよ。あまり自分のつくったヤツは聴かないしね。もちろん波があるけど。でも、なにかをつくった直後は、またすぐになにかつくりたいと思うんだよ、いつも。

――いつもそうですか？

うん。勢いがついてるからかな。いまならなんでもできそうだって、いつもつくり終えたあとには思う。

――それで、実際にやってみたらどうなるんでしょう？

たぶんいいものができると思うね。そういうふうにやらなきゃいけないっていつも思うんだけどね。

――でも結局アルバムをつくり終えると、そのあとにプロモーション活動なんかがあって、だんだん醒めていっちゃう。

そうだね。アルバムジャケットをつくったり、マスタリングの作業をしていると、社会的な脳味噌を使うようになるでしょ。そうするとどんどん右脳的な衝動が萎えていっちゃう（笑）。

——でも、今月、またレコーディングされるんですよね？

そう。『Heavenly Music』のレコーディングを終わったあとに、次もすぐにやろうと思ってね。

——やることはいくらでもあるんですね。

うん。やろうと思いつつ、まだやれていない曲があるから、それをつくってみようと。それぐらいの感じにしておくのがいまはいいかな。実際やるかどうかはそのときになってみないとわからないしね。

——案外、ゆるい感じなんですね。

ライブを観に行く予定を入れておくんだけど、当日になると行きたくなくなることってよくあるじゃない。

——ありますね。すごくすごくあります。

それがガースのかわいいところ

——そういえば昔マーティン・デニーに会いに行く約束を、当日になって行きたくないって駄々こねたのを、ぼくが無理矢理連れて行ったの憶えてます？

ああ、ホテルまで連れてってくれたね。

――「本人になんか会わなくたっていいんだよ」って道すがらずっと言ってましたよ（笑）。

うん。いまだにそう思ってる（笑）。

――最近、ついにチャック・レイニー[2]を観に行ったんですよね。

うん。何日か続けて観に行った。

――初めて観たんですよね。

初めて。

――どうでした？

観ておいてよかったよ。うん。

――ご本人とは話したんですか？

話す必要はないんだよ。マリーナ・ショウ[3]という人も、歳をとってますますよくなっていた。ハーヴィー・メイソン[4]も力が抜けていたし、デヴィッド・T・ウォーカー[5]は、すごくユーモラスで面白かった。いい演奏っていいなと、改めて思ったよ。ぼくはこれにはとても及ばないなと。でも、もしかしたら、自分にもこういう道もあったのかもしれないな、とは思った。ベース弾きとして、いいセッションに参加してね。東京じゃそういう道は無理だけど、ニューヨークに行って、皿洗いでもしながらミュージシャンの道を歩んでいたら、ああいうセッションをやっていたかもしれないね。ベースを持つとやっぱりああいう音楽をやりたくなるわけ。ちょっとフュージョンぽいやつ（笑）。

――いい話だなあ……（笑）。

うん。とにかく、演奏がすごくゴージャスでよかったんだ。で、そのあと、ダニエル・ラノワ[6]を観に行ったの。「ハイドパーク・ミュージック・フェスティバル」に出演したとき、演奏後に伊藤銀次[7]が興奮してやってきて、「よかった！　ダニエル・ラノワみたいだった！」って言ってて。彼はどこかでダニエル・ラノワのライブを観たことがあったらしくて、そのときの雰囲気にぼくらの演奏が似てたって言うんだ。ダニエル・ラノワは、もちろんプロデューサーとしては知っていたけれど、ライブは観たことはなかったから、どこが似てるのか観ておかなくちゃってずっと思ってたの。

――それで観に行ったんですね。

そう。でもこの人は、すごい才能だけど、自分に似ているとは思わなかったよ。そういえば、このあいだガース・ハドソン[8]も観に行ったんだ。

――おお！　ガース。どうでした？

不思議なライブだったね。楽屋に行ったら、彼、ぼくのことを憶えていてくれてね。「外で一緒にタバコ吸ったよね」って（笑）。

――あはは。

で、そのとき、タバコを吸いながら「なんでそんなにゆっくり喋るの？」って聞いたの（笑）。

――そしたらなんて？

「大平原の真ん中にある一軒家で育ったから」だって（笑）。これはロサンゼルスのスタジオでセッションしたときのことね。そのセッションのあと、車で彼のホテルまで一緒に行って、部屋まで荷物を持っていってあげたの。で、ホテルの部屋で、彼がなにかをぼくにくれようとしてアタッシュケースを開けたんだけど、そのなかにファイリングされた書類が入ってて、なんだろうと思って覗いたら「Musician's Joke」って書いてあった（笑）。それがガース・ハドソンのかわいいところなの。要はジョークのネタ帳なんだよ。彼はスタジオに入ると必ずエンジニアと喧嘩になるんだよね。自分のパートを何度も演奏するから。

——それに、何度も編集をさせるって聞きますね。

そう。エンジニアに編集してくれって何度も頼んでいるうちに、だんだんこんがらかってきちゃって、それで喧嘩になっちゃうの。エンジニア泣かせというか、扱いにくいと思われがちなんだ。彼はそんなふうにいつも人とのコミュニケーションで悩んでるから、きっとあの「Musician's Joke」を持っているんだね。そこに書いてあるジョークをいつかは使おうと、きっと思ってるんだけど、たぶんぜんぜん使えてないと思う（笑）。これはたぶんぼくしか知らないことだと思うよ。あのネタ帳のことはおそらく秘密だと思う（笑）。

——いい人なんですね。

そう。いつも「気」でハモンド・オルガンを弾いてるって言ってた。だから、いつも頭を振って演奏してるんだって。ライブを観るとたしかに頭を振ってるの。あれはたぶん気を集めてるんだね（笑）。で、彼は、東洋思想の研究をしてるみたい。奥さんがそういう人らしいんだ。

——ライブそのものはどうだったんですか？

独特な間のあるライブでね。酒場のような小屋で観たかったな。ビルボードでステージを見下ろして観ているとちょっと変な感じなんだ。都会的な場所だからチャック・レイニーのセッションには合ってたけど。でもどちらもリラックスしていて、いい「気」に触れたって感じがしたよ。ガースのステージで歌ってた男性ボーカルがバッキンガムズ(9)のメンバーだったたって知ってびっくりしちゃった。

ポランスキーつながり

——話は変わりますけど、ロマン・ポランスキー(10)監督の話をしていいですか?

それはぜひしましょうよ。

——あの人ってどういう人なんですかね。一言で言うと、ぼくはただの変態だと思ってたんですけど。

ぼくは好きだから、ポランスキーの映画は全部観てるよ。

——最近の作品は観てますか?

だいたいは観てるよ。

——『ゴーストライター』(ユアン・マクレガー主演、二〇一〇年)は?

観たよ。あれはちゃんとエンターテインメントになってたね。ぼくはポランスキーの、あの顔が好きなんだ。ダニー・ケイも同じなんだけど、ああいう傾向の顔があるんだ(笑)。ポランスキーは小さいころ、両親がナチに連行されていくのを見てたって言うんだよ。最近はそういう悲痛な生い立ちを『戦場のピアニスト』(二〇〇二年)という映画ではシリアスに出して来てるね。

――そうですね。ところで、最初に観たポランスキー作品はなんですか？

ぼくが最初に観たのは『ローズマリーの赤ちゃん』(一九六六年)だったな。封切りで観に行った。それが公開になったすぐあとくらいに、ポランスキーの奥さんのシャロン・テートがマンソン・ファミリーに殺されるという事件があったの。その事件について『ロマン・ポランスキー初めての告白』(二〇一二年)っていうドキュメンタリー映画で、インタビュー形式で詳細を語ってるんだよね。それを観たら、知らない話がたくさんあって驚いたんだ。

――そうなんですか。

うん。ポランスキーがシャロン・テートと一緒に住むことになったハリウッドの邸宅は、テリー・メルチャー(11)がポランスキー夫婦に貸したものなんだ。テリー・メルチャーってのは歌手のドリス・デイの息子で、バーズ(12)を発掘したり、リップ・コーズ(13)のプロデュースをやったり、ブルース・ジョンストン(14)と一緒にサーフィンやってたりしていたような人物。ビーチ・ボーイズのカバー集をつくったら、ビーチ・ボーイズより出来がよかったりとかね(笑)。そういう人なんだけど、なんで彼の周囲にチャールズ・マンソンがやって来たのかということが、あの映画を観て初めてわかったの。

――なんでですか？

要は、ビーチ・ボーイズのデニス・ウィルソン(15)が当時マンソン・ファミリーに出入りしていて、それでマンソンをテリー・メルチャーに紹介したのね。マンソンはフォークシンガーになりたかったんだよ。で、メルチャー自身も、マンソンと関わるのはやぶさかでもなかったみたいで、レコーディングをしてもいい、みたいなことになってたんだけど、レコード会社の上層部が反対してボツになっちゃった。それを恨んで殺害しようとしたっていう話なんだけど、それが果たして真相かどうかはわからない。テリー・メルチャーがいると思って忍び込んだら、友だちと団らんしていたシャロン・テートがいて、その彼女が犠牲になったと。そのときポランスキーはロンドンにいて、脚本を書いていたの。実際に殺人の手を下したのはマンソン・ファミリーの一員だった女性で、その人も最近死んだらしいんだけどね。

——すごい話ですよね。

うん。それでぼくのなかで、いろんなことが全部がつながっちゃったの。ビーチ・ボーイズからチャールズ・マンソンまで。

——その邸宅は、いわばコミューンみたいになってたんですよね。人の出入りが自由だったって聞きました。

テリー・メルチャーはブライアン・ウィルソンにヴァン・ダイク・パークスを紹介した人でもあるんだよ。なんか、すべてつながってるでしょ。

——噂ですがハリー・ニルソンもそこのグループに入って。それでアタマがおかしくなっちゃった、とか。

そうなんだ。

——細野さんもそのころにロサンゼルスにいたら危なかったですね（笑）。

ほんとだよ（笑）。YMOのころに、プロデューサーのトミー・リピューマ(16)の家に招かれたことがあってね。レコード会社との契約のお祝いでホームパーティーに招待されたの。そしたらドクター・ジョンも同じころに契約したらしく、そのパーティーに来ていて、「舎弟のロニー・バロンが世話になったな」とお礼を言われて、すぐそのあとに「この世界は気をつけろよ」みたいなことを言われたの。

——ショービズの世界の、ホントの怖さですね。

ドクター・ジョンは人がいいから散々だまされてきたんだよね。

——細野さんは、シャロン・テートの事件はリアルタイムで知ってたんですか?

知ってたよ。ちなみに『ローズマリーの赤ちゃん』の舞台になっているアパートはダコタ・ハウスなんだよ。(17)

——そうでしたっけ? ジョン・レノンが住んでいたアパート!?……ホントにいろいろとつながるんですね。

そうそう。

これはハワイアンですか?

——話は変わりますが、細野さん、先日の衆議院選挙には行かれたんですか?

うん。行ったよ。

——結果についてはいかがでしたか?

空しいね。選挙は難しいよ。自民党政権になって、安倍首相が経済成長に向けた政策をやって、そのことばかりが取り沙汰されている空気があるでしょ。根本的なことを考えまいとしているというか、一種の思考停止状態が震災以降、ずっと続いてる感じがするね。

——思考停止の時代の、もやっとした状態を歌にしたいとは思いませんか?

音楽自体が響きとして、すでに持っているものがあるわけで、ぼくはそれが伝わればいいと思ってる。もやもやっとした感じでもなんでも、それに息吹を吹き込むことがアートだから、それを忘れない限り、ほかのことはあまり考えなくてもいいんだ。「モヤモヤさまぁ〜ず」だ。

——時代の空気は、結果として、音に入ってくるということですか?

うん。そうだね。それを防ぐことはできない。入り込ませまいとしたって、入ってきちゃう。

——ぼくは『Heavenly Music』のジャケットにも、そういう空気感が入っている気がします。もやもやっとしてる。

「ヘブンリー」って言ってる割には、ぜんぜん幸福じゃない。うっすらとジャケットのなかにぼくの顔が映ってるんだけど、孫がそれにすぐ気がついて「怖い」って言ってた。このジャケットは、ほとんど全部自分でつくったものなんだけど、うまく言葉にはできないな。あくまでも気分だから。うまく言葉にできない気分を出したかった。そんな気分というものが音づくりにも出てるからね。

——『Heavenly Music』を出されて、反響はいかがですか?

なんて言ったらいいかな。出来たときに、「これはいける」と思ったんだよ。「モテるな」と思った（笑）。ところが、これが肩すかしでね。

――えっ？　肩すかしですか。

うまく説明できないけれど、自分の出番はもうあんまりないかなと思っちゃった。

――なにを期待してたんですか？

いまの時代、やっぱりメインは若いロックバンドとかAKB48なんかのアイドルで、その下に潜り込んでやっているという気持ちはずっとあったわけだけど、やっぱり、自分の居場所は、世間の裏側なんだなと思ってね。もうちょっといけるかなと思ったんだよ。『HoSoNoVa』のときは、もう少し「いける」って感じはあったんだけど、今回はダメだった。時代がそれだけ変わっちゃったのかな。

――また、潜り込んじゃったって感じですか？

そう。震災以降テレビが一時期静かになったけど、それもほんの一時だけだったでしょ。あそこで本当なら一回変わることができたはずなんだけど、みんな変わることがイヤなんだよね。お祭りがしたいし、イヤなことは忘れたい。景気をよくして、豊かな状態をもっともっと続けていたいというのが、おそらくいまの風潮なんだよ。その真っ只中にあるわけでしょ。そういうところに、音響のメッセージは届かない。響きとして届かないんだ。特にぼくがやってるような音楽はそうで、そもそも、ぼくはミュージシャンに向けて音楽をつくっているようなところがあるから、それで目的はじゅうぶんに果たしているとも言えるのかもしれないけれど、一般にはやっぱり届いていかないね。

——それでもオリコン最高位が十一位でしたよね。

そうなんだよ。『HoSoNoVa』より順位はいいっていうんだよ。でも、実感がないんだ。

——なんで、実感がないんですかね……。

うん、なんだろうね。あんまり取りあげてもらってない感じはあるかな。

——いや、むしろ、ずいぶん取りあげられてた印象がありますよ。

ぼくが言ってるのはもっとミーハーな世界の話だよ。ミーハーな世界には届いてないということ。ぼくはミーハーだから、そこに届いてくれないと困るの。でも、言ってることがこんなだから、届くわけがないんだけど（笑）。たとえば女性からよく言われるんだけど、収録曲では「I Love How You Love Me」が一番好きという人が多いんだ。ああ、やっぱりそうかと思ってね。「Cow Cow Boogie」が好きだなんて言う女の子はいないんだなと。やっぱり、そういうのは男の世界なんだよ。ビートルズもバッファロー・スプリングフィールドも結局はそう。ザ・バンドに女の子がキャーキャー言ってるのなんて見たことがない。相変わらずそういう世界なんだろうな。

——細野さん、いまだにモテたいんですか？（笑）

いや、そうでもないんだけど（笑）。

——やっぱり、出来上がった勢いに乗ったまま、次の作品をつくっちゃったほうがいいんじゃないですか？

休んじゃったのがいけなかったのかね（笑）。休んだつもりはないんだけど、日比谷公会堂でやったコンサートのあと、なんか時間が空いちゃったんだよね。

――また涼しくなったら大丈夫ですよ。できますよ。

どっちにしても、夏は仕事したくないからね。

――それでも、「月に一曲はつくるぞ」って宣言したらしいじゃないですか？

アルバムをつくるたびに全曲をいっぺんにつくるの大変だから。もう懲り懲りだよ。でも、月に一曲ずつだと集中できるでしょ。まとめて全部だとあれもこれも面倒見なくちゃいけない。あっちはオムツを替えて、こっちにはミルクを飲ませてとかね。もう子育てだね（笑）。

――でも同時に全部つくるからこそ、アルバムとしてまとまるということもありますよね。

うん。それはあるかもしれない。

――ぼくは週に一度してるんです。

なにを？　セックス？

――違いますよ（笑）。録音ですよ！

ああ、録音ね。それならセックスと同じようなもんだよ（笑）。

――月に一回の録音なら楽しそうですね。

うん。でも、いったん火種を落としちゃうと考えなくなっちゃうんだ。気がついたら整備しておいたはずの場所に、雑草がぼーぼーに生えちゃう。つまり、なにをやりたかったのか記憶もなくなっちゃうんだよ。

――いま、オリジナルは書いてるんですか？

それがまだできてないんだ。

――やりたいと本気で思ってます？

これからはそれだろうとは思ってるよ（笑）。

――震災前に書きかけた曲をつくりあげるって、言ってたじゃないですか。

やるやる。やるよ。死ぬ前にやらないと。

――早くやってください（笑）。

死んじゃったあとどうしようかなって、いつも思うんだよ。バラバラになったままの曲の断片が無数にあるからね。もし、そのまま死んじゃったら、鈴木くんとミハルちゃんに完成させてもらおうとは思ってるんだけど（笑）。

――そんなこと言ってる間につくってください。第一、いまも、ずいぶん元気そうじゃないですか。

うん。元気だよ（笑）。

――コーラを炭酸で割って飲んでるってこの前誰かに聞いて、ああ細野さんは大丈夫だ、調子いいんだなって思いましたよ（笑）。

ま、とにかく『HoSoNoVa』は、社会が津波をかぶって、その波がざあっと引いて波の下からいままでと違う社会の景色が現れていたときにぽんと出したから、みんな聴いてくれたんだよ。あちこちでいろんな人から「『HoSoNoVa』聴いてますよ」って言われたの。「あれを聴いて救われました」とかね。その気持ちはよくわかるわけ。あれを出した二〇一一年四月ごろは、誰もアルバムなんか出さなかったからね。ほかに聴くものもなかったようなところもあったしね。でも、

なっ
『Heavenly Music』を出した今年は、様相もぜんぜん変わっちゃって、結局一回むき出しになって現れたものが覆い隠されちゃったんだよね。『HoSoNoVa』のときに現れた地面が、また見えなくなっちゃった。

――ぼくは最近、東京新聞を読んでいるんですけど、朝日や読売の報道とは違って、原発について書いてある内容がすごいんですよ。

東京新聞はすごいよね。

――このひと月くらい、またすごいんですよ。

汚染水の話でしょ。怖いよ。ストロンチウムが三十兆ベクレル。もうダメだよ。それをどうしたらいいのか、もはや誰にもわからない。ただ状況が報道されるだけ。

――こういう会話って、実は、細野さんとはできますけど、案外ミュージシャン同士では話されないんですよね。原発とか放射能の話とかをすると引いちゃう人も多いからぼくもあまり言わないようにしてるんですけど、一般の人と比べると、ミュージシャンはとくに話さない気がします。どうにもならないことは話しても仕方ないというか……。絆の歌もつくっちゃったし、チャリティイベントも終わって、要は原発エンターテインメントが終わっちゃったから、やれること、話すことがないっていうふうに見えます。自分なりの思想を持てていないような気がするんです。でも、細野さんは音楽家のなかでもとりわけ強い思想を持っていますよね。むしろ過激なくらい。

そうなの？

――たとえば、漫画『はだしのゲン』の閲覧規制の問題もありましたけど、ああいう一種の言葉狩りのような状況を見せられると、言葉狩りがあるなら、今度は音楽狩りもありうるぞ、って思っちゃいます。実際、グレン・ミラーやクロード・ソーンヒルだって、戦時中にはそういう規制を受けてるんですよね。「なにスウィングしてるんだ！」って怒られたわけじゃないですか。

そうだよね。じゃあ今度「軍艦マーチ」をスウィングでやってみようか（笑）。ハービー・マン(18)が「星条旗よ永遠なれ」をサンバでやってるんだよ。それがすばらしい出来なんだ。初めてそれを二十代のころに聴いて、たとえば「軍艦マーチ」もこんなふうにできるなって思ったんだよね。

――それは面白いですね。

ずっとそれは考えてたんだよ。いつやるかわからないけど、もう少ししたらやるかもしれない。

――そういうやり方って、細野さんらしいです。

でもね、そういうことをやっても結局あんまり意味ないんだよ。いまの日本の文化は自分とはまったく関係がない感じがするんだよ。音楽もそうだし、エッセイもそう。映画もあんまりピンとこない。ぼくは自分が関係ないんだって思っていたんだけれども、視点を逆にして向こう側から見てみると、ぼくが彼らには関係ないんだなとも思う。とにかくね、音楽が通じないんだよ。テレビのクイズ番組で、「明日に架ける橋」をかけて、これは誰の歌でしょうっていう問題があったんだけど、誰もサイモン&ガーファンクルだってわからないんだ。サイモン&ガーファンクルを誰も知らないんだよ。それを知ってる人なんて、いまやもう過去の人だよ。ビートルズでさえも知らない。いまのいわゆる「さとり世代(19)」って言われてる人たちなんて、ビル・ゲイツすら知らないからね。

――「さとり世代」はひたすら怖いですね。

とにかくなにも知らない。よく言えば「無我の境地」。すごいことなのかもしれないよ。

――息子さんが自室で毎日、ニコ動[20]だけを見続けているという知人もいます。自分の興味がある狭い情報しか知ろうとしないと。

情報が溢れすぎてて、とっかかりがないから興味も湧かない。いきなり古い音楽を聴かせたって、なにも通じないんだよ。これはキビシイね。ラジオ番組でカントリーをかけたら、とある女子に「これはハワイアンですか?」とか言われるし。呆然とするね。

(1) 加藤和彦　かとうかずひこ　1947年生まれの音楽家。京都に生まれたが、生後すぐに鎌倉へ移り、その後は高校卒業まで東京日本橋で育った。ザ・フォーク・クルセダーズでデビュー後、サディスティック・ミカ・バンドを結成。セカンドアルバム『黒船』はイギリスでも評判になり、1975年には、ロキシーミュージックの全英ツアーにおいてオープニングアクトを務めている。同バンド解散後に再婚した作詞家でエッセイストの安井かずみとは、『パパ・ヘミングウェイ』『うたかたのオペラ』『ベル・エキセントリック』という加藤の代表的なソロアルバムや、他の歌手への提供曲などにおいて長年コンビを組み、その関係は安井が94年に病死するまで続いた。2006年にはサディスティック・ミカ・バンドを再結成するなど、精力的に活躍をしていたが、2009年に軽井沢のホテルで遺体となって発見された。自殺と見られている。スコットランドの音楽家、ドノヴァンの曲をカバーしたことなどから、「トノバン」の愛称でも親しまれた。

(2) チャック・レイニー　Chuck Rainey　1940年、米国生まれの音楽家。サム・クック、アレサ・フランクリン、エタ・ジェイムズ、スティーリー・ダンなどのレコーディングに参加していることで知られる名ベーシスト。２０１３年7月、シンガーのマリーナ・ショウのツアーメンバーとして来日した。

（3）マリーナ・ショウ　Marlena Shaw　１９４２年、米国生まれの歌手。60年代後半から活動し、『The Spice of Life』『Who Is This Bitch, Anyway?』などのアルバムは、ジャズ、ソウルファン問わず、現在でも人気が高い。

（4）ハーヴィー・メイソン　Harvey Mason　１９４７年、米国生まれの音楽家。70年代から、ジャズ、フュージョンの世界を中心に活躍する名ドラマー。ハービー・ハンコックの『Head Hunters』をはじめ、数多くの名盤に参加している。近年ではボブ・ジェームスらと「フォープレイ」を結成し、精力的に活動している。

（5）デヴィッド・T・ウォーカー　David T. Walker　１９４１年、米国生まれの音楽家。マーヴィン・ゲイ、スティーヴィー・ワンダー、ジャクソン5をはじめ、ギタリストとして歴史的名盤に数多く参加。ドリームズ・カム・トゥルーをはじめとして、日本人音楽家との共演も多い。

（6）ダニエル・ラノワ　Daniel Lanois　１９５１年、カナダ生まれの音楽家。ブライアン・イーノに見出されて以降、U2、ピーター・ガブリエル、ボブ・ディラン、ロビー・ロバートソンらのプロデュースを手掛けるほか、自身のソロアルバムの評価も高い。近年は、自身のバンド「ブラック・ダブ」の活動でも知られる。２０１３年に待望の初来日公演を行った。

（7）伊藤銀次　いとうぎんじ　１９５０年生まれの音楽家。大瀧詠一、山下達郎と制作した『NIAGARA TRIANGLE Vol.1』や、山下達郎が率いた「シュガーベイブ」のメンバーとして知られるほか、佐野元春やウルフルズのプロデュースも手掛けた。「笑っていいとも！」のテーマ曲「ウキウキ Watching」の作曲者でもある。

（8）ガース・ハドソン　Garth Hudson　1937年、カナダ生まれの音楽家。ロックバンド「ザ・バンド」のキーボード奏者として知られ、「ザ・バンド」解散後は、エミルー・ハリスやレナード・コーエンらのレコーディングに参加するなど、セッション・ミュージシャンとして活躍。細野と久保田麻琴によるユニット「Harry & Mac」が1999年にリリースしたアルバム『Road to Louisiana』にも参加している。

（9）バッキンガムズ　The Buckinghams　1966年にシカゴで結成された5人組のロックバンド。1967年にシングル「Kind of a Drag」がビルボード・チャート1位を記録するなど、全米で人気を博したが、70年に解散。83年に再結成し、現在でもコンサートやアルバムのリリースなどを行っている。

（10）ロマン・ポランスキー　Roman Polanski　1933年、フランス生まれの映画監督。ユダヤ系ポーランド人として出生したが、現在はフランス国籍も有している。第二次世界大戦中はナチスによりクラクフのユダヤ人ゲットーに収容されたが、父親の手引きにより逃亡し、迫害を逃れる。母親はアウシュビッツの収容所に送られ、殺害されている。1962年に『水の中のナイフ』で監督デビュー。のちにアメリカに移住し、68年に女優のシャロン・テートと結婚したが、翌年チャールズ・マンソン率いるカルト教団の信者によってテートが殺害される。77年、当時13歳の少女への性的暴行容疑で逮捕され、有罪判決を受けるが、無実を主張し、ヨーロッパへ逃亡。代表作に『反撥』『ローズマリーの赤ちゃん』『チャイナタウン』等多数。近年は『戦場のピアニスト』（2002年）がカンヌ映画祭でグランプリを、『ゴーストライター』（2010年）はベルリン国際映画祭で監督賞を受賞している。

（11）テリー・メルチャー　Terry Melcher　1942年、米国生まれの音楽家、プロデューサー。女優、歌手のドリス・デイの息子として生まれ、60年代前半からミュージシャンとして活動した後、コロムビアレコードに入社し、バーズやリップ・コーズを世に送り出すなど、60年代アメリカ西海岸の音楽シーンにおける重要人物として知られる。ザ・ビーチ・ボーイズのブルース・ジョンストンとは「Bruce & Terry」としてデュオで活動するなど、公私ともに親交が深かった。２００４年没。

(12) バーズ　The Byrds　１９６４年、ロサンゼルスにて、ロジャー・マッギン、ジーン・クラーク、デヴィッド・クロスビーによって結成されたロックバンド。美しいコーラスワークと幽玄な12弦ギターのサウンドによって、フォークとロックの要素を融合することに成功した先駆者的存在。代表曲にボブ・ディランのカバー「Mr. Tambourine Man」や、サイケデリック・ロックの先駆けとされる「Eight Miles High」などがある。

(13) リップ・コーズ　The Rip Chords　１９６２年にカリフォルニア州リングルウッドで、アーニー・ブリンガスとフィル・スチュワートが結成したボーカル・デュオ。テリー・メルチャーがプロデュースを手掛けてデビューしたが、のちにブルース・ジョンストンが参加し、実質的にはテリー・メルチャーとブルース・ジョンストンによるデュオとして活動した時期もあった。代表曲「Hey Little Cobra」は、１９６４年のビルボート・チャートで最高４位を記録した。

(14) ブルース・ジョンストン　Bruce Johnston　１９４２年、米国生まれの音楽家。テリー・メルチャーとの一連の仕事や、ザ・ビーチ・ボーイズのメンバーとしての活動で知られる。

(15) デニス・ウィルソン　Dennis Wilson　１９４４年、米国生まれの音楽家。実兄のブライアン、実弟のカールらとともにザ・ビーチ・ボーイズを結成し、ドラマーとして活躍。メンバー中で唯一のサーファーでもあった。チャールズ・マンソンとは、自宅を開放したり資金援助を行うなど、一時期深い親交があった。１９６９年にリリースされたザ・ビーチ・ボーイズのアルバム『20/20』に収録された「Never Learn Not to Love」は、マンソンによって作詞・作曲された曲だったが、歌詞およびタイトルを改変してリリースされたため、デニスはマンソンの怒りを買い、殺人の脅迫を受ける結果となった。１９８３年没。

(16) トミー・リピューマ　Tommy LiPuma　1936年、米国生まれの音楽プロデューサー。A&M、コロムビア、ワーナー・ブラザーズなどを渡り歩き、マイルス・デイヴィス、バーブラ・ストライサンド、ランディ・ニューマン、ドクター・ジョンらのプロデューサーを務めた。A&M在籍時には、YMOを発掘し、アメリカでのアルバムリリースを手がけた。現在は、ヴァーヴ・レコードやインパルス・レコードを擁するヴァーヴ・ミュージック・グループ会長。

(17) ダコタ・ハウス　アメリカ、ニューヨークのマンハッタンにある高級アパートメント。1884年竣工。ジョン・レノンが居住し、また、同アパート前で射殺されたことでも知られる。入居審査が非常に厳しいことでも知られ、過去にはビリー・ジョエルやマドンナ、野球選手のアレックス・ロドリゲスらが入居を拒否されている。

(18) ハービー・マン　Herbie Mann　1930年、米国生まれの音楽家。ジャズにおけるフルートの第一人者であり、作曲家としては「カミン・ホーム・ベイビー」「ハイジャック」などのヒット曲を世に送り出した。2003年没。76年に「ハービー・マン&カーニヴァル・バンド」として「星条旗よ永遠なれ」をシングルとしてリリースしているが、未CD化。

(19) さとり世代　1980年代後半から1990年代生まれの世代に見られる気質を指す言葉。従来の世代の若者とは大きく異なり、恋愛や消費に対する興味が薄く、節約志向であり、余暇は自宅で過ごすことを好むなど、欲がなく、達観したような価値観を持つ世代とされる。

(20) ニコ動　インターネットを使用した動画共有サービス「ニコニコ動画」のこと。近年は動画共有から派生したさまざまなサービスを展開し、日本のインターネット文化において大きな影響力を持つ。

対話8
２０１３年10月29日
神保町・カフェ・デ・プリマベーラにて

「地震で倒れたままだった
ゼンマイの蓄音機から
ちゃんと音が出た。
そこから、とまっていた時計が
またうごきはじめた」

五十も過ぎて甘えているのかもしれないが、母を失ったぼくは細野さんに会いたかった。

その気持ちだけがまっすぐでほかにはなにもなかった季節。

大好きな秋は、大嫌いな季節になった。（S）

おかあさん

とにかく最近の音楽が聴けなくてね。響きがダメなんだ。だから毎日iTunesで古いカントリーの曲を買ったり、中学時代に聴いてからずっと憶えてる音楽のなかで、ほったらかしにしていたものを買い直したりしてるの。なんでだろうね。そういうことを突然はじめたくなるんだよ。当時のラジオでヒットしていた曲とか映画音楽なんかを急に聴きたくなるの。たとえば『階段の上の暗闇』(1)なんて映画知らないでしょ。音楽がすばらしくて、中学以来ずっと気になっていたんだ。

——それはiTunesにあるんですか?

うん。探したらあった。

——あの……突然ですが、この話をしないのも不自然だと思うのでさせてもらいます。先日、ぼくの母が亡くなったんです。それですぐに浜松の実家に帰ったんですけど、そのとき、母の体はまだ温かかった。親父はぼくが帰るまで泣けなかったらしく、ぼくが着いた途端に泣きはじめたんですけど、すでにその時点で、葬儀屋さんが家族の後ろで待機してるんですよね。喪主がぼくなので、母に対面して五分後にはもう葬儀屋さんと打ち合わせですよ。

そうなんだよね、そういうときって。

——伊丹十三監督の映画『お葬式』(2)を観たりしていたから、頭ではわかっていたつもりではいたんですけど、現実は映画よりずっと生々しいものですね。

そういうもんだよね。

——どんどんお金の話をされてハイハイって聞くしかない。

とにかくお金がかかるんだ。

——急性心不全で亡くなったんですけど、あまりにも突然だったこともあって、ぼくも心の準備がぜんぜんできていなかったんです。

じゃあ、亡くなる直前まではお元気だったんだね。

——そうなんです、ホントに元気だった。前日にも、いろんな人と電話で話をしていたらしいんです。でもね、いまになって考えてみると、亡くなる少し前から、母はぼくに、いろいろとサインを出していたような気がするんです。

ホントに?

——ぼくの携帯になんか滅多に電話してきたことなかったのに、ある日、急に電話してきたり。二カ月前に実家に帰ったときには、駅に向かう帰り道で、ぼくの姿が見えなくなるまで手を振ってたりね。そんなことは、これまでに一度もしたことがなかったんです。

やっぱりそういうことってあるんだね。

——ちなみに、『オムニ・サイト・シーイング』のリマスター盤を親父が買ってたから、実家に一枚あるんですけど、ぼくがやらせてもらったライナーノーツの細野さんのインタビューに親父がなぜか赤線をいっぱい引いてるんです(笑)。

うちの父も、ぼくが新聞や雑誌に出るたびにそれやってたよ(笑)。

——細野さんの発言の「どうしてここに?」っていう箇所に赤線が引いてある(笑)。母は、それをぼくに東京に持って行かせるために用意してたりもしたんです。あとこれも驚いたんですけど、母が使っていたぼろぼろの住所録に、細野さんの名前があったの。

ホント!?

——ときどき細野さんに、みかんとお茶を送ってたでしょ?

そうか。あれはお母さんが送ってくれてたんだね。

——ぼくは「今年は細野さんとはあんまり仕事してないから、送らなくていいよ」なんて冗談で言ってたんですけど(笑)、母は「本当に送らなくていいのかね」なんて言ってました。

ずいぶん気にしてくれてたんだね。

——いつも気にしていたみたいなんです。『分福茶釜』の表紙の撮影のときに撮った細野さんとぼくの着物のツーショットの写真も実家の居間に飾ってあるし、父も母も、ぼくにとって細野さんがどういう存在の人なのかを理解してくれているんだなと、今回のことで改めて感じました。でも不思議なことに、母の死は悲しいけれど、母が逝ってしまって寂しいという感情が湧かないんですよ。急だったせいか、なんだかピンとこない。

長生きしてくれると、寂しくは思わないのかもしれないね。

——葬儀の前日は母に添い寝をしながら、母の姿をじっと見ていたんですけど、それでも寂しくはなかった。母の肉体はもうすぐ茶毘に付されてしまうけど、母はずっとこれからもぼくのなかにいるから、ぜんぜん寂しくないやと思ってました。

うん。わかるよ。

――葬儀やら初七日が終わって、それから落ち着く間もないまま、母の形見を身につけてソギー・チェリオス(3)の発売記念コンサートをやったんですけど、あのコンサートをやったことで、自分のなかでも、母の死に一区切りつけられたかな、と。

うん、あのコンサートはやってよかったと思うよ。

――なんだか今日はぼくばかり話してますね……。細野さんも(鈴木)慶一さんも来てくれましたしね。母は美知子という名前だったんで、「美しいと知ること」という歌を最近書いたんです。直枝くんに曲をつけてもらって、今度レコーディングをする予定なんですけどね。ぼくは寂しくはないから、母のことをかたちに残したいとは思ったんです。細野さんの親友だった福澤もろさんが亡くなったときに細野さんがつくった「Stella」という曲がぼくは大好きなんですけど、あのときに細野さんがどういう気持ちだったのか、なぜああいう詞を細野さんが書いたのか、今回のことで、ぼくなりに少しわかったような気がしました。

うん。

――記念コンサートの前、深夜のメールで母が亡くなったことを細野さんに伝えましたが、細野さんは「お母さんが亡くなって、鈴木くんはこれから大人になるんだよ」って言ってくれました。「五十過ぎて、これでやっと大人になれたのか、うん、うん、ホントにそうなんだな」という感じです(笑)。

そうだよ。うちの母はまだ元気だから、ぼくなんかまだ子供のままだ(笑)。鈴木くんは大人だけど、ぼくはまだ大人じゃないんだよ。なにかあるたびに「おかあさーん!」て言ってるもん(笑)。

——「おかあさーん!」(笑)。細野さん、お父さんが亡くなったときはどうでしたか。

ぜんぜん泣かなかったよ。

——知ってる(笑)。

お通夜とかお葬式ってイベントっていうか、儀式だからね。でもその前の段階、たとえば病院で亡くなるときなんかはすごく大切な時間だと思うんだ。

——そこは儀式じゃないですからね。

泣き歌の時代

そう。でも、ぼくもあまり泣かないんだけど、父親が泣いているのも見たことがなかったし、うちは泣かない一家なんだな。

——なんで泣かないんですか?

悲しくないんだよ。でも、出川哲朗が「ファミリーヒストリー」(4)に出たときに泣いてるのを観て、そのときにはもらい泣きした(笑)。ぼくはもらい泣きをすることは多いんだよ。でも自分自身のことでは泣かない。

——なんでですかね? 細野さんが冷たい人だとは思えないんですけど。

別に冷たくたっていいよ。

——だから、そんなことないって言ってるじゃないですか（笑）。

ぼくは山を見たり、大木を見ると泣いてしまうことがあるんだけど、あれは悲しいからじゃないんだな。なぜだか勝手に涙が出てくるんだよ。

——ぼくは感情には、階層があるような気がするんですけど。

うん。レイヤーになってると思う。

——そのレイヤーからエモーショナルなものが溢れてしまって、自分の音楽に反映されるときってありますよね。ぼくは自分の音楽がお涙頂戴になるのは嫌いだから、そうならないように抑えようとするんですけど、それでも抑えきれないときがある。「鈴木さんの音楽はいつも泣いてる」と言われることもあります。

そういう感情を自然に音楽に反映出来る人は、無理に抑えようとしないで、なすがままにすればいいんじゃないかな。アルゼンチンとかのタンゴ系の歌曲って、歌手が泣くでしょ。曲のどこかで泣きを入れる。昔は、泣き真似を歌にしてた人がいたんだ。カルロス・ガルデルも「ソルダード」っていう歌の最後で泣くんだよ。それがぼくにはどうしても真似できないんだけど（笑）、じゃあ日本人でそれが出来る人がいるのかなと思って少し調べてみたら、やっぱり菅原洋一さんくらいしかいないみたいだね。

——もういまはほとんどいないんでしょうね。

昨日はカントリーを聴いてたんだけど、ファーリン・ハスキー(5)という人もすごく泣く人で、泣きながら歌ってるの。あと、泣き男で一番有名になったのはジョニー・レイ。「ミスター・クライング・マン」みたいに呼ばれて有名だったんだ。とにかく、泣き歌という情緒的な表現が喝采を浴びていた時代があったんだよ。それと比べるといまの音楽はずいぶんとクールになったもんだね。

――そういえば先日、岩谷時子[6]さんが亡くなりましたけど、岩谷さんの代表作といえば越路吹雪さんが歌った「愛の讃歌」ですよね。「愛の讃歌」も泣き歌です。

うん。「愛の讃歌」は、もともとはエディット・ピアフの曲だね。

――そうですね。「愛の讃歌」は、越路さんと同じく、美輪明宏さんのレパートリーでもありますけど、美輪さんの場合は岩谷さんの訳詞ではなく、ピアフが書いた本来の歌詞に近い訳詞で歌っているんですよ。岩谷時子さんは「あなたの燃える手で私を抱きしめて……」というように、甘いポップス調の歌詞に変えているんですけど、ピアフの書いたものは「愛のためなら宝石も盗むし、愛する国も友だちもみんな裏切ってみせる」という内容だから、ピアフから大きな影響を受けている美輪さんとしては、岩谷さんのウエットな泣き歌ではとても歌えない、ということらしいんですね。

昔の歌の日本語訳はほとんどそうだったよね。ぼくも古いポップスを翻訳しようと思うとそこがいつも悩みどころ。内容をそのまま日本語に置き換えるのはとても難しいんだよね。ディランの曲をやったときなんかも大変だった。英語の歌詞には言葉がたくさん詰まってるけど、それをそのまま日本語には置き換えるのは難しい。だから、岩谷さんがやった方法が昔は定番だったんだ。

――そういえば、細野さんは岩谷さんに会ったことはあるんですか？

いや、ぼくは岩谷さんにあまり個人的な縁はなかった。中学のときに加山雄三をよく聴いてたこともあって、岩谷さんの書いた詞はたくさん耳にしてきたけどね。

――そうですか。細野さんと一緒にやった作品を聴いてみたかったです。この本でも「3・11」以降の話をずいぶんとしてきましたけど、これから細野さんがどういう詞を書いて、どのようにその曲を歌うのかということを、ぼくは細野さん以上に日々考えているんです（笑）。

最近はライブをやってると、「日本語で！」ってよく言われるよ（笑）。だから「今度ね」って応えてる（笑）。

――お客さんには、細野さんの日本語の歌をもっと聴きたい、という欲求があるんでしょう。

みんな日本語の曲のほうがわかるから当然と言えば当然だね。ぼくにとっては日本語でも英語でも、歌のリズムが生きればいいんだ。日本人なんだから日本語でっていうのは当然だけど、それをしないからぼくは日本のメインストリームにはいられない。

とまっていた時計

――やはり聴き手の要望はなにかしら常にあるわけですけど、最終的には誰のために、なんのために音楽をやっているのか、ということに立ち返る。

ぼくは自分のために音楽をやってる。誰のためでもない。人様のためになんかできないよ。

――そういえば先日、チャック・レイニーを観に行って「自分にもこういう道があったのかもしれない。ニューヨークに行って、皿洗いでもしながらセッション・ミュージシャンの道を歩んでいたら、ああいう音楽をやっていたかもしれないと思った」と言われてましたよね。

そう。あのときは本当にそう実感した。

――ぼくはその話を聞いて、なんだかすごくうれしかったんです。細野さんはこれまでの人生でも何回もいろいろなことが巡ってきたと思いますけど、最近になって、また大きくひと巡りしたのかもしれないな、と。

うん。そうかもね。

――だから、この先、細野さんがどういう音楽をやるのか、ぼくはすごく気になります。

こないだまたキャラメル・ママが集まって、なおかつユーミンも来てね、大貫妙子トリビュート(7)をやったんだよ。前に集まったときもそうだったんだけど、みんななにも変わってないなと思った。若いなと思ったの。みんな還暦だけど、いろいろなことが巡って、最近またキャラメル・ママのみんなとつながってる感じがしてるんだ。

――いいですね。やっぱり、大きくひと巡りしたんですね。

そうかもね。そういえば震災後二年半以上経つけど、あれから最近まで自分のなかの時計がとまっていたということがこの前はっきりしたんだ。

――細野さんのなかの時計がとまっていた?

うん。震災から放置していた部屋の荷物を整理しはじめたのがきっかけなんだけど。自分の声が聞こえたの、天の声みたいに。「いま片付けないと寿命が縮むぞ」って言われたんで、もう少し生きたいから部屋を片付けたんだ（笑）。でも、その声を聞いた八月ごろはまだ暑くて片付けができなかったんだよ。

——細野さんって常に暑さとの戦いですね（笑）。

それで十月に入ってやっと取りかかったんだけど、地震で倒れたままだったゼンマイの蓄音機を起こして、脚が折れていたのを直したんだ。なかにホーギー・カーマイケルの「香港ブルース」のSP盤が入ってたんだよ。それでゼンマイを巻いてかけてみたら、ちゃんと音が出た。そこから時計がまたうごきはじめて、いろんなことが起こりはじめた。

——もっと早く起こせばよかったのに（笑）。

そのあと、遅れてやってきた個人的な津波に出会ったんだ。

——は？

なにが起こったのかというとね、ぼくが倉庫に使っている建物の上の人が下水に油を流したせいで、下水が逆流しちゃって、倉庫が床上浸水しちゃったの。それで三十代から買い溜めてきた美術書なんかも下水の水を吸って全部ダメになっちゃって、大変な目に遭ったんだよ。とにかく、とまっていた時計がうごいて、それまでに溜まっていたことがうごき出すと、それが津波のように一気に押し寄せてくるんだと思った。

——前の細野さんの家は津波じゃなくて、いろんな資料の雪崩が起きてましたよね？　とてもA型とは思えない雪崩ぶりでしたけど。

A型だからそうなっちゃったんだよ。

——いやいや（笑）。A型だから、本当は清潔なほうが好きでしょ。

もちろんだよ。でもある限度を超えるとぼくはどうでもよくなっちゃう。収納場所がないから放心状態になっちゃうんだ。いまは片付いたから、やっと人が呼べるようになった。今度来る？（笑）

——いままでにも、時計がとまっているような時期ってあったんですか？

あったんだろうけど、意識には残ってない。今回は三月十一日のことが大きかったからね。福島に行くとみんなそうなんだよ。みんな時計がとまってるって言うんだ。ぼくもそこは共有してた。

——それは曲になりますか？

書きたいよ。書きたい一方で、この世にはいい曲がいっぱいあるからもういいやという気持ちもある。

——たしかにそうですけど……。

だから、ぼくはいつも遠慮がちに曲を書いてるんだよ。

——遠慮がち？ なにを言ってるんですか（笑）。今度のアルバムは一曲目からオリジナル曲にしてください。

オリジナルがなんだという気持ちもあるんだけどね。

——その気持ちも、よーくわかりますけど。

この世には本当に数々の名曲がある。

——たしかにそうですね。ぼくはこの前のライブで、カバーを二曲をやったんです。ひとつは細野さんもはっぴいえんどのころにカバーをしたことがありますけど、エンケンさん(8)の「雨あがりのビル街」。

聴いてたよ。

——ホントに!? イヤだなあ(笑)。もう一曲は(忌野)清志郎さんの「君を信じてる」をやったんです。『GOD』っていう宅録のアルバムに入ってる曲なんですけどね。

あのスタジオにはよく通ってたんだ。清志郎の自宅にあった「ロックンロール研究所」。

——『GOD』はそこで全曲録音されてるんですよね。いいアルバムですよ。「君を信じてる」は、要するにゴスペルなんでしょうね。清志郎さんって、本当に黒人音楽をよく理解していた人だったと思うんです。ゴスペルってひとつのフレーズを繰り返していくうちにトランス状態になっていく音楽ですけど、清志郎さんもひたすらそれをやっていたんだなということが、歌ってみて改めてよくわかったんです。

なるほどね。わかるよ。ぼくも清志郎のカバーはいつかやろうと考えてるの。

——それは絶対にやってくださいよ!

あまりにも表現の仕方が違うから、自分なりの表現に変えちゃうと清志郎からは離れちゃうんだけどね。

——誰も、清志郎さんみたいには歌えないですよね。

誰もできないよ。似ている人は出てきたけどね。驚いたのは「まいうー」の人がテレビで清志郎そっくりに歌っているのを観たとき。

――「まいうー」？　エンケンさんも誰も真似できないですね。

そうだね。「雨あがりのビル街」はいまでも大好きだよ。

――人の曲と対峙することで、初めて自分を理解できることってあるんですよね。オリジナルの曲を書いているだけじゃわからないことがたくさんある。

人の曲をやるのは勉強になるね。

――でも、細野さんの歌詞ってだいたいはなにを言っているのかわからないですよね（笑）。「わかったぞ！」と思う瞬間もたまにありますけど。

そうなんだ（笑）。

――音楽は何度も聴くことによって理解できることがあります。ボブ・ディランの『アナザー・セルフ・ポートレイト』(9)というアルバムを最近買ったんですけど、これがすごくいいんです。やっとディランがわかったって気がしました。ブックレットの写真なんかも実によくて、ディランも穏やかな表情で、珍しく白いシャツなんか着てたり、犬と遊んだりしてる写真があるんです。このころのディランはバイク事故のリハビリ中だったようなんですけど、ロックスターから一個人に戻っていた時期なんでしょうね。『セルフ・ポートレイト』ってアルバムは当時は評判が悪かったけど、このアウトテイク集が世に出たことで、評価が変わる可能性もあるような気がします。

このころのディランはかっこいいね。ディランにとっても大事な時期だったんだろうし、すばらしいよね。

思い出すことに近い

——そういえば最近、大瀧さんと連絡を取られたって聞きましたけれど。

うん。そう。人づてにメッセージを伝えてもらったんだよ。

——なんてお伝えしたんですか？

作品をつくる気になったらいつでも手伝うよ、ってなことを伝えたんだけどね。

——返事は来ましたか？

来た来た。「それは細野流の挨拶だ」って（笑）。

——（笑）。それはなんか「照れ」みたいなもんなんですかね？

どうだろうね。

——大瀧さん、本当につくってくれるといいですね。

そうなんだよ。本人もつくろうって気になってるような気がするんで、言ってみたんだけどね。そういえば、昔、はっぴいえんどがやくざにからまれた話ってしたっけ？

——なんですかそれ？（笑）

昔、霞町[10]のあたりに新しいうどん屋ができたって言うんで、みんなで食べに行ったんだよ。そしたら、ぼくらが食べてる向こうに、着流しを着たやくざと弟分がいてね。

——着流しですか？

そう。あのころはまだいたんだよ。で、大瀧くんがあの目つきでしょ。「なにガンくれてんだ」ってその着流しの五分刈りにからまれてね。「表に出ろ」って言われて、仕方なく出て行ったわけ。で、舗道に並ばされて、五分刈りが「懐には匕首《あいくち》がある」って脅かすんだ。

——で、どうしたんですか？

まず大瀧くんの謝罪からはじまった。この流れじゃとりあえずそうするしかない。悔しかっただろうな。で、そのあと順番にメンバーの腹を殴っていくわけだよ。まず、鈴木の腹をどん。で、茂が「うっ」ってうずくまる。次に、松本がどん。で、「うっ」って。

——で、いよいよ。

そう。自分の番になって、どん、ってどつかれるんだけど、なんと驚いたことに寸止めなんだよ。

——え？　どういうことですか？

あてないの。寸止めで殴ってるフリをしてるわけ。

——細野さんどうしたんですか？

こっちも殴られたフリをするわけだよ。「うっ」って（笑）。

——どういうことなんですか？

つまりね、その着流しは、連れの舎弟に向けて自分の強さを見せつけてるわけだよ。

——一種のプレイなんですね。

そうそう。あれはなかなかの職人技だったよ。

——ある意味、洒落てますね。

そうとも言えるね。ダンディズムというか。昔はそういうのがいたんだね。霞町のあたりって、あのころはちょっと怖い人もいたんだ。

——へえ。初めて聞く話ですね。

内緒にしといてね（笑）。

——ところで、細野さん、いまは夜型？

いや、基本的には二部制（笑）。

——ごはんを食べると眠くなりませんか？　ぼくはずっと眠いです。

ごはんを食べた後に寝ると牛になるという話を仔牛が聞いていて、家に飛んで帰って「お母さん、ぼくごはん食べたあとに寝ちゃったの？」って言う四コマ漫画があるんだよ。

——なんですか、それ？（笑）。杉浦茂？

いや、相原コージかな。

——食べたあとは寝ないように我慢してるんですか？

夜はだいたい外食だからね。眠いそぶりはものすごくするけど、実際には寝ない。

——十二時ごろには寝るんですか？

十二時は越えるかな。二度寝はしょっちゅうしてるよ。トイレに行きたくなるから、四時とか五時ごろに一回起きちゃうんだけど、ついでになにかをやりはじめちゃうんだ。iTunesでカントリーの曲を買ったりなんかしてね。あの時間が楽しいんだよ。そういえば、こないだNHKで睡眠の特集やってたから観たら、ぼくは正しい睡眠をしてるんだなと思った。寝られない人へのアドバイスがあったんだけど、眠くなるまで寝るなっていうんだよ（笑）。ぼくは昔からずっとそうだから。

——床に入ったらすぐに寝られるようにしろ、ということですよね。

そう。ぼくはパジャマなんて着たら緊張して寝れないよ。

——もっと言うと、布団に入るだけで緊張して寝れない？

そう。だからいまはベッドじゃなくてソファで寝てる。

——まだソファで寝てるんですか？

一時期ベッドで寝てたんだけど、調子が悪くなっちゃったんだ。

——寒くないですか？

電気毛布があるから暖かいんだよ。快適だよ。夏になると使えないのが残念なくらい。

——電気毛布、気持ちいいですよねー。エアコン使わなくていいから。

気持ちいいよ。ぼくはいつも窓を開けてないとダメなんだ。窓際にソファがあるんだけど、そこで窓開けて寝てるの。

——寒いじゃないですか（笑）。

電気毛布にくるまってるから生きてられるんだよ。なかったら死んじゃうもん。

——本当に窓開けてるんですか。空気が流れてないとイヤだから？

そう。もう一方の窓には大きい業務用の換気扇を付けてあるんだ。タバコを吸うからね。

──寝てるとき、息が白くなりませんか。

真冬はそうなるね。鈴木くんはベッドで寝てるの？

──ベッドです。一時期抱き枕を抱いて寝ていたんですけど、抱き枕がないと寝れないということがかえってストレスになってきて（笑）。

ソファがいいよ。ソファだと調子がいいもん。

──ソファから落ちませんか？

それは訓練だよ。ソファの横に崖の写真が付いた棚でも置いとけばいいじゃん。

──忍者の修行じゃないんだから（笑）。

でも会社員じゃなくて本当によかったよ。明日の朝起きなきゃいけないなんてなったら、緊張して寝れない。

──ぼくは会社員の経験がありますけど、あれは大変なんですよ。

さぞかし大変だろうな。

──でも、歳をとると寝れないって言いますけどね。

長く眠れなくなる。とにかく睡眠って不思議な現象だよね。毎日寝てるわけだから。

──そもそも人間って、なんで寝なければいけないんですかね？

仮死状態。体じゃなくて、脳の問題だよ。

──仮死状態になる必要があるんですか？

そう。脳が休みたいんだ。脳って働きずくめができないから。

——人間って、夢のなかで記憶を演算しなきゃいけないって言いますね。だからかもしれないけど、朝起きてすぐの状態ってすごく仕事に集中できる。

そう。夢を見て、起きた直後は記憶してるんだけど、そこで歯を磨いたりしてエネルギーを使うと揮発しちゃうんだよ。体を動かすと記憶が揮発するから、すぐに記憶を反芻しないと夢って憶えてられないいんだ。

——昔、細野さんが江戸川橋のＬＤＫスタジオで『フィルハーモニー』[11]をつくってたときは、床で寝てたんですってね。

床で寝てたらしいね。憶えてないんだけど。

——床で寝て、起きてすぐに作業をはじめてたんですよね。ＬＤＫスタジオのことはよく知ってますけど、正直あまりいい環境ではなかったですよね。あそこの固い床で寝れるなんて、ぼくには信じられませんよ。

お化けも出たしね。まあ夢みたいなもんだよ。音楽をつくっているときって夢を見ている状態に似てるよ。両方とも記憶を辿っていく作業だからね。

——たしかに、似てますよね。細野さんは夢で音が聴こえることはありますか？　ぼくはよくあるんです、音楽が聴こえる。

うん、あるけどそれは再現できない。たいしたものじゃなかったりするしね。とにかく音楽をつくることは、記憶を辿っていくことに近い。つくるというより、思い出すことに近いんだよ。

アイ・ヘイト・マイセルフ

——そういえば前にハリー・ニルソンの話が出ましたけど、彼はずっとアルコールやドラッグに溺れていて、しらふでいられなかった人ですよね。ずっと夢のなかにいたかったというか、しらふの自分はつまらない人間だと思っていたんじゃないかと思うんです。ずっと自分を嫌いだった人。

なるほどね。

——ぼくもそういうところがあるんですけどね。ステージに出て行くと、ぼくなんかでも拍手をもらえるんですけど、ぜんぜんそれに酔えないんですよ。

ぼくも同じだよ。どんなによかったって言われても信じないし。そんなわけないだろって思っちゃう。

——細野さんは自分のことは好きですか？

「I Hate Myself」というカントリーの曲をさっき聴いてたところだよ（笑）。ファロン・ヤング(12)という人の曲でね。

——それは奇遇ですね（笑）。細野さんは自分で自分のことは好きですか？

いや。嫌いだね。

——どの程度嫌いですか？

憎みはしてないかな。憐れだなと思ってる。

——憐れ（笑）。

憐れみの感情だね（笑）。

——それは初めて聞いたなあ（笑）。

自分はこんなにかわいそうなんだと人に話すことがよくある。嫌いというよりも、自己憐憫なのかな。

——ぼくは厄年のあたりで、自我がなんだか増長したんです。でも、五十代になるとガクッと体力が落ちて、自分のことはどうでもいいじゃないかと思うようになりました。

そういうサイクルがあるんだよね。自分のことはいつまで経っても好きにはならないけど、ある時期になると許せるようにはなる。お風呂に入ってたりすると、ときどき昔のことを思い出して「ごめんなさい」とか言っちゃうことない？

——あるある（笑）。

ぼくなんか、しょっちゅう謝ってるよ。

——誰に謝ってるんですか？

誰っていうわけじゃなくて、天に（笑）。

——天にね（笑）。

天ってそういう存在なんだ。許してもらいたいからいつも祈ってる。そうするとだいたいものごとがうまくいくという、そういう知恵なんだと思うけど。

——祈ることって、感謝よりも謝罪の意味が強いのかもしれませんね。

うん。祈りってそういうものでもあるよね。

——でも、たとえば細野さんのことを考えているときの自分は好きなんです。人のことを考えてるときの自分はいいなと思っている。お節介だけどなにかをしてあげたいなと思ってる。自分を好きになりたいから、他人を利用しているだけなのかもしれないんですけど。

大阪のおばちゃんみたいなもんだ。

——大阪のおばちゃん？

世話好きな大阪のおばちゃん。自分にも問題はあるんだろうけど、なにかと周りを助けてくれる。いい存在だね。

——でも、自分ってどうしようもないなと思うことばかりなんです。ナルシシズムに浸ってるわけじゃなくて、本当にそう思ってます。

でもね、そのうち自分のことなんてどうでもよくなるよ。ぼくは本当に自分のことはもうどうでもいいもん。どうせ死んじゃうんだから。死んだらなにも持っていけないからね。だから、だんだんいろいろなことがどうでもよくなって死んでいくんだよ。どうでもよくないと死にきれないでしょ。それは天の計らいだよ。

——自分のことがどうでもよくなると、それまで自分が大事だと思っていたものも捨てたりするようになるんですか？

捨てるというのも積極的な行為でしょ。自分のことがどうでもよくなると、そういうことも考えないよ。だから、ぼくのところには津波のような浸水が来て大事なものを流していった。天の計らいだよ。ぼくはそういうことは全部、天におまかせしてるの。他力本願だね。

——先日も、大きな地震がありましたよね。

うん、二年前を思い出した。

——大きな台風もあったし、それに母が逝ってしまったこともあって、なんだかすごく絶望してしまったんです。

うん。

——地震のときは机の下に隠れてたんですけど、絶望してるなんて言いながら、地震がおさまったら図々しく楽しい音楽を聴きはじめたりするんですけど。

図々しくなんかないよ。そんなことで図々しいなんて言われるわけないじゃん（笑）。絶望してるからって、机の下にずっといるわけにはいかないんだから。

——そうそう。だからおいしいものでも食べようかなとか。

そう。それがいいんだよ。

——餃子とか我慢していたんですけど、それも食べちゃおうかな、と（笑）。

なんで我慢するの？

——血圧が高いんですよ、中性脂肪も（笑）。それにしても倉庫の片付けは大変そうですね。

ただの水ならまだいいんだけど、下水だから厄介なんだよ。小バエが発生したりね。

——なんだか細野さんは、ときどきそういうことに悩まされている印象があります。

ときどきあるんだよ。十五年に一度くらいかな。前はなんだったっけ？

――スタジオが……。

スタジオが下水臭かった問題ね。あれは東京の下水の問題だ。声を大にして言うチャンスがなかなかないんだけど、東京の下水は大問題だよ。

――ダメですか？

ダメ。大きなビルがいっぱい建ったせいだよ。ビルが建つと、その下の下水は満杯になっちゃうでしょ。だからお洒落な街は臭いんだよ。ビルはいっぱい建っても下水は相変わらず昔のままだからね。それを直そうとせずに、オリンピックをやろうなんてもってのほか。

――雨で下水が溢れ出るわけですからね。

そうなんだよ。首都高を車で走ってると、いつ行っても臭いが消えない場所があるよ。

――昔の東京はどうだったんですか？

昔はね、夏になるとときどき野方のほうが臭うくらいで、冬は臭うことはなかったと思う。それでも当時、地方から来た人は東京は臭いって言ってたけどね。都市と田舎が逆転したんだ。

一番いい東京

――ちょっと違う見方なんですが、先日、山田洋次監督が「昔の東京は臭かった。臭いのがよかった」って言っていたんです。いまの東京は除臭されてしまったけど、いろいろな臭いを嗅いでいたほうがよかったんだと。

うんうん。それもわかるよ。嗅覚は排除されると麻痺するからね。嗅覚の話は前にもしたよね。嗅覚は人間の本能なんだよ。たとえばレストランなんかに行くと、下水の臭いがするときがあるんだけど、臭いですねって言えないんだよ、ぼく以外のみんなは麻痺してるから、気がつかない。除臭すればするほど人間の嗅覚が麻痺してきて街が臭くなるんだ。

——気がつかないから直せない。

そう。地方から来たおばちゃんたちが、代官山の交差点で、「なにこの臭い？　草津みたい」って言ってたからね。ああこの人たちは大丈夫だと思った。臭かったら声に出るの。「臭い！」って言っちゃうんだ。

——東京に長く住んでいると麻痺してしまうんでしょうかね。匂いに鈍感になって、そうやって街がどんどん臭くなっていく、と。

そう。それに危機感を覚えてる。

——外国の人が日本に来ると、醬油っぽい匂いがするってよく言いますけど。

昔はよくそう言われたけど、いまはどうだろうね。わからないな。

——でも、東京中の下水を工事するとなると大変ですよね。

ぼくの家の前は下水工事をしたら臭わなくなった。でも、しょっちゅう街中を掘り起こして工事はしてるように見えるね。

——そういえば、駒沢公園を今度の東京オリンピックの練習場にするからなんでしょうけど、公園のホームレスの人たちを退去させてるんです。ホームレスの人たちはソファやラジオなんかも持ってるし、犬と遊んだりして、ぼくにはすごく楽しそうな光景に見えてたんです。それが整理されると、なんだかつまらなくなっちゃうなとも思うんですよね。

彼らは幸せだろうね。憧れだな。段ボールで出来た家なんて、ぼくには本当に羨ましい。

——細野さんも、部屋のなかに段ボールの家をつくればいいじゃないですか（笑）。ちなみに、東京オリンピックのときって細野さんは何歳だったんですか？

高校一年生だった。父と一緒に国立競技場まで陸上競技を観に行ったよ。そういえばそのころに首都高が完成したんだけど、成人してから車の免許を取ってすぐに首都高に行ったら、車が一台も走ってなくて驚いたな。まだそういう時代だったんだ。

——いいですね。楽しそうですね。

そのころは楽しかった。キラー通りや六本木通りもそのころに出来たし、白金のぼくの家の前の道もずいぶん広くなった。とにかくいろいろなことが変わった時期で、そのころは「ほお、楽しいな」と思ってたんだけど、いま考えると、あのころから東京が変わってきちゃったんだということがよくわかる。だから同じような思いをした小林信彦(13)さんが、今度のオリンピック開催に大反対している気持ちはよくわかるんだ。一番いい時代っていうのがあったんだよ。その時代を越えるともうあとには戻れない。理想的な街の状態というのがある時期に完成していたんだ。それが五〇年代から六〇年代初頭にかけての東京。でも、オリンピックで東京は決定的に変わっちゃった。昔の町名もほとんどが消滅してしまったでしょ。いまじゃ霞町って言ったって、タクシーの運転手さんも知らないからね。

――桑原甲子雄(14)さんの写真集なんかに写っている戦前の東京を見ると、ホントにすばらしいんですよね。人も街もとても美しい。こんな日本があったのか、と唖然とします。

みんな幸せだっただろうね。

――外国の方が撮った幕末の写真集もいくつか出ていますけど、あれもまたいいんですよね。明治元年に愛宕山から撮影した写真もあるんですけど、見渡す限り黒瓦の屋根がびっしり、波のように並んでいるんですね。江戸って大名屋敷の街だから、上から見ると黒瓦の海。

京都みたいな感じなんだね。

――そうなんです。そういえば宮崎駿監督の『風立ちぬ』(二〇一三年)でも、大正から昭和の東京の街並みが描かれていましたよね。関東大震災の場面があるんですけど、そこでも黒瓦が波打っているように描かれていました。

『風立ちぬ』はぼくも観に行ったよ。あの場面はよかったね。

引退宣言

――ぼくはクリエイターとしての宮崎駿さんに興味があるんです、書籍も読み込んだりしてます。あと、高畑勲(15)さん。高畑さんの新作『かぐや姫の物語』(二〇一三年)は予告編を観たんですけど、絶対に観に行こうと思いましたね。ああ、ぼくは高畑派なんだな、と。宮崎さんのインタビューを読んだりすると、高畑さんのことをよく話してるんですけど、もしかすると宮崎さんが最も尊敬しているのは高畑さんかもしれないと思うんですよね。

なるほどね。

——実は、去年、ジブリ美術館で演奏する仕事があったんです。

なんだ鈴木くん、ジブリの仕事してるじゃん。

——そう、やってるんですよ。

好きなんでしょ？（笑）

——いや、ちょっと落ち着かないところもあるんですけど。創作に対する姿勢はすごいと思うんです。

うん。それは共感する。

——すごく共通するところを感じてます。尊敬してるんです。

うん。ぼくもそう思ってる。

——機会があったら細野さんも、宮崎さんに会ったほうがいいんじゃないですか？

会わなくたっていいんだよ。作品を観たり、インタビューなんかを読んでればわかる。宮崎さんは、ひらめきのある時期なんてせいぜい十年くらいだろうって言ってるんだけど、それは共感するな。

——宮崎さんは、もはや自分は老害だって言ってるんですよね。ジブリには若いスタッフが大勢いて、自分がこれ以上関わっていると、若い人が育たないって言うんです。

老害か……それはぼくにもあてはまる。でもぼくが音楽を続けても若い人は勝手に育つね。

——細野さんが『風の谷のナウシカ』（一九八四年）の音楽をつくっていたときは、宮崎さんに会ってたんですか？

一度会ってるよ。「この絵は東ヨーロッパのほうが舞台のモデルになってるんですかね」なんて言っちゃって、「まあ、そんなようなものです」なんて言われて。なにも知らなかったからね。当時は徳間（康快）[16]さんが活躍してたころで、宮崎さんが『ナウシカ』の連載をしていたのも徳間書店だし、安田成美さんも徳間さんと契約していた。実はそのころぼくも徳間さんに誘われてたんだ。

――そうだったんですか⁉

うん。だけど、その時点ではテイチク（ノン・スタンダード・レーベル）と契約することがほぼ決まっていたから、お断りしたんだ。

――当時は矢野顕子さんやムーンライダーズも徳間ジャパンでしたよね。

そうそう。そのころは三浦光紀[17]さんが徳間ジャパンにいたから、そのつてでみんな徳間さんから出してたんだ。ぼくだけお断りしちゃってね。でも、ジブリも徳間さんが考えてつくったような会社だから、当初は多少関わりもあったんだけど、ぼくの書いた曲が本編の『ナウシカ』で使われなかった理由はなぜだかは知らない。単に気に入られなかったのかなと思ってた。まあ、その程度であまり気にしてなかったけど、最近テレビでジブリの特集をやってててね、歴代の作品に順位をつけてるわけ。それで、『ナウシカ』は二位だったのかな。作品を紹介するたびに、その作品の代表的な曲がかかるから、ぼくが書いた曲が流れるのかなと思ったら流れなかった（笑）。こうなると気になるねえ。

――そもそもジブリとは、なんなんですかね？

アニメ大国の中心にいる精神的に巨大な創作グループという印象だね。ファンの幻想もその大きな輪に参加している。

――ジブリ美術館は行ったことありますか？

ないんだよ。

――幻想そのもの。まるで天国みたいですよ（笑）。

宮崎さん自身は天真爛漫にやってるんだろうと思うけどね。

――これから、どうするんでしょうかね。

引退宣言をしなきゃいけないほど大きな存在なんだろうね。別にぼくたちは引退宣言なんかしないでしょ。そんなことしたら、なんだそりゃって言われるよ（笑）。

――細野さんが引退記者会見なんかしたらびっくりしますね。なんの冗談かと。

タモリさんも会見はしなきゃいけなかったもんね。

――タモリさんは、番組ですぐにフジテレビに対する感謝の念を話してましたけど、意外というか、タモリさんってやっぱりすごく真面目な人なんですね。

そうだよ。あの人はやっぱり真面目な人だよ。ぼくが言うのもなんだけど（笑）。

（1）『階段の上の暗闇』 1960年公開。監督は『マーティ』（1955年）でカンヌ国際映画祭グランプリとアカデミー賞最優秀作品賞、監督賞を受賞したデルバート・マン。主演はロバート・プレストン、ドロシー・マクガイア。音楽は、『風と共に去りぬ』や『カサブランカ』を手掛けた巨匠、マックス・スタイナーによるもの。

(2)『お葬式』 1984年公開。伊丹十三の映画監督デビュー作であり、シナリオは伊丹の実体験がもとになっている。初めて葬式を出すことになった家族とその周囲の人々をコミカルかつユーモラスに描き、日本アカデミー賞をはじめとする各映画賞を総なめにするなど、大ヒットを記録した。

(3)ソギー・チェリオス ロックバンド、カーネーションのボーカル・ギターとして活躍する直枝政弘と鈴木惣一朗によるデュオ。2013年にアルバム『1959』をリリースした。

(4)「ファミリーヒストリー」 NHKのドキュメンタリー番組。2008年から不定期に放送されている。ゲストの両親や先祖の人生を、関連する人びとへの取材などによって解き明かす構成。

(5)ファーリン・ハスキー Ferlin Husky 1925年、米国生まれのカントリーシンガー。「A Dear John Letter」「Gone」など、多数のヒット曲を持つ。「泣き節」とも称される、独特の歌唱スタイルで人気を誇った。2011年没。

(6)岩谷時子 いわたにときこ 1916年生まれ、作詞家。歌手の越路吹雪のマネージャーとして「愛の讃歌」等のシャンソン曲の訳詞を手掛けたことがきっかけとなり、作詞家としての道を歩む。代表的な作詞曲は、ザ・ピーナッツ「恋のバカンス」、加山雄三「君といつまでも」「お嫁においで」、沢田研二「君をのせて」など多数。訳詞曲は越路吹雪の「ラストダンスは私に」「サン・トワ・マミー」、尾崎紀世彦「この胸のときめきを」「マイ・ウェイ」等多数。2013年没。

（7）大貫妙子トリビュート　大貫妙子が音楽活動40周年を迎えた2013年にリリースされた『大貫妙子トリビュート・アルバム―Tribute to Taeko Onuki―』。細野はキャラメル・ママの一員として参加している。

（8）遠藤賢司　えんどうけんじ　1947年生まれのシンガー・ソングライター。「夜汽車のブルース」「カレーライス」「雨あがりのビル街」などの代表曲で知られ、これまでにリリースしたアルバムには、はっぴいえんどをはじめ、日本を代表するロックミュージシャンが数多く参加している。

（9）『アナザー・セルフ・ポートレイト』　1970年にリリースされたボブ・ディランのアルバム『セルフ・ポートレイト』および『新しい夜明け』の制作期間の前後に録音された未発表音源集。2013年9月リリース。

（10）霞町　かすみちょう　現在の東京都港区に1967年まで存在した町名。現在の西麻布一帯、および六本木の一部に相当する地域。麻布霞町とも呼ばれた。

（11）『フィルハーモニー』　細野が1982年にリリースしたソロ6作目のアルバム。当時は細野のプライベートスタジオとして使用されていたLDKスタジオで制作され、アルファレコード内に高橋幸宏と共同で創設した「YEN」レーベルの第1弾としてリリースされた。レコーディングには加藤和彦や上野耕路らも参加している。

（12）ファロン・ヤング　Faron Young　1932年、米国生まれのカントリーシンガー、ソングライター。「If You Ain't Lovin'（You Ain't Livin'）」「Live Fast, Love Hard, Die Young」など、数多くのヒット曲を世に送り出した。1996年没。「I Hate Myself」は1958年に、シングルのB面としてリリースされた。

（13）小林信彦　こばやしのぶひこ　1932年生まれの小説家、コラムニスト。生家は江戸時代から9代続いた日本橋の老舗和菓子屋。編集者から作家に転身し、1964年に『虚栄の市』でデビュー。同年の東京オリンピックのために行われた都市開発について、歴史的な愚行であるとして痛烈に批判をしており、2020年の夏季オリンピックの招致についても激しく反対している。

(14) 桑原甲子雄　くわばらきねお　1913年生まれの写真家、編集者。戦前は生まれ育った上野や浅草近辺の日常風景をテーマにした作品をカメラ雑誌等に発表し、木村伊兵衛に将来を嘱望されるほどの存在だったが、戦後はカメラ雑誌の編集者に転じ、「サンケイカメラ」「写真批評」等の編集長を歴任した。還暦を迎えた1973年に初の個展を開催して以降、写真家としての再評価が進み、戦前に撮影された作品を中心として、現在も多くの写真集が出版されるほか、回顧展も行われている。2007年没。

(15) 高畑勲　たかはたいさお　1935年生まれの映画監督。「ルパン三世」「アルプスの少女ハイジ」「母をたずねて三千里」「赤毛のアン」等のテレビアニメーションの演出を手掛けた後、盟友である宮崎駿の誘いでスタジオジブリに参加。映画『火垂るの墓』『おもひでぽろぽろ』『かぐや姫の物語』等の監督を務めている。

(16) 徳間康快　とくまやすよし　1921年生まれの実業家・映画プロデューサー。社長を務めた徳間書店では、宮崎駿が月刊誌「アニメージュ」で、漫画『風の谷のナウシカ』を連載していた。映画『風の谷のナウシカ』の制作委員会にも博報堂とともに参加。2001年ごろまで、レコード会社の徳間ジャパンコミュニケーションズや映画会社の大映を傘下に持ち、スタジオジブリも当初は徳間書店の出資により設立された。

(17) 三浦光紀　みうらこうき　1944年生まれの音楽プロデューサー。キングレコード入社後、社内にベルウッド・レコードを設立し、はっぴいえんど、はちみつぱい、あがた森魚、小室等、高田渡、遠藤賢司らの作品を手掛ける。細野のソロ第1作目のアルバム『Hosono House』もベルウッド・レコードからリリースされた。キングレコード退社後は、日本フォノグラムや徳間ジャパンでもプロデューサーを務めた。

対話9
2014年6月17日
白金のスタジオにて

「七十歳になるころには
いろんなしがらみなんかも
すっかり忘れて
音楽に没頭できるんじゃないか」

二〇一三年大晦日のお昼、細野さんからメールをもらった。タイトルに「衝撃」とあり、大瀧さんが亡くなったことを知る。大好きな音楽家が、次々と逝ってしまう。メールの結びはこうだった。「こういうことも、起こる人生と思えば」。その言葉を抱え、ぼくは細野さんのもとへ。もう一歩、あと一歩。（S）

「しまった」

――半年以上時間が空いてしまいましたが、その間にいろいろなことがありました。前回は大瀧さんが亡くなる前でしたが、そのころに細野さんが写真家の野上眞宏[1]さん経由で大瀧さんに連絡を取って、近いうちに会おうかという話になっていたんですよね。その矢先に、大瀧さんが倒れられた。大瀧さんが倒れたことを、どこで、誰から、どのように知らされたんですか？

知人がね、テレビでちらっと速報が流れたのを見たって、連絡してきたんだよね。

――テロップで流れたんですか？　地震速報みたいですね。

そうそう。そのときは半信半疑で、見間違いか誤報だろうと思ってた。そのあとにいろんな人にメールして確認してたんだけど、大瀧くんに近い人から連絡をもらって、事実だってことがわかった。十二月三十日のお昼ごろだったかな。その時点では、まだテレビではあまり報じられてなかった。

――ぼくが細野さんからメールをもらったのは、その直後の午後一時半ごろでした。最初にその知らせを聞いたとき、どうお感じになりましたか？

すぐにはピンと来なかった。なにが起こってるんだろうっていう不安感がまず最初にあって、それからだんだんとリアリティが出てきた感じだね。

――年が明けて、お葬式は一月四日でしたね。

正月の二日と三日はなにも考えずに普通に正月を過ごしてたね。こたつに入ってお雑煮食べてたよ。

——やっぱり、はっぴいえんどっぽいなあ……。お葬式のあとに、お別れ会もありました。

あのころはまだ、いろんな情報が錯綜してたよね。メディアも動くから、パブリックな感じになるのはイヤだったけど、一月四日の告別式は出たんだ。福生まで行ってね。そのころには事実として受け入れることができていたけど、清志郎のときのことも思い出すし、(福澤)もろくんのときのことも思い出したしね。突然やってくるこういう事態にはいつも心が乱れるばかりだ。

——清志郎さんが亡くなったときのことを、ぼくも思い出しました。ちょうど集中的に、清志郎さんの曲や大瀧さんの曲を聴いていた時期だったんですよ。ぼくも正直言って気持ちが落ちてしまって、お別れ会には行けませんでした。ひとりで黙禱していました。ぼくは大瀧さんの音楽にすごく支えられていたんだと、今回、よくわかりました。

ぼくもいろいろ考えたよ。いなくなって初めて「しまった」と思うわけだ。彼の持っている豊かな音楽世界に、もうちょっと接触していたかった。というか、話したかったよね、もっとそういうことについて。いなくなった途端に、もう話す相手がいないんだなと思った。ぼくのソロ活動についてどう思ってるかも聞きたかったんだ。そういうことをもうそろそろ話してもいい時期だと思っていたし。でもなによりも、彼のソロアルバムを一緒につくりたかった。ソロアルバムをつくることについては、彼はぜんぜん動かなかったから、なにを考えていたのかも聞きたかったしね。福生に行って、野上くんと一緒にでもいいから行って、そういう話を聞きたかった。聞きたいことがいっぱいあったんだよ。奥さんのことも聞きたかった。大瀧くんは、奥さんとぼくが同じ誕生日なんだって、いつも言うんだよ。含み笑いしながら（笑）。きっとなにか思うところがあったんだと思うんだけど、そこら辺のことも聞きたかった。結婚した当初から、そのことをずっと言ってたんだよ。きっとなんか意味があったんだろうね。だから、そういうことも、もう聞けない。「しまった」というのが正直な感想だね。

——大瀧さんが亡くなったあと、大瀧さんの発言をまとめた本がたくさん出ましたけど、細野さんのことが発言によく出てきます。

そうなんだ。ぼくはまだ読んでないんだよ。なんか、まだ当分読めない。

——そうですか。YMO時代の細野さんのことは、ずいぶん気にされていたようですね。

亡くなってから、いろんな記憶がよみがえってくるんだ。ぼくがYMOで世の中に出ていったときに、大瀧くんが自分で車を運転して、当時ぼくが住んでいた白金の家まで来たんだよ。ひとりでね。

——八〇年代の話ですよね。

うん。『ロング・バケイション』(2)が出る少し前だったかな。『ロング・バケイション』はすでに完成していて、出るということが決まっていた時期だったと思う。それで、なにをしにわざわざ来たかっていうと、今度は自分が世の中に出ていく番が来たんだという表明をしに来たの。

——『ロング・バケイション』というアルバムは、いわば細野さんに対しての「決意表明」だったわけですね。

そう。YMOはすでに世に出ていったから、次は自分の番なんだという、決意の表明をしに来たんだ。これでようやく、はっぴいえんどのメンバー四人の足並みが揃うんだということを、わざわざ言いに来たんだよ。キャデラックに乗って来てね。そっちのほうがびっくりしたよ(笑)。いつもぼくの車の助手席に乗ってたから。

――『ロング・バケイション』をつくる前の大瀧さんは、ナイアガラ・レコード(3)でとても苦労されていて、CMの音楽の仕事をして、その収入をレーベルの運営費に回していたような状況でしたよね。

そうだよね。それはぼくも感じてたよ。

――細野さんも『ロング・バケイション』では何曲かベースを弾いてましたよね、たとえば「雨のウェンズデイ」とか。

あ、そうなの?(笑)

――レコーディングのときの大瀧さんの様子とかは憶えてないんですか?

ぜんぜん憶えてない。『ナイアガラ・ムーン(4)』のときのことはよく憶えてるけどね。そういえば、そうやって決意を表明しに来た人はほかにもいたな。あ、喜納昌吉さんだ(笑)。

――細野さんって、人に表明させたくなる雰囲気がありますよ。そのとき以降にも、大瀧さんが来て、なにか表明するようなことはあったんですか?

いや。その一回だけだね。そういうことがあったんで、今度はぼくが行く番だなと思ってたんだよ。それが去年の暮れのこと。年が明けたら、早々に行こうかなと思ってた。

――大瀧さんと細野さんって、ジョン・レノンとポール・マッカートニーの関係みたいだなって、ぼくはどうしても思っちゃうんです。

そうかな（笑）。

——ジョンとポールの仲が悪かった時期に、ポールがダコタ・ハウスにジョンを訪ねていったことがあるんです。連絡もなしに突然ポールが来たんですって。「来るなら連絡くらいしろよ」ってジョンは言ったらしいんですけど、ふたりの距離関係が微妙すぎて、連絡できなかったんでしょうね。ポールはギターを持って来たらしいんですけど、それだけでまた一緒に曲をつくろう、っていうことはじゅうぶん伝わるんですよね。でも結局、ふたりでテレビを観ただけだそうです。やればいいのに、なかなかできないことってありますよね。それがライバル関係だと、なおさらだと思います。細野さんと大瀧さんの関係をライバルと言っていいのかどうかは難しいんですが。

ライバルだよ。なにかをつくってるときに、「これを聴いて大瀧くんはどう思うかな」って、ふと思うことがあるよ。アンビエントをやってるころは一切考えたことなかったけどね。大瀧くんがアンビエントを聴くわけがないから（笑）。

——細野さんのアンビエント、大瀧さん聴ければよかったですね（笑）。大瀧さんは『EACH TIME』(5)が出たあとに、アルバム制作などの活動をされなくなりましたよね。自分が二十年かけてやってきたことは、そのあとに同じくらいの時間をかけて説明していくんだという、大瀧さんならではのロジックで独自の活動は続けてらっしゃいましたけど。この本でも、ぼくは細野さんにしつこいくらい「もうオリジナルはつくらないんですか？」と質問しています。カバーをすることや、音楽を演奏することのよろこびについてはぼくも重々承知しているつもりですが、作曲家としての細野さんに惹かれてこの業界に入った人間としては、やっぱり細野さんのオリジナル曲を聴きたいわけです。そのことを自分の胸にしまってはおけない。今回は、大瀧さんに向けて曲を書いたりはしないんでしょうか？　福澤もろさんが亡くなったときは、「Stella」という曲をつくりましたよね。

まだそんな心境にはなれないかも。

――ニール・ヤングに「Buffalo Springfield Again」という曲がありましたけど……細野さんにとっての大瀧さんは、誰よりも生々しい存在なんじゃないかって思うんです。音楽家は亡くなっても音楽は残るから、いなくなったっていう感覚は湧きにくいのかもしれませんけど。

実はそうなんだよ。二十世紀の豊かな音楽はいまも生きているからね。つくった人が亡くなったってことは音楽にはあんまり関係がないんだよ。

――ぼくたちのなかに生きてますよね。でも、細野さんのなかに、大瀧さんと一緒にやりたいという思いは実際あったわけですから、そういう思いを……。

曲にしろと？（笑）

――してほしいというか、してもらわないと困る（笑）。

困るなんてことはないよ。なんだか急に仕事を振られたな（笑）。

――今回の大瀧さんの件を、細野さんの創作に結びつけることは繊細な部分だとは思います。でも、今回は、あえてつくってもいいんじゃないかと思うんです。つまり、大瀧さんは亡くなっても、大瀧さんの音楽は、いまも細野さんの周りに漂ってるわけですから、ぼくはすごくそう思うんです。

いや、その前にやることがあるんだよ。

――そうなんですか？

大瀧くんとの出会いは、はっぴいえんどからはじまってるわけだけど、そのころのいろんなことを最近よく思い出すんだよ。ぼくは最近カバーをやることが多いじゃない？　バッファロー・スプリングフィールドなんかも、ついこの前は「ブルーバード」(6)をやりはじめたんだよ。レコーディングでね。

――元に戻っちゃったんですね。

そうそう（笑）。だから、はっぴいえんどを自分のなかで再確認したいというかね。順番としてはそっちのほうが先なんだよ。「Daisy Holiday!」というラジオ番組で大瀧くんの特集をしたときも、大瀧くん本人の曲はかけなかった。ぼくにとって重要なのはバックボーンだから。そういうことを、もう一度会って話したかったし、確認したかった。どういう時代に生まれて、どういう音楽を聴いてきたのかということはすごく大事なことだから、それをもう一度確認し直すということが、いまやっている仕事の目的。それが、カバーをやっているということの意味なんだ。だから、オリジナルはどうでもいい、って言うのは極論だけど、オリジナルをつくらなくたって、ぼくのなかでは別にいいんだ。はっぴいえんどのレパートリーとか、バッファローとかモビー・グレープの曲をもう一度カバーすることで、大瀧くんへの気持ちをそこに込めることができる。最近は、そういうことを考えながらカバーをやってた。それに、追悼アルバムも出そうで出ない。存在が大きすぎてつくりにくいんだと思うよ。ぼくは誰かがつくるだろうと思って、待ってるんだけどね。

――山下達郎さんも、ご自身のラジオ番組で、「追悼番組の要望がたくさんあるのは知っているけど、大瀧さんのことは自分のペースでやりたいときにやります」というようなことをおっしゃっていました。

そうか。ぼくも同じ気持ち。

――先ほどの「はっぴいえんどを自分のなかで再確認したい」というのは、ずばりお聞きすると、松本隆さんと鈴木茂さんと細野さんの三人で、はっぴいえんどをもう一度やるということなんですか？

いや、だからそういうことも含めて、ソロのなかで再構築していくというのはありだなと思っている。だから、いま松本隆に詞を頼んだりしてるよ。

――松本さんに？　それはすごい話を聞いちゃいました。すでに松本さんと一緒に曲をつくっているんですか？

まだやってない。詞を頼んだだけ。

――曲は、細野さんが書くわけですよね？

もちろんそうさ。松本隆とやる場合はいつも詞先行でやってるからね。松本隆の詞を見てみたいと思ってね。ぼくを主人公にして詞を書いてくれって頼んだの。女の子が主人公の歌になっちゃったりすると、歌いにくいから（笑）。

――内容が重複するかもしれませんが、この本に記録として残しておきたいのでお聞きします。そもそも細野さんが、大瀧さんに再会したいと思った経緯を教えてください。

去年の秋ぐらいかな。野上くんがぼくのところに来たんだよ。はっぴいえんどを含む自分の写真のアーカイブをインターネットで公開したいってことで、それにあわせてはっぴいえんどの四人のインタビューを録りたいってことだった。松本隆と鈴木茂のところにはもう行ったって言うから、「大瀧くんは？」って聞いたら、これから福生に会いに行くんだってことだった。そのあとに会いに行ったんだけど、でもそれはインタビューの事前打ち合わせだったの。そこでインタビューを録っておけばよかったのにね。

――あとから考えるとそうですよね。

それで、打ち合わせはしたから、年が明けたら、つまり今年だけど、大瀧くんのところにインタビューのために行く予定だった。じゃあ、そのときはぼくも一緒に行くよっていう話をしていたんだよ。でも実は、最初に野上くんが打ち合わせで会いに行ったときに、「ソロをつくるならいつでも手伝うよ」っていう伝言を託してたんだ。

――そしたら、それは単なる挨拶だ、って言われたんですよね。

そう。「細野流の挨拶だ」って。まあ、大瀧くんならそう言うだろうなとは思ったけど。でも、ぼくはその伝言に「本気だよ」という気持ちは込めていたんだ。林立夫と鈴木茂とぼくとでユーミンのバックをやったり、このあいだはアッコちゃん（矢野顕子）や大貫妙子のバックをやったりしたんだけど、そのユニットは自分のなかですごく生き生きしていて、すごくやる気になる。だから、その三人と大瀧くんとで一緒にできたら最高だなと思ってた。いまこそ、それができる時期なんじゃないのと思ってたんだ。実は十年くらい前から、はっぴいえんどをもう一回やらないかという誘いがたくさん来てたわけだよ。一番熱心だったのは小倉エージ[7]さんなんだけどね（笑）。最近もエージさんから「動いてもいいか？」って聞かれたから、「どうぞ」って答えてたんだ。

——エージさんは、はっぴいえんどの初期ディレクターとして、ある種のやり直しをしたかったんでしょうね。

うん。彼なりの考えがあるんだろうと思うよ。ぼくは七十歳になったらできるだろうっていろんなところで言っていたんだけど。

——七十歳になったらできるだろうっていうのは、どういう理由からですか？

つまり、人間関係が馴れてくるから。枯れてくると言うべきかもね。いろんな記憶が曖昧になってきて、だいたいのことはどうでもよくなってくる（笑）。それは経験上そうなの。ＹＭＯもそうだったしね。二〇〇〇年代に入ってＹＭＯを再びやり出したときも、昔のことはどうでもよくなってたからね（笑）。

——ＹＭＯはたしかにそうでしたね（笑）。時間が経つといい思い出だけが残るんでしょうか？

そうだね。悪いことはすっかり忘れちゃうね。

——人間ってうまくできてるんですね。

そうなんだよ。

——細野さんのなかでも、そろそろ、はっぴいえんどができそうだなっていう、自然なころあいだったわけですか？

うん。自分のやっている音楽もいまが一番面白い時期なんだろうなって思ってたし、身体的なエネルギーはなくなっても、やる気が出てくることのほうが大事だから、歳をとることよりも、時間がかかるっていう意味で、七十歳すぎたらできるんじゃない？　って言ってたの。ぼくが七十歳になるころには、いろんなしがらみなんかもすっかり忘れて、音楽に没頭できるんじゃないかと思って、そう言ってた。

——そういう話を聞くと、改めて残念です。大瀧さんは、本当に細野さんの話をよくしてたらしいですよ。

そうなの？　本当に？

——ええ。すごく細野さんのことを気にしてたらしいですよ。「テクノってなんだろう」って、人に聞いたりしてたらしいですし。映画監督の小津安二郎さんじゃないですけど、「豆腐屋は豆腐をつくるだけだ」っていうようなやり方で、ポップスの王道を大瀧さんが選んだのは、細野さんがテクノロジーを使った音楽をやっちゃったからですよ。

なるほどね。自分の居場所を定めたんだね。

——細野さんがいたからこそ、大瀧さんは自分の座る位置を定番のポップスに決めたんだと思います。細野さんがいなかったら、きっとコンピューターを使って音楽をやっていたと思います。

うん。そうかもしれない。大瀧くんはコンピューター好きだったし。

全曲セルフカバー

——この本の前作にあたる『分福茶釜』の企画がはじまったとき、細野さんは六十歳でしたけど、正直、あのころよりいまのほうが元気なんじゃないかって気がします。

そうかもしれない。

――実感はあります？

ある意味ではね。音楽的な意味では元気かな。生活的な意味で言うと元気じゃない。体がダルいから（笑）。

――ぼくも朝起きると、背中がすごくダルいです。イヤんなっちゃう。

イヤんなっちゃうよね。でもまあ、「お元気ですね！」とはよく言われるんだ。

――ぼくは、大瀧さんが逝かれてから、自分にはなにができるだろうって考えたりして……いまのうちに残せるものは残しておいたほうがいいんじゃないかと思いはじめてます。ちょっと話は脱線するんですけど、今度、細野さんのレコーディングに関わったすべてのエンジニアの方々に話を伺って、『録音術』という音楽本をつくろうと思ってます。

それはぜひ読みたいな。

――ぼくがやっていいですか？

やってやって。ぼくにはできそうにない仕事だからね。

――実は先週、寺田康彦[8]さんにも会って、ごはんを一緒に食べたんですよ。

いいね。

――「『はらいそ』の歌入れ、ぼくが全部やったよ」って言われてましたよ。

そうだ、あれは寺田くんだった。ぼくが知らないことをいっぱい知ってるはずだよ。だから聞きたい。すぐにやって（笑）。

――まずはこの本を出さないといけないですから（笑）。そういえば、あるインタビューで、細野さんが『HOSONO HOUSE』[9]をつくり直したいって言われてるのを読みましたが。

誰が？　あ、ぼくがね（笑）。思い出した。つくり直したいよ（笑）。

――本気ですか？

本気（笑）。いまの自分で、もう一度『HOSONO HOUSE』の曲をやりたい。

――全曲セルフカバー？　いいですね。細野さんのカバーブームもついにここまで来ましたね。

そうそう。曲順もそのままでね。『HOSONO HOUSE』のマルチが残ってたとしても、狭山のスタジオで録ったから音のかぶりが多くて、ミックスをやり直すのは無理だと思うし。この前ね、NHKが、はっぴいえんどの特集番組のためにいろんな関係者にインタビューをしてたんだけど、そこではじめてはっぴいえんどのマルチを見たんだよ。モウリ・スタジオの8トラックテープ。すごく素直な音なんで、出来上がったレコードと同じ音がした。はっぴいえんどの一枚目はピンポンでミックスしちゃってるから、いまさらどうしようもできないんだけど。

――そういえば、はっぴいえんどのレコーディングで、エンジニアの方とうまくいかなかったことがあったんですよね。

あれは一枚目をつくる前だね。クラシックのレコーディングをやっていた人で、ロックのことはよく知らなかったんだよ。ぼくらも当時はまだレコーディングのことなんかはなにも知らなかったから、仕方ないんだけど。で、とにかく一回レコーディングをしてみたんだけど、プレイバックを聴いたらひどい演奏なわけ。それで、「練習し直して来い」って怒られたの。

――怖い人だったんですか？

怖かった（笑）。でも、お互いに初対面で緊張してたんだろうな。それで、そのエンジニアさんとは別れて、アオイスタジオのハウスエンジニアだった四家（秀次郎）さんに頼んだ。そこで、自分たちが思っていた音に録れたんだよ。「低域を締めてください」とか「ロックにしてくれ」って言ってやってもらってね。そしたら、「あ、こうでしょ？」とか言いながら再現してくれた。ぼくも「やっぱり、コンプを使わないとダメですよね」とか言ってってね。

――細野さん、そのときコンプレッサー[10]って知ってましたか？ 失礼ですけど（笑）。

漠然とね。コンプかければロックになるだろう、って単純に思ってた。当時はぼくらもまだコンソールはいじれないから、口で言うだけだよね。

――レコーディングのときは、コンソールの様子とかエンジニアの仕事の仕方を見たりはしてたんですか？

コンソールって言っても、簡易的なものだったからね。それに、当時はミックス云々より、録音のときにいい音で録れてれば大丈夫っていう感じだったから。

――「エンジニアってなにをやってるんだろう？」と覗きはじめるのは、吉野金次[11]さんと組んだころからなんですか？

吉野さんは当時からすでにオーソリティーだったから、コンソールはあんまり見なかったな。

――おまかせで大丈夫だと。

うん。こっちは曲づくりで手一杯で、そこまで余裕がなかったし。

——以前、細野さんにも出演してもらった三木鶏郎さんの公演（「Sing with TORIRO～三木鶏郎と異才たち～」）をやったとき、実は吉野さんがその様子をテープに録ってたんですよ。結局リリースはされなかったんですけど、吉野さんに「ここはこうしてください」なんて言うと、「そうですか、じゃあハリー・ベラフォンテっぽくしてみますか」とか言って、いきなりモノラルっぽい音になってたりするんですよ。あれは面白かった。

そうそう。そういう人なんだよね。ビジョンがはっきりしてるんだよ。「自分は中域主義です」って言ってるからね。

——その後に吉野さんは病気で倒れてしまうわけですけど、ぼくも吉野さんとスタジオでアルバムを一枚つくりたかったです。吉野さんて面白い方ですよね。

うん。相当面白い。美意識も強いし。

——細野さんともそうですけど、矢野顕子さんともずっと一緒にやられてましたからね。

うん。アッコちゃんのピアノの録音は吉野さんじゃないとね。

——いわば日本のポップスの源泉というか、音楽家やその関係者が健在のうちに、やってきたことをかたちにしておかなきゃいけない時期に来てるんだろうと思うんですよね。でも、みなさん後継者っていらっしゃるんですかね？

人によるよ。吉野さんは一代限りの職人という雰囲気が合うね。田中（信一[12]）さんはアシスタントをいっぱい育ててたよ。原口宏くんとか、原真人くんね。

——細野さんの作品を手掛けたエンジニアだと、他には、飯尾芳史[13]さんとか。

アルファのヘッドだった吉沢（典夫）さんとかね。アルファにはもうひとり瀬尾さんという人もいて、吉沢さんとふたりでやってた。寺田くん、飯尾くん、そして小池くんもアルファ。

——細野さんも、スケッチショウのときなんかはとくに、この白金のスタジオにこもって、ご自分でエンジニアリングまですべてやってましたよね。だから、当時はすごく脳味噌を使ってたという印象があるんです。それに比べて、いまは脳味噌よりも体をすごく使っている印象があります。

え？（笑）いや、脳味噌も使ってるだろうとは思うよ。考えてるようで、考えてないようで、考えてるって感じ。自分ではよくわからないな。

——考えてるようで、考えてないようで、考えてるようで、やっぱり考えてる、と（笑）。世の中のことは考えてます？ 新聞のクリッピングはいまでもやってますか？

やってるよ。新聞じゃなくてネットのあらゆるソースだけど。

なにも見えない

——興味はあるんですね。

興味があるわけじゃなくて、退屈しのぎなんだ。自分でもなんでこんなことやってるんだろうと思いながらね（笑）。見出しだけ見てクリッピングして、読まないこともある。だから、電車の中吊りを見てるようなもんだよ。あれで情報収集してる人、結構いるじゃない？ ぼくも同じだよ。

――最近だとSTAP細胞の話題なんかもありましたけど、あのニュースは追ってましたか？

追っちゃいないけど、聞こえてはくるから、一応ファイリングはしてるけど。

――デスクトップに、ちゃんとフォルダをつくったわけですね（笑）。STAP細胞の騒動の件について、なにか考えたりはしました？

昔は理研に注目してたんだけどね。研究の成果がずいぶん多いから、理研は目立つなと思っててね。発表能力があるというかね。まあ今回のは、内部はかなりいい加減なんだなって印象だけだね。それよりももっと気になるのは、遺伝子組換えウィルスを生きたまま捨てちゃった(14)製薬会社のこと。つい五日くらい前の出来事だけど。すごい怖いことだよ。人間には影響はないらしいけど、動物には影響があるって言われてるんだ。

――えっ、それは知らなかったです。遺伝子組換えウィルスを捨てちゃった？　廃液みたいにしてですか？

うん。

――いまどき、それはないでしょう。

パソコンに「アカンやろ」っていうフォルダがあるんだけどさ、そのニュースは「アカンやろ」行きだね。

――「アカンやろ」？　なんで関西弁なんですか？（笑）

わかんない（笑）。

――フォルダにはほかにどんなニュースが入ってるんですか？

異常事件のファイルと、UFOと、毎日の天候、地震。そして機密保護法案。もう中国とか北朝鮮は辟易。あとは五輪関係かな。

——五輪関係？　あ、二〇二〇年の東京オリンピックのことですか？

そうそう。五輪のほかにやることがもっとあるだろうって思ってるからね。以前は毎日車で首都高を走ってたんだけど、相変わらずひどく下水臭いトンネルがある。オリンピックの前に、それをなんとかしろよと思うよ。

——下水問題は細野さん、ずいぶん長いこと訴えてますよね。

何度も言ってるよ。そういうことって大事なんだから。あと今日は、港区が公道から灰皿の撤去を義務づけたっていうニュース(15)があった。

——本当ですか？

コンビニの前に灰皿があるでしょ？　あれもダメになっちゃう。違反したお店にはペナルティが科せられる。でも、吸った人にはペナルティはないって書いてあったから、吸っちゃえばいいんだ（笑）。吸う人には関係なくて、店の問題だから。とはいえ、路上の喫煙はもうできないね。それにしてもなんで灰皿を撤去するんだろう。誰かが真剣に考えた結果なんだろうけど、灰皿に吸い殻を捨てることが礼儀だったんじゃないの？　ま、いいか。

——うっすらとしか憶えてないんですけど、昔は街に痰壺が置いてありましたよね？

痰壺ね。駅にもあったよ。痰壺は東京オリンピックの前にはなかった。

——テレビで池上彰さんが言ってました。六〇年代、東京オリンピックで海外から観光客がどっと来るんで、衛生的にしなきゃいけないから、街に痰壺が置かれることになったんだって。

その番組、ぼくも観てたよ（笑）。あの番組は勉強になるよね。でも、子供のころにも駅なんかにあったのを見てたな。とにかく子供って地面に近いから、やたら痰壺が目につくんだよ。白い、ほうろうのね。

——憶えてます、ほうろうでしたね。懐かしい（笑）。

あれを誰かが掃除するんだなと思って見てた。

——ぼくの家には祖父用の痰壺がありました。覗いてびっくりした（笑）。

覗いたの⁉　絶対そんな気になれない。

——みんな痰を吐かなくなったんですね。

道には吐かないね。あとはティッシュが普及したことも関係してるかもしれない。ぼくも常にポケットティッシュを持ってるよ。ほかにも街から消えたものって結構ある。あと、昔はハエだらけだったよね。夏になると、食卓には必ずハエ除けの傘みたいなのがあったじゃない？　あとはハエ取り紙とかね。天井にとまってるハエを取るガラスの筒みたいなのもあったな。あれは立派な工芸品だった。

——たしかにハエはいなくなりましたね。どこに行っちゃったんでしょうかね。そもそもハエっていたほうがいいんですかね？

ハエのことなんて忘れてたよ（笑）。言われてみて、「ああ、そうか」と思うことは多いよね。忘れてるんだよ。

——本当にそうですよね。街の景色なんかもそうですけど、ビルが建て替えられると、その場所に前になにが建っていたのかなんてことは、すぐに思い出せなくなりますよね。

東京の街は昔からずっとそうだ。それに最近は、気に入った店がすぐなくなっちゃうことが増えてきた。景気のせいもあるんだろうけど、せっかくみつけたいい店がなくなっちゃうんだよね、最近。

——虎ノ門ヒルズには行きました？

車で通っただけだから、まだよく知らない。

——昔は虎ノ門にテイチクレコードがあったんでよく行ったんですけど、ずいぶん様変わりしてるんですよね。

二〇二〇年の東京オリンピックまでに、ああいう再開発地域が二十カ所くらい増えるらしいよ。いまとなっては再開発が一番悩ましいな。

——このスタジオがある、白金の周辺には再開発地域ってあるんですか？

白金には七階建て以上のビルは建てちゃいけないっていう条例ができたんだよ。それはいいことだと思うけど、ただ、現存する十四階くらいのマンションを建て替えるというときにどうするのか、っていうことでいまモメてる。

——六本木の国際文化会館[16]のあたりも、再開発がはじまるらしいですね。国際文化会館も、庭園を残して壊すらしいですし。

本当に？　ついに壊しちゃうんだね。東京はもう仕方がないと思ってる。これだけ地震の多い国だから、古いものを壊しちゃうわけだよね。ちょうどいまは昭和三十年代に建てられた建物が古くなってきている時期だから、最近はそういった建物が壊されてるんだ。だから、街がどんどんつまらなくなってくるんだよね。そういえばローカル都市の駅なんてみんな同じじゃん。歩道橋のでっかいのがあってさ。

——最近は高架化されたこともあって、本当によく似てますよね。

あれは誰が考え出したんだろう。きっと罰が当たるよ。地獄行きだよ。

——地獄、行きますか（笑）。

街の行き来を分断して商店街を破壊してるわけだから、罪深いと思わない？　歩きにくいし。誰か知らないけど、ひとりが考えたことが広まっただけだと思うんだ。本当にどこ行っても同じ景色ばかり。

——最近でも、ひとりで古いお店なんかに行ったりしてるんですか？

うん、行くよ。ごはん食べるときはやっぱり下町がいいからね。港区が嫌いなの。

——これだけ港区にいるのに（笑）。

歩いてて面白くない。古い喫茶店も少ないし。

——震災があって、街が停滞していたのが、オリンピック開催が決まって、別のフェーズに入ってきたという感じなんでしょうかね。

経済的には、それはそれで必要なんだろうけどね。でもなんか居心地がよくない。

——この前、東京新聞に載っていた漫画が印象に残ったんです。二〇一一年、二〇一二年、二〇一三年という三つの場面がある漫画なんです。女の子が椅子に縛られて、その上にぶら下がっている斧を怯えながら見上げているのが二〇一一年。二〇一二年は、上に斧はあるんだけど、女の子は椅子に縛られてはいなくて、上の斧はたまに見上げる程度。二〇一三年になると、もう斧が見えるか見えないかみたいな透明の状態になっている。

それは面白い表現だね。斧は見えないだけでまだあるんだ。部屋が汚くても、馴れてくると汚れが見えなくなるっていうじゃない？　そこにゴミがあっても、ないものと見なしちゃう。馴れちゃうと、見えなくなるものってあるんだよ。眼は動かないものを無視するって言うしね。それと同じことじゃないかな。

――じゃあ、細野さんの部屋なんかは、なにも見えない状態ですね（笑）。

そう。なにも動かず、なにも見えない（笑）。

――ここ数日の間にも、また地震がありましたよね。

最近はたまたま地震が少なかったけど、東京に近づいてきている感じもするよね。震源が東京に近い地震も多いし。いろんなことが激変してる。気象もすごく気になるな。

――雹《ひょう》も落っこちてくるし、日本の天気って昔からこんな感じでしたっけ？

いまの天候は極端で、ぜんぜん馴れない。毎年、初めてのような気がするよ。この前、沖縄に行ってきたんだけど、連日豪雨だったんだ。それに、夜は寒いくらい涼しい。沖縄の人も戸惑ってたよ。梅雨が明けたのか明けてないのかわからないって。

――夏なのに東京も夜は肌寒いですよね。

ぼくは暑いのが苦手だから、そっちのほうがありがたいけどね。これからまた暑い夏がやってくるのかと思うと、イヤになっちゃう。そうだ、思い出したけど、漫画『美味しんぼ』の問題[17]があったね。鼻血の話。

——ありましたね。

なんだか騒動になってるよね。それが気になる。去年、EXシアターでライブをやったときに、東北ツアーでお世話になった相馬の人が来てくれたの。で、会うなり、周りでみんな鼻血出してますって言われて、そんなことが起こってるのかと思ってたの。そしたら『美味しんぼ』にも書いてあったから、これは事実には違いないと、ぼくは思ってたんだけど、それを「そんなことを言うな。風評被害を起こすな」って言って騒動になったわけだよね。二〇一一年三月十一日以来、風評被害っていう言葉が、ぼくは一番気になってた。だから、その騒動で、すごく暗い気持ちになったんだ。チェルノブイリでは、原発事故の四年後に甲状腺ガンの発生が増えたって言われてる。日本でも甲状腺ガンが増加していると言われてるけど、またそこでモメごとが起こるわけだ。人間は悲しいね。モメるより、もっと適切なことができるんじゃないかと思うんだけど。

——チェルノブイリでは、その答えが四年後だったわけですね。日本でも今年から来年にかけて、そういう話題が次々に表に出てくることになるんでしょうかね。

甲状腺ガンの発生は実際に増えてるって言われてるよ。東京はまだ調べてない。東京にも放射性物質は実際に来たのに、まだ調べてないんだ。知りたくないのか、それとも問題ないのか、わからないけど。

——ぼくも知人から、鼻血が出たっていう話は聞きましたけどね。子供じゃなくて大人の話です。

うん。福島の双葉町の町長が「私は毎日鼻血が出ます」ってテレビの報道で言ってたのにはびっくりした。

——『美味しんぼ』にも双葉町の井戸川元町長が登場していましたね。ところで、この本は震災後の、三年くらい前からスタートしたわけですが、細野さんにとってこの三年は、どう推移したと思ってますか？

さっき鈴木くんが言ってた東京新聞の漫画はうまい表現だなと思ったね。依然として斧はそこにはあるけど、見えたり見えなかったりする状態になってきたってことかな。

——日々、なにかが切り替わったなとか、そういう感触ってありますか？

切り替わったのは最初の日だよ。三月十一日に切り替わった。これを機に、ひとりひとりが大きな変化を迎えることになるんだろうなと思ってたから。

——それはいい意味での変化ですよね？

そう。大きな揺れや津波、そして放射線の恐怖を経験しないと起こらない変化だから、西の人はどうなんだろうとは思うけどね。地震のあと、三月二十一日に京都に行ったとき、ぼくは東京の人間だけど、京都にいたら被災者のような気分になったね。向こうの人には、震災の影響がほとんどなかったから当然なんだけど。逆に神戸の震災のときは東京がそうだった。

潮来スワンプ

――ちょうどいま、ワールドカップをやってますけど、日本代表のサッカーの試合があると、渋谷のスクランブル交差点で騒ぐ人たちがいるじゃないですか？　それが去年より今年のほうが荒れてるらしいんですよ。もうサッカーとは関係ないところで騒いでるんですよね。

騒ぎたいだけなんだろうね。

――暴動に近い気もします。略奪なんかが起きることはまだないですけど、震災なんてもうぜんぜん関係ない感じ。さっきの漫画のように、見えない斧の下で、内面では精神的に荒れているんだろうなという気がします。

ほかに発散のしようがなければそうなっちゃうよね。集団でなにかをするということがほかにあまりないから。そういう機会って、ほかにはライブやフェスくらいでしょ。

――細野さんがステージに上がって歌ってるのって、健康な証拠ですよ。発散してるし、溜まらない。エネルギーが循環してるような感じがします。

さっきの話に戻すけど、ライブは自分にとってはフィジカルな活動なんだ。だからなにも考えてないように見えるだろうけど、実は考えていて（笑）、ライブというフィジカルな動きをスタジオワークに移行させるときは、すごく脳味噌を使ってると思う。たしかに前は脳味噌だけでつくってたけど、最近は体も使ってつくってるという感じはするね。バンドでやるということは、それ自体が体育みたいなもんだよ。

——体育？（笑）

体育（笑）。ノリが伝わっていくというか、競争していく感じというか。そういう体育的な活動は健康にもいいし、当分やめられないね。

——とあるインタビューで細野さんが、「ノリを伝達していくこと、お客さんに身体感覚で伝えていくことが大切なんだ」というようなことを言われていて、それはすごく面白いなと思いました。もうひとつ、「うまく歌えないということが大切で、その表現が面白いんだ」ということも言われてましたよね。細野さんの言う「歌」は、たとえばジョアン・ジルベルトなんかがまさにそうですけど、アスリート的な歌い手の歌う歌ではないわけですよね。

うん。

——最近『アナと雪の女王』の松たか子さんの歌がすごく評価が高いじゃないですか。

そうらしいね。

——たとえばアメリカのオーディション番組に出てくるような人の歌い方ってアスリート的ですよね。でも、松たか子さんの歌はそうじゃなくて、心から歌っているから感動するんじゃないかって言われてるんです。人に伝わる歌い方をする、ということが大事なことなんですよね。

まさにその通りだ。

——だから、細野さんの歌はみんながいいって言うんですよね。

そう言ってくれてるんだ。うれしいね。いまの若い女性の歌手の人たちは本当にうまいなと思うんだけど、あれはカラオケ文化からきた歌い方だよね。お手本と照合されて、点数が出るわけでしょ。

――そうですね。細野さんがカラオケで歌ったら、もしかしたら……。

０点だよ。

――そんなことないですよ（笑）。

それはね、『オムニ・サイト・シーイング』のときに、江差追分(18)に接近して思ったことなの。単純にぼくは江差追分に惹かれただけなんだけど、いざその世界を覗いてみるとコンテストなんかがあるわけ。そこには規程があって、ここで何回コブシを回したかとか、そういうことが審査される。それをクリアした人が江差名人になる。最近のカラオケ番組と似てるよね。でも、江差追分の原型というのは、芸者がいるような宴会でいい加減に歌っていたものだったはずなんだ。北前船が来て、西の歌と合体して、三味線が入って、踊りながら歌っていたようなものだったと思うんだよね。昔は江差とか小樽のあたりってのは、ニシン漁で潤ってたんだよ。ニシン御殿が建つくらいバブルだった。獲れすぎちゃって捨ててたくらいだって言われてるからね。ところが、ある日、一切ニシンが獲れなくなっちゃう。それについても、人間の悪さが原因だっていう話があって、お地蔵さんを引っ張り回したからとか、いろんな話が残ってるんだ。とにかくそれでかつての江差や小樽は衰退して、なにが残ったのかっていったら江差追分だったと思うんだ。だから、一種の賛美歌になっちゃったわけだね。みんなの心の拠り所になった。だから、かたちをびっちり決めて、そこから変えられないようにしたんだと思う。それはニシン経済が衰退した代償なんだよね。

——かつてのモダンジャズの衰退なんかも、それと同じことでしょうかね。

かたちを決めて、そこに合わせていくという行為は衰退だよ。クリエイティブとは逆の行為。

——『オムニ・サイト・シーイング』で細野さんがやった「Esashi」は、いわゆる江差追分とはずいぶん違う響きでしたよね。

民謡にコードを付けるっていうあのスタイルは、やってみたかったからやったんだけど、あとで後悔したんだ。コードを付けちゃいけなかったなと思ったの。特定の色を付けちゃうことになってしまったからね。そのあとに、そんな傾向が流行ったこともあって、余計に落ち込んだね。

——コードを付けるってことは、ボイシングによって、歌の心情を説明しちゃうことになるわけですよね。

そうなんだよね。

——ブルーズなんかもそうですけど、本当は単旋律のままで、聴き手が感じるべき音楽の世界がある。それを、西洋的なハーモニーで説明してはいけないということですね。

そうそう。当時からそれには薄々気がついていた。思うに、歌のうまい文化は衰退の兆しかもしれない。ローマ帝国やモンゴル帝国の末裔はみんな大きい声で歌が上手だな。

——そういえば最近、女性演歌歌手に曲を提供されたんですよね？　演歌の一流の人は、まさに歌の「うまい人」だと思うんですけど、どうでしたか？

実はまだ会ってないの。その曲自体は自分ではとても気に入ってるよ。

——なんていう曲名なんですか？

「寝ても覚めてもブギ」かな。

——ブギ？（笑）演歌でブギとは、奇しくも大瀧さんっぽいですね。日本で細野さんが、歌がうまいと思っている人って誰ですか？

うまいっていうのが技術じゃないという意味なら、森繁さんは好きだよ。別格。すばらしい。

——ディック・ミネさんは？

ディック・ミネは選曲がよかったね。フランク永井もペギー葉山も雪村いづみも、歌謡曲をやる前の粋な時代が好きだな。あの人たちは、アメリカのポピュラーソングやジャズを歌ってた。ペギー葉山はパティ・ペイジ(19)なんかを歌ってたしね。でも売れるのは歌謡曲だったし、「南国土佐を後にして」を出したら大ヒットしたんだ。歌謡曲路線はフランク永井も大成功したけど、最初はピンとこないままやってたんじゃないかな。

——雪村さんの『スーパー・ジェネレイション』というアルバムに、キャラメル・ママで参加していましたよね。正直言って、あんなに歌いにくいオケはないだろうと思いましたよ。その結果として、雪村さんとキャラメルのバトルが面白かったわけですけど。

当時のキャラメル・ママはスカやファンクのリズムでやってるからね。あのリズムで歌うのは難しいと思う。

——雪村さんって、本当にすごい歌手だと思います。美空ひばりさんはどうですか？

ジャズを歌うとやけにうまいので驚いちゃう。すごい渋い選曲をするしね。美空さんが本当に好きな曲はそういう曲だったんだろうと勘ぐるほど。雪村いづみさんは十五、六歳のころが異常にすばらしい。天才だと思ったね。

——かなり昔ですねえ。SP盤の時代じゃないですか。

すごくいいよ。デビューしたばかりのころだね。あとは、昔の演歌の人は好きだけどね。

——たとえば誰ですか?

「潮来花嫁さん」[20]っていう歌を歌ってた人。誰だっけ? 潮来って言えば、橋幸夫も好きだよ。

——おっ、橋幸夫さんは「潮来笠」ですね(笑)。

潮来はいいよ。

——いいですか(笑)。潮来って、利根川の辺りですよね。

そうそう。潮来はスワンプ[21]なんだ。

——潮来スワンプ(笑)。三角州、デルタ地帯っていうか。

そう、デルタ地帯。舟で嫁入りする儀式があるんだよ。数日前にテレビでやってた。

——周りは川なのか湖なのかわからない場所ですよね。たしかにあの辺はいいところですよね。

いい土地には、いい歌が生まれるんだね。

演歌の気持ち

——細野さん、歌の世界はこれからもまだまだ探求していこうと思ってるんですか? ご自身で歌うということを。

そうだね。

――やっぱり面白いですか？

いや、面白いってわけじゃないんだよ。

――なにそれ（笑）。

カントリーっぽい曲で「Wayward Wind」っていうのを歌っていたときに、自分にも演歌の気持ちがあるんだなと、ふと気がついたんだ。「Wayward Wind」を歌ってるときは、演歌歌手の気持ちになる。着物で歌えるなって思ったよ（笑）。

――着流しってことですか（笑）。

いや、白波のね。

――友禅の着物ですか。本当に？（笑）村田英雄さんみたいに？

ぼくのなかに演歌の気持ちがあるってことは確かなんだ。演歌の曲をつくれって言われたら、すぐにつくれる。歌詞は書けないけどね。

――ムード歌謡はどうですか？

松尾和子は好き。あとは、小山田（圭吾）くんのお父さんがいたマヒナスターズとかね。マヒナスターズの初期のころは特にいい。青江三奈も好きだな。

――この前、家で古いブラジル音楽を聴いてたんです。ジョニー・アルフという人のレコードなんですが、ボーカルにすごくリバーブがかかっていて、ほぼムード歌謡なんですよね。そうか、同じなんだと思いました（笑）。古いブラジルの音楽も、ムード歌謡も。

そうそう（笑）。当時は洋楽ありきの邦楽だったからね。洋楽からの影響はすごく強いよ。美空ひばりの「リンゴ追分」のオケなんかも、デューク・エリントンがやってるんじゃないかっていうくらいすごいからね。

――細野さんのなかにある演歌の気持ちは、今後、拡張されていくんでしょうか？

まだうまく付き合えてはいないんだよね。たとえば「山の吊橋」っていう曲があるんだけど、あれは誰の曲だっけ？

――わからないなあ。

まず、山の吊橋っていう、歌のテーマがいいでしょ？

――いいですねえ（笑）。しみじみします。

あとは、三橋美智也も好きだね。

――お、ミッチー。

三橋美智也に曲を提供していた中野忠晴[22]っていう人がいるんだけど、独自の洋楽センスがすばらしいんだ。「達者でナ」とかね。で、「山の吊橋」は子供のころよく聴いていてね、忘れられなくて最近また買い直したんだ。そうしたら、「山の吊橋」のメロディが、チャップリンの『街の灯』のテーマ曲の「ラ・ヴィオレテラ」と同じメロディなの。「ラ・ヴィオレテラ」は歌詞を日本語に訳してライブでも歌ってたから、「山の吊橋」もそのまま歌えるなって思ったっていうだけの話なんだけど。

――調べました。「山の吊橋」は春日八郎さんの歌ですね。作詞、横井弘さん。作曲は吉田矢健治さん。

そうだ。春日八郎。山の吊橋っていう、昔ながらの日本のテーマがいいよね。ぼくはやっぱり唱歌が好きなんだと思うの。

——細野さん、ずっと言ってますね。

松本隆に頼まれてつくったアイドルの曲なんかは、自分のなかでは唱歌なんだね。

——昔は小学校の音楽の時間に、普通に唱歌を教わったじゃないですか？　それがよかったんですかね。

よかったよ。唱歌には名曲がいっぱいあるじゃない？　中田喜直とかね。ああいうのが唱歌だよ。

——「山の吊橋」みたいなテーマの歌は、いまの時代にこそぜひつくっていただきたいと思いますけどね。

つくりたいよ。鈴木くんなんかもそういうの向いてるんじゃない？

——そうですか、そうかもしれませんね（笑）。でも、「細野晴臣待望の新曲「山の吊橋」！」っていうのもなかなか過激ですよ（笑）。

そうかな。ぼくはぜんぜん抵抗はないよ。平気で出せる。だって、ぼくはノベルティ専門だもん。なにしろ「チャウ・チャウ・ドッグ」[23]だからね。

——ノベルティ専門（笑）。でも、細野さんは山や木を見て、涙が出てきたりするってよく言いますもんね。

そうだよ。山の吊橋も見たら泣くよ、たぶん。

——そうですね、山の吊橋を見てぼくももはや泣いちゃうかも（笑）。でも、なんだか最近の日本の歌には自然の情景というか、描写があるものが少ないですよね。

ないね。

——作詞家の阿久悠さんが生前、最近のJ‐POPの歌詞はブログみたいな内容になってしまったというようなことを言ってましたよね。「会いたいのに会えない」とか、そんな曲はいくらでも書けるんだと。でも、たとえば「雪国」みたいな壮大なテーマで曲をつくるにはものすごく力がいるわけですよね。阿久悠さんで言えば「舟唄」なんかもいいですよね。

「舟唄」はすごいね。

——なんのことを言ってるのか、イマイチよくわからないところがありますし、そこがまたいいんです。

わからないよ。「おれと兄貴のヨ／夢の揺り籠さ」って詞の歌があるけど、あれ最初はゲイの歌かと思ったよ。

——星野哲郎さん。鳥羽一郎さんの「兄弟船」ですね（笑）。クラウンのスタジオで録音してるのを見たことがあります。

そうそう（笑）。船の上でハードゲイがさ（笑）。そういうイメージだったんだ。

——まあ、本当にそういう船もあるのかもしれませんけど（笑）。じゃあ、北島三郎さんはどうですか？

最近、「与作」を編曲した人が亡くなったっていうニュースを見たな。「与作」はね、遠い世界の歌だなと思うんだよね。「与作は木を切る」だもん。あ、山の吊橋の隣で切ってるのかもね。だったら遠くないか。

——七沢公典さんの作詞・作曲です。

ヘイヘイホー（笑）。

長生きしてね

——そういえばこの前、大瀧さんの「レッツ・オンド・アゲン」(24)の原曲を聴いたんですよ。

ああ、知ってるよ。ロックンロールの有名な曲だよね。違うの？

——チャビー・チェッカーの「Let's Twist Again」ですね。「レッツ・オンド・アゲン」ってぼくはオリジナル曲だと思ってました。大瀧さんって咀嚼能力が高すぎて、カバーでもオリジナルに聴こえちゃうんですよね。

そうだな。逆にぼくはオリジナルをつくってもカバーに聴こえる。「ボディ・スナッチャーズ」(25)っていう曲を最近ナッシュビルスタイルでやってるんだけど、カバーだと思われてるよ（笑）。アッコちゃんはカバーやってもオリジナルに聴こえるって、自分で言ってるんだけど、ぼくはそれを受けて、オリジナルをやってもカバーに聴こえるんだって、ステージでいつも言っている。

——そのことについて細野さんはどう思ってるんですか？

誇りだね。

——キッパリと言いましたね（笑）。そういえば、四月に矢野さんのプロデュースしたコンサートに出ましたよね。

打ち上げでアッコちゃんと話したよ。アッコちゃんのレパートリーの曲でね、ニューオーリンズ的なリズムの、アラン・トゥーサンっぽい曲があるんだよ。それをティンパンでやると、なんの説明もなくても、すぐにそのノリになる。一拍子みたいな感じにね。アッコちゃんはそれを意識してくれてるみたいで、このノリが出せるのはあなたたちしかいないから長生きしてねって言われたよ（笑）。

——本当ですよ。もはや国宝級。

アッコちゃんはいつもアメリカでレコーディングするでしょ。ミュージシャンたちに毎回「Roochoo Gumbo」を聴かせるんだって。みんな「コレはすごい」って言うんだけど、同じことはできないんだって。不思議だよね。

——以前、清志郎さんがメンフィスでレコーディングしたときに、細野さんが日本から送ったトラックを聴いたプロデューサーのスティーブ・クロッパー(26)が、「こいつは誰だ、何者なんだ？　ナニ人なんだ？」って言って、その仮歌のハミングをそのまま採用したという話がありましたよね。

あったね。

——すごく好きな話なんです。細野さんは、仮歌だから適当に歌ってるんだけど、ノリをちゃんと理解してやっていることがクロッパーにもわかるわけですよね。本歌取りっていうヤツですね。向こうのミュージシャンができないことを、日本人がやってるっていう。

本歌取りね。その通りだね。

シェケナベイベー

——そもそも、この対談本のシリーズは細野さんが還暦になったお祝い、という感じではじまったんですよ。忘れてると思いますけど（笑）。それで、五年ごとに本をつくりましょうということになってまして、ちなみに、次の三作目はぼくが還暦になる年に出る予定です。

あ、そう。じゃあそのときはぼくが聞き手をやろうか？

——いやいや、そのころ、細野さんは七十二歳ですからね（笑）。まあ、きっと五年後も現役でやられていると思いますけど。

高齢化社会だねえ。

——細野さん七十代、ぼくが六十代（笑）。でも、調べてみたら、ここ数年はかなりの数のライブをやられているんですよね。一時期、ほとんどライブをやらない時期もありましたけど。

ライブだけで食っていけるほうが気が楽だしね（笑）。

——昔のミュージシャンみたいですね（笑）。

そうだよ。いまはバンドマン気分だもん。

——いまは何曲くらいレパートリーがあるんですか？

百曲くらいかね。進駐軍があれば回りたいくらい（笑）。

——慰問とかでね（笑）。健康のためにも、ライブはずっとやってくださいね。

やるよ。声がだいぶ出るようになってきたから。使うと出るようになってくるもんだね。

——歌うことについて、以前のようにナーバスになったりすることって、もうなくなりましたか?

場所によっては、リハなしでやることもあるんだけど、ぼくの声は低いから「ころがし」のモニターでは聴こえにくいんだよ。でも最近はイヤモニターを付けてやっててね、そうしたら、だいぶ歌えるようになってきた。不安がなくなってきた。

——そういえば、今度、新作アルバム用に京都のスタジオで録音すると聞きましたが。

うん。亡くなった佐久間正英[27]くんが監修したスタジオでね。学校の授業の一環で使うことになったんだけど、まだ試運転してるところだね。そろそろ、ソロは取りかからないといけない。来年の春には出さなきゃダメっていうようなことを言われてるしね。でも、カバーとオリジナルをごっちゃ混ぜにはどうもできないので、二枚組になるかもしれないね。

——ごっちゃ混ぜにするのは難しいんですか?

うん。オリジナルをつくる場合は、いまの気持ちでつくることになるだろうから、カバーをやるときのような気分ではなくなっちゃいそうだからね。

——二枚組、もしくは別々でリリースするほうがいいのかもしれませんよね。

うん。じゃあ、オリジナルは四曲くらいでいいかな。コンパクトにさ。ダメ?

——うーん、最低八曲はやってもらわないと(笑)。細野さん、いままで同時に二枚リリースしたことはないですもんね。やってみてもいいかもしれませんよね。

そうか。ただ、いまはやっぱりカバーをメインにしたいというのが本音だな。聴いてもらいたいんだよ、若者にそういう昔の曲を。ブギとか、若者は好きなんじゃないかと最近思いはじめてる。ライブでブギやると、みんなノるんだよ。

——「ノリ」と言えば、ぼくは最近、細野さんが内田裕也さんみたいになる可能性があるんじゃないかと本気で思ってるんです。

ぜんぜんあるよ（笑）。

——内田裕也さんの、「ロケンロール」を伝達する力ってすごいものがあるじゃないですか。

ぼくも「シェケナベイベー」って言いたい。

——やっぱり言いたいですか（笑）。

「アイム・ソー・タイアード」とかね（笑）。最近はロックンロールやロカビリーとか聴いてるし。

——ジョニー・バーネット(28)いいですね。

そうそう。「ハニー・ハッシュ」、それと「トレイン・ケプト・ア・ローリン」って曲ね。音の圧力っていうか、元気がいいんだよ。

——あの曲のギターのリフなんかは、当時としては結構異端だったんじゃないですかね。のちにヤードバーズがカバーしてヒットしますけど。

そうそう。ジョニー・バーネットが歌ったバージョンはそれほどヒットしなかった。

——細野さんがジョニー・バーネットを最初に聴いたのって、いつごろなんですか？

ジョニー・バーネットがアイドルになってからだね。だから、中学生くらいのころかな。甘ったるい歌を歌ってるころで、その前の時代のことは最近まで知らなかった。

——ブギもロックンロールも、脳味噌ではなく、フィジカルだけでできてるような音楽ですよね。

そういえば二年前にね、CAYでやってる「デイジーワールドの集い」に近田春夫くんが来たんだよ。それで、裕也さんのアルバムをプロデュースしたいと思ってるんだけど、そのときになったら協力してくれって言われたんだ。その後来ないから、まだ決まってないんだろうと思うけど。

——本当に？　いまならすぐにできそうですね（笑）。最近、裕也さんに会ったことはあるんですか？

シーナ&ロケッツのライブを恵比寿ガーデンホールでやったときにゲストで出たんだよ。そのときに裕也さんもいて、楽屋で会った。二〇〇八年だったかな。その前に（樹木）希林さんと短編映画で共演してたてね。

——顔が似てるから？（笑）

そうそう（笑）。そのときの話を裕也さんにしたら、なんだかご機嫌がよかった。

——裕也さんとはほかにどういう話をするんですか？

普通の話だよ。

——「おお細野くん」、みたいな感じで話されるんですか？

名前は呼ばれなかったかな。そういえば、十五年くらい前かな、裕也さんにジョー山中を紹介されたことがあって。オノヨーコさんがやっているジョン・レノンのトリビュート・コンサートの一回目を武道館でやったときに、ぼくはショーン・レノンのバックをやったんだけど、そのときに裕也さんも出演していてね。清志郎と佐野元春とぼくの三人で、裕也さんがいるから挨拶に行こうってことになったんだよ。

――みんなで揃って行くわけですね（笑）。

裕也さんの楽屋だけちょっと遠いところにあったからね。三人揃って訪ねてったら、そのときもご機嫌だったな。で、そこにジョー山中がいて、裕也さんがぼくを彼に紹介してくれたんだよ。

――なんて紹介されたんですか？

「こいつナイスガイなんだよ！」って（笑）。

――いいですねえ（笑）。

裕也さんから見ると、ぼくはナイスガイなんだよ。

――ナイスガイ（笑）。

すごいよね。マイトガイ[29]もいるけど、ナイスガイもいるんだぜ、ここに（笑）。そのときのことはすごく印象深いな。だから、裕也さんの前ではナイスガイでいようって思った。その数年後に、麻布の「キャンティ[30]」っていうレストランの奥のほうの席に裕也さんとジョー山中と御一行がいて、その席に呼ばれたこともあるよ。

――「キャンティ」で？　しびれるシチュエーションですね（笑）。

すでにみんな結構酔っててね。それで、ジョー山中と裕也さんの間に座らせられたんだ。すぐに帰ろうと思ってたんだけど、丸いベンチみたいな席だから、なかなか抜けられなくて。そうしたら、右隣にいた裕也さんが、左隣のジョー山中を指して、「こいつに曲つくってくれよ」って言われたの。

――どうしたんですか?

裕也さんもかなり酔ってるから、つくりますって言わないと帰してもらえない雰囲気だったし、ナイスガイってことになってるからね(笑)。「つくります!」って言ったよ。本気で言ったから、その場は帰してもらえた(笑)。その後、連絡が来るだろうと思って待ってたんだけど、結局来なかった。酔いが醒めたら、忘れちゃったのかな(笑)。

――当時、ジョー山中さんはレゲエの人でしたよね。細野さん、レゲエも得意ですし。

頼まれたらやってたよ。まあ、ぼくは裕也さんとはそんな関係だ。

――七〇年代は、「日本語ロック論争」(31)というのがありましたよね。メディアが煽ったこともあって、当時は、裕也さんと細野さんが対立しているようなイメージになってましたけど。

ちょうどそのころにも、対談相手として裕也さんに呼ばれたことがあるんだ。一時間くらい遅刻して行ったの。半ズボンはいてね。遅刻したことを怒られるかなと思ったら、「半ズボンかよ!」ってつっこまれた(笑)。そこかよ、って(笑)。

――さまぁ~ずみたいですね(笑)。

だから、ぼくは裕也さんには怒られない立場なんだろうなと思ったよ。

――だって、ナイスガイですもんね(笑)。そういえば、細野さんは裕也さんに、「オマエはフォークだろ?」って言われたこともありますよね。

うん。

――つまり、フォークかロックかというのは七〇年代には大問題だったわけですよね。ある意味では、とてもピュアな話ですけど。

みんなにフォークだって言われたよ。近田くんにもそう書かれたし。

――それについて、細野さん自身はどう思っていたんですか？

フォークは好きだったから、別にイヤじゃなかったよ。なんて呼ばれたっていいんだ。

シンプルな生活

――七十歳に向けての展望みたいなものはありますか？

またそれか。

――細野さんがいま、現役なのか、もしくは余生なのか、ぼくは知りたいんですよ。

ぼくもわからないんだよね。昔は、六十歳になったら引退して音楽をやるって言い張ってた。ひょっとしたら、いまはそれなのかなと思うんだよね。あんまり責任とか義務を感じてないから。

――なにに対しての責任とか義務だったんですか？

音楽への、だよ。

――売らなきゃいけないという責任もありましたしね。

それもそうだし。「なんとかプロジェクト」みたいなものも重たいし。

――そうでしたね。細野さんはプロジェクトの多い人生でしたもんね。

本当にそういうものには辟易してた。八〇年代にF.O.E(32)っていうプロジェクトをやったでしょ。あれはつらかった。あれがきっかけでいまのぼくがあるんだよ。

——あれがきっかけなんですか(笑)。

あれがきっかけで事務所を辞めたしね。

——あのあと、骨折してちょっとリタイアしたような感じになりましたよね。そこでしっかり休めたから、また元気になったんですよね。

そうそう。そういう骨休めは大事なんだと思ったね。

——アメリカなんかだと、よくリタイア宣言をするじゃないですか。でも日本は、ぼくの祖父なんかもそうでしたけど、自然とご隠居になっていきますよね。その辺を元気にウロウロしてて、たまに遊んでくれるようなおじいさんが昔はたくさんいました。細野さんはそんな雰囲気もある。現役なのか、ご隠居なのか、どっちなんだろうって。

ぼくもわからない。その中間だね。あとは、好きなことだけやるってことが大事だと思ってる。それが、人から現役に見える理由なのかな。同世代の人から見ると、バリバリ働いてるように見えるらしいんだ。でも、ぼくはそうは思ってない。遊んでるような感じだから。まあ、年金生活者だし(笑)、利益は追求してないし。ライブでぼちぼち生活できるようになってきたから(笑)。

——白金のスタジオを建てられたのはずいぶん前ですけど、建てた当時は責任もあったわけですよね。

そうだね。だから、借金もあったよ。大変だった。

——以前、建物を建てるということにはものすごい責任が伴うものなんだ、と言われていましたね。

そうそう。だから、建物は重いとダメなんだよ。軽いほうがいいの。地面に圧力がかかるほど、責任も重くなる。建てた本人が、その分の責任で命を削られちゃうんだよ。

——じゃあ、いまは軽やかに？　一番いい時期なんでしょうね。

うん。あとは死ぬだけ。

——本当に？（笑）

元気そうに見えるかもしれないけど、不調はいろいろあるからね。病気の種はいっぱいある。それが発症したら、もうダメだろうね。糖尿とかさ。

——ぼくの主治医の女医さんも言ってましたよ。

ぼくのことを？　なんで？（笑）

——細野さんの写真を見せたら、この人、絶対糖尿ですって言ってました。でも本当に、そんなにスッパリと「あとは死ぬだけだ」って思ってるんですか？

スッパリとは思えない。生きたいから。もう今年で六十七歳で、否応なくそういう時期だから。周りもどんどん倒れていくからね。六十代は鬼門だよ。それを越えると、なだらかな人生があるかもしれない。だけど、越えられるかどうかわからない。だから、そろそろ自分の健康に気を遣わなきゃいけないなって思いはじめた。病院に行けって、周りもうるさいし。

——みんな、細野さんには長生きしていてほしいんですよ。

簡易血液検査はやってるよ。送られてきたキットに血液を入れて送り返すと、検査結果が送られてくるの。悪玉コレステロール、血糖値、全部悪い……。だけど、それまではずっと音楽をやり続けるよ。それ以外にはなにもないシンプルな生活を、やっとできるようになったって意味だよ。

——先日、生前の佐久間正英さんのドキュメンタリー番組を観て、「やめる、やめない」という問題について考えさせられました。

ぼくも観たよ。

——最後のレコーディングのときの映像があったんですけど、ソファで休みながら、少しずつ作業をしてましたよね。

うん。あれは痛々しいシーンだった。

——ん？　さっきから何をガサゴソしてるんですか？

ん、コンドームをね。

——嘘でしょ？（笑）

眼鏡ふき（笑）。コンドームというとかまやつさんを思い出すな。

——何かあったんですか？

財布に入ってるコンドームを「ねえねえ、見てみて」ってぼくに見せるんだよ（笑）。大昔のことだし、冗談が好きな人だったからね。

——なんの目的があるんですか？（笑）

なんかの自慢だったのかな（笑）

——面白すぎます（笑）。五年後は細野さんも、同じようなことしてたりして（笑）。最近ますます元気ですもんね。
アイム・ソー・タイアード（笑）
――本当に、裕也さんみたいになっちゃうんですかね（笑）。
シェケナベイベー。いまは、ホントにそんな気分だよ。

（1）野上眞宏　のがみまさひろ　1947年生まれの写真家。はっぴいえんど、細野晴臣、大瀧詠一、サディスティック・ミカ・バンドらのレコードジャケット等で撮影を手掛ける。細野とは立教高校・大学時代の同級生。

（2）『ア・ロング・バケイション』　1981年にリリースされた大瀧詠一のアルバム。同年のオリコンチャートでは最高2位を記録。日本ポップス史上屈指の傑作とされ、名実ともに大瀧の代表作。1982年にCD化され、89年にはリマスター盤発売。91年には「CD選書シリーズ」の一枚として、廉価盤が登場。2001年には20周年記念盤、11年には30周年記念盤が発売されている。

（3）ナイアガラ・レコード　URC、ベルウッドと並ぶフォーク系3大レーベルのひとつだったエレックレコード内に、1975年に大瀧が設立したプライベート・レーベル。同年に、所属第一号アーティストだったシュガー・ベイブのデビューアルバム『SONGS』および、大瀧のセカンドアルバム『ナイアガラ・ムーン』をリリースしたが、翌年にエレックレコードが倒産したため、大瀧はナイアガラ・レコードとともに日本コロムビアに移籍することとなった。

（4）『ナイアガラ・ムーン』　1975年にリリースされた大瀧の2作目のアルバムであり、『ロング・バケイション』と並ぶ代表作。ティン・パン・アレーのメンバー（細野、鈴木茂、林立夫、佐藤博、松任谷正隆）による演奏と、洒落っ気のある言葉遊びを尽くした大瀧のヴォーカルによって、それまでの日本のポップス史上において、類を見ないグルーブを編み出した。同年には細野の『トロピカル・ダンディー』がリリースされている。

（5）『EACH TIME』　1984年にリリースされた大瀧のアルバム。オリコンチャートで1位を記録するなど、『ロング・バケイション』に続くヒットを記録した。本作のリリース後、大瀧は活動休止期間に入り、結果として本作が最後のオリジナル・アルバムとなった。

（6）「ブルーバード」　Bluebird　1967年にリリースされたバッファロー・スプリングフィールドのセカンドアルバム『アゲイン』に収録された曲であり、はっぴいえんど結成のきっかけとなった一曲としても知られる。

（7）小倉エージ　おぐらえーじ　1946年生まれの音楽評論家。URCレコード在籍時に、はっぴいえんどのデビューアルバム『はっぴいえんど』にディレクターとして関わった。その後、「ニュー・ミュージック・マガジン」（現「ミュージック・マガジン」）の創刊に関わり、現在は音楽評論家として活動する。

（8）寺田康彦　てらだやすひこ　1954年生まれのレコーディングエンジニア。アルファレコード在籍時に、細野のアルバム『はらいそ』の制作に参加している。

（9）『HOSONO HOUSE』　1973年にリリースされた細野の第一作目のソロアルバム。レコーディングは当時埼玉県狭山市にあった細野の自宅で、吉野金次の手によって行われた。

（10）コンプレッサー　レコーディングにおいて、音の強弱差を圧縮するために使用される機器。また、ロック等の音楽では、ドラムやベースなどの音圧を上げるために、エフェクター的に使用されることが多い。

(11) 吉野金次　よしのきんじ　1948年生まれのレコーディングエンジニア。はっぴいえんどやYMO、細野のソロ作を手掛けるほか、矢野顕子のアルバムを長年手掛けてきたことでも知られる。2006年に脳梗塞で倒れた際には細野と矢野らの呼びかけによって、「吉野金次の復帰を願う緊急コンサート」が開かれた。

(12) 田中信一　たなかしんいち　1948年生まれのレコーディングエンジニア。クラウン・レコード在籍時に、細野やティン・パン・アレーの作品に関わったほか、フリーランスとして独立後も坂本龍一の『戦場のメリークリスマス』『ラストエンペラー』等、数多くのアルバムのレコーディングを手掛ける。

(13) 飯尾芳史　いいおよしふみ　1960年生まれのレコーディングエンジニア。アルファレコード入社後、細野の『フィルハーモニー』をはじめ、アルファレコード内に細野が高橋幸宏と共同で創設した「YEN」レーベルの作品を数多く手掛けた。現在も数多くのレコーディングを手掛ける。

(14) 遺伝子組換えウィルス廃棄問題　大塚製薬株式会社の赤穂研究所において、2013年9月から12月の間に行われた実験で使用された試薬に遺伝子組換えウィルスが含まれている可能性を認識せず、実験に関わる器具や廃液を、死滅処理させずに廃棄していたことが判明したとして、同社は2014年5月8日に文部科学省に報告を行うとともに、同省より文書にて厳重注意を受けた。

(15) 港区が公道から灰皿の撤去を義務づけた　東京都港区では、2014年7月1日より、歩行者の受動喫煙を防ぐため、公道に面した場所に置かれた灰皿を撤去することなどを義務づける条例が施行された。違反した場合、灰皿を設置した事業者などは店名等を公表されるが、喫煙者には罰則は科されない。

(16) 国際文化会館　こくさいぶんかかいかん　同名の公益財団法人によって運営される、国際文化交流と知的協力のための施設。１９５５年竣工。日本のモダニズム建築を代表する建物であり、併設された日本庭園も有名。

(17)『美味しんぼ』の問題　２０１４年4月28日に発売された雑誌「ビッグコミックスピリッツ」に掲載された漫画『美味しんぼ』において、福島第一原発に取材に行った登場人物が、疲労感や原因不明の鼻血等の体調不良を訴えたところ、福島県双葉町の元町長である井戸川克隆が「福島では同じ症状の人が大勢いますよ。言わないだけです」と答える場面が描かれた。これに対し、被曝との因果関係の有無や、福島県産の食物製品等に与える影響などについて、読者を中心に、賛否両論が入り乱れる騒動になった。

(18)江差追分　えさしおいわけ　北海道檜山郡江差町発祥の民謡。江戸時代に信州地方で歌われていた馬子唄が北前船によって江差に伝わり、琵琶師の佐野屋市之丞によってケンリョウ節と呼ばれる民謡との融合が図られ、誕生したと言われる。細野は、テレビの「のど自慢」番組で「江差追分」を歌う当時14歳の木村香澄を発見し、１９８９年にリリースしたアルバム『オムニ・サイト・シーイング』に収録された「Esashi」で起用した。

(19)パティ・ペイジ　Patti Page　１９２７年、米国生まれの歌手。「テネシー・ワルツ」や「涙のワルツ」などのヒット曲で知られ、特に50年代には女性ポピュラー歌手として多大なる人気を誇った。２０１３年没。

(20)潮来花嫁さん　いたこはなよめさん　１９６０年に演歌歌手の花村菊江が歌い大ヒットした。潮来市周辺で行われる名物行事「嫁入り舟」がテーマになっている。

(21)スワンプ　Swamp　「沼地」の意味だが、アメリカ南部ルイジアナ州で生まれた独特の泥臭さを持った音楽「スワンプ・ロック」を指す場合もある。

(22)中野忠晴　なかのただはる　１９０９年生まれの歌手、作曲家。作曲家の山田耕筰にスカウトされ、日本コロムビアに入社後、コーラス・グループ「コロムビア・ナカノ・リズム・ボーイズ」を結成し「山の人気者」等のヒット曲で人気を博す。戦後にキングレコードに移籍してからは、作曲家として活躍し、三橋美智也、江利チエミ、春日八郎らに曲を提供した。代表作に三橋美智也が歌った「達者でナ」や「赤い夕陽の故郷」などがある。1970年没。

(23)チャウ・チャウ・ドッグ Chow Chow Dog 細野が1976年にリリースしたサードアルバム『泰安洋行』に収録された曲。翌朝には食材となるチャウ・チャウ犬の悲しき運命を、「般若心経」も引用した歌詞によって、ゴスペル・ソング仕立てで歌う。

(24)レッツ・オンド・アゲン LET'S ONDO AGAIN 1978年にリリースされた大瀧詠一のアルバムおよび同作収録曲のタイトル。チャビー・チェッカー「Let's Twist Again」を、大胆に音頭調にアレンジし、カバーした。1992年に細川たかしにカバーされた。

(25)ボディ・スナッチャーズ Body Snatchers 1984年にリリースされた細野のアルバム『S-F-X』に収録された曲。タイトルはドン・シーゲル監督の同名SF映画から取られている。2007年に、ハリー細野&ザ・ワールド・シャイネス名義の『FLYING SAUCER 1947』にセルフカバーが収録された。

(26)スティーブ・クロッパー Steve Cropper 1941年生まれのギタリスト、プロデューサー。メンフィスで結成され、オーティス・レディングやウィルソン・ピケット、サム&デイブらのバックバンドを務めた伝説的グループ「ブッカー・T&ザ・MG's」のメンバーとして知られる。「ブッカー・T&ザ・MG's」が解散後は、多くのミュージシャンのアルバムのプロデュースを手掛け、忌野清志郎は1992年『Memphis』、遺作となった『夢助』の2枚のアルバムでスティーブ・クロッパーをプロデューサーに迎えている。なお、デモテープの細野の仮歌がそのまま採用されたのは、『夢助』収録の「あいつの口笛」。

(27) 佐久間正英　さくままさひで　１９５２年生まれの音楽家、プロデューサー。四人囃子、プラスチックスといったバンドに在籍後、プロデューサーとしての活動を開始し、BOØWY、THE BLUE HEARTS、GLAY、くるり、JUDY AND MARY等、数多くのミュージシャンのアルバムのプロデュースを手掛け、日本を代表する音楽プロデューサーとして知られた。近年では、インターネットによるライブ配信／録音サービス「ＳＲＳＳ」をはじめるなど、精力的に活動をしていたが、２０１３年に胃ガンであることを発表。闘病生活の末、２０１４年1月に死去した。闘病生活の傍ら、「Last Days」と名付けたレコーディング・プロジェクトに取り組む姿が、ＮＨＫのドキュメンタリー番組「そして音楽が残った〜プロデューサー・佐久間正英〝音と言葉〟〜」として放送され、大きな反響を呼んだ。

(28) ジョニー・バーネット　Johnny Burnette　１９３４年生まれの歌手。１９５０年代にメンフィスで、兄のドーシー、ポール・バリソンと「ジョニー・バーネット・トリオ」を結成し、「Rockabilly Boogie」「Lonesome Train」等のヒット曲で人気を博した。トリオ解散後はソロに転向し、「You're sixteen」などのヒット曲で人気を得ていた。１９６４年没。

(29) マイトガイ　俳優、小林旭の愛称。１９５０年代後半、日活は、石原裕次郎の「タフガイ」、赤木圭一郎の「クールガイ」、二谷英明の「ダンプガイ」など、「〜ガイ」との愛称を付けて、俳優を売り出していた。ちなみに「ナイスガイ」は高橋英樹の愛称。

(30) キャンティ　東京都港区麻布台にあるイタリア料理店。川添浩史と、妻でイタリアでの生活経験もあった梶子によって、１９６０年に創業した。当時本格的なイタリア料理店はまだ珍しく、また川添夫妻の交友関係もあり、毎夜、政財界や芸能界の有名人の集う場となった。フランク・シナトラなど、海外から来日中の俳優や歌手も多く訪れた。

（31）日本語ロック論争　1970年代初めに、音楽雑誌を中心に起こった議論であり、これからのロックは日本語で歌うべきか、英語で歌うべきかという点について論争が行われたが、はっぴいえんどの『風街ろまん』等によって、日本語をロックに乗せることが成功するにつれ、徐々に議論も下火になった。

（32）F.O.E　フレンズ・オブ・アース「YEN」レーベルから「Interiors」のメンバーとしてデビューしていた野中英紀と細野が中心になって結成した音楽ユニット。1986年リリースのアルバム『SEX ENERGY & STAR』に収録されたジェームス・ブラウンのカバー曲「SEX MACHINE」には、ジェームス・ブラウンとJB'S のメイシオ・パーカーが参加。同年に行われたジェームス・ブラウンの日本公演では、F.O.Eが前座を務めたが、ジェームス・ブラウンのファンである観客からは野次を浴びるなど、不評のうちに終わることとなった。

そして、天災から心災へ。個人的なことで恐縮だが、昨年末、母が亡くなり、尊敬する大瀧さんもご逝去され、こころは再び深く落ちた。そして、ご隠居との、もやもやトークから、一歩踏み出す気持ちが芽吹いてゆく。つまりは本書のタイトル通り「とまっていた時計がまたうごきはじめた」というわけだ。

ご隠居は普段、メッセージめいたことは口にしない。けれど、延々と続く無駄話の中から聴こえてくるものがあった。「ものごとに絶望するのではなく、人生を歩むために楽しむこと」。これは決して自分の空耳などではなく、本書のどのページからも聴こえてくる。「人生は楽しむこと」。

歳月人を待たず。次回（五年後）最終本は、なんと、熊さんが還暦を迎え、ご隠居は70歳の大台を迎える。はて、どんな内容になるか？　それは、霧の向こうのふしぎな世界。すべては「熊さん」のせいということで、関係者各位のみなさん、よろしくお付き合いのほどを。そして読者のみなさん、お読みになって頂き、本当に有り難う御座います。「この次はモア・ベターよ＆シェケナベイベー」ということで、結びの言葉と代えさせて頂きます。ご機嫌よう。

2014年９月風流吉日

あとがき　鈴木惣一朗

細野さん（以下ご隠居）は、ご自身のライブの合間を縫い、本書の校正のために、２週間近い時間をかけてくれた。そのお骨折りは、本当に申し訳なかった。この場をお借りして、ぼく（以下熊さん）としては、深々と頭を垂れる次第であります。しかし、手前味噌ではありますが、前回『分福茶釜』とは、ひと味もふた味も違う味わいなのです。

今回は東京下町を中心に、珈琲好きのご隠居と喫茶店（＋洋食屋）巡りと相成ったが、熊さんは当初、いくつかの人生問答を用意して行った。けれど途中から、それを捨てる運びとなる。耳順《じじゅん》という言葉があるが、耳に順《したが》えば、ご隠居との会話は自然と進む。言ってしまえば、無駄話の応酬こそ、ご隠居との対話の醍醐味なのだと気づく。

共に音楽を生業とする故、毎回の会話は、リズミックなシンコペーションを刻んだ。「人生はヒマつぶしだよ」は、ご隠居の口癖だが、ならば「ヒマを無駄で塗りつぶせば、そこにひとつの風流が生まれるのではないか」という密かな目論見が、熊さんの胸の内にはあった。だからなのか、何度もお笑いコンビ、さまぁ〜ずのことが登場する。それは、ひとつの挨拶みたいなもので、さまぁ〜ずを観ているかどうかで、互いのBPM（歩調）を見計らい、そのもやもやトークから、話題は音楽の話へ還っていった。

今回、ご隠居は多くの音楽の話をした。それは意外だったとも言えるが、その真意は、熊さんなりにわかっていたつもりだった。会話の通奏低音には、あの日のことが流れていたから、聴こえていたからだ。

東日本大震災。以降、もやもやとした空気の中、憂いと鎮魂の中にぼくたちはいる。ここ東京でも、普通の顔で、普通の生活をしているようでいるけれど、誰もがこころにそのことを潜ませている。ご隠居は、その気持ちを忘れないためにも、時折、地震警報の音を聴き直すという。たわいもない会話をしながらも、その感情が時折、頭をもたげる。だからだろう、いま、読み返してみると、ご隠居と熊さんは懐かしい音楽の話をすることで、その乱れた歩調を落ち着かせようとしている。なので、本書は図らずも震災以降のこころの変化、そのドキュメントを記録したものとなった。

解説――親だったり、博士だったり

never young beach　安部勇磨

この本を読んだ僕の感想は感謝の他にありません。細野さんの言葉には心に響くものがたくさんあり、赤ペンでアンダーラインを沢山ひいてしまいます。細野さんの言葉は決して押しつけがましくなく、ユーモアがあり、品がある。川とか山とか空のようです。添加物がまったくないというか。身体にスッと入ってきては僕の背中を押してくれます。時が過ぎても、身体の中に滞留し、ふとしたときに違う響きで出てくるんです。豆腐を切るように、シンプルに繊細に、小さいほど広がる宇宙があるんだと気づかされます。

細野さんにはお会いするまで、「寡黙でクールな方なんだろうな、僕はきっと何も話せないだろう」とか勝手に想像していたんです。でも実際にお会いしたら全くそんなことはなく、凄くチャーミングで驚きました。年齢なんて関係ないんだなと感じさせる少年感でした。

初めてお会いしたのは福岡のCIRCLEというフェスの打ち上げ会場でした。僕が座っている横のテーブルに細野さんが座っていたんです。僕はドキドキしてました。本物の細野晴臣を目の前にし、頭が真っ白でした。だって僕がやっているバンドは、「細野さんみたいな音楽がやりたい」って結成してますから（笑）。横目でチラチラと細野さんが何を食べてるかを見るので精一杯でした。そんなふうにもじもじしていたら、細野さんが立ち上がり、なんと僕の座っているテーブルに自ら来てくれたんです。そして細野さんは僕の目の前に座り、「みんなが来てくれないから僕から来ちゃった。君たち、はっぴいえんどみたいなんでしょ？　はっぴいえんどのどこがいいの？」と笑いながら話しかけてきてくれたんです。僕は「えー！　すみません！」と驚きながら沢山好きなところを伝えたんです。そしたら細野さんは「へー、そうなんだ。僕にはわからないや」と言ったんです。僕はズッコケました（笑）。

でもその答えは凄く細野さんらしいよなって今は思います。実体があるのに触れられないというか。飄々としている。本当に細野さんは風来坊なんだと妙に腑に落ちたんです。細野さんってやっぱり曲のままなんだ。メロディ、歌詞、アレンジ、音、全てが細野さんなんだな、凄い。と思ったんです（当たり前かもしれませんが、今はなかなかこれが難しかったり。作り手の顔は全く見えてこない作品が多いと思います）。

自分は来年三〇歳になります。十代の頃の自分からしたら、三〇歳はもう大人を通り越して「おっさん」でした。いざ自分がなってみると、そんな感覚もなく、未だに中学生くらいのままな気がしています。三〇歳ってこんなもんなのかと驚きます（人それぞれで僕だけかもしれませんが）。大人になったらなんでもスマートに出来ちゃうんだろうなと思ってました。しかし、実際のところ、歳を重ねれば重ねるほどに人に何かを伝えることの難しさ、責任、労力を感じるようになりました。極論伝えなくてもいいな、とか。ぐるぐる考えてしまうんです。

そんなとき、細野さんが答えをくれるんです。そっと置いてある言葉や音に気づかされるんです。細野さんは大切なことをさらっと伝えてくれる。最近はもうそれがどれだけ有難いことかがわかるようになり、涙を流してしまいます。残してくれている有り難みを感じます。細野さんが撒いてくれた種のお陰です。細野さんの音楽を通して様々な文化に触れられたこと、そしてそれが僕の音楽をつくる原動力になっているということ。感謝です。

細野さんはこの本で、「言い放つだけ」とおっしゃっています。僕はまた赤ペンでなぞりました。ああ、それだ、とか言いながら。言い放つだけと言いながらも、伝えてくれているんです。「言い放つ」とはヒントでありきっかけ、あとの余白はその人たちの自由、すなわち個性の部分なんだと思いました。自分も人に何かを話すとき、つい自分のイメージ、自分のエゴを押しつけてしまうときがあります。余白を塗りつぶしてしまっているかもしれません。誰かと何を作る、生きるということは相手の個性を尊重し、予想出来ないことを楽しむことなんだと思いました。予想出来ないことでしか確かに世界は回ってないなと。それが様々なことをくれるわけで。

令和元年、これだけ便利になり、なんでもかんでもわかった気になれる時代。具体的に説明されることによってなくなる余白、自分を含め、人間の想像力の低下を感じます。だからこそ、細野さんのような考え方、育み方がとても大切なんじゃないかと思いました。「昔の職人さんはただ見てろっていうだけ」に近いことなんだろう、本当の優しさはこれなんだろうと思いました。言うことは簡単だ。職人さんはどんどん減っていくニホンカワウソなんだろう。今は一時的に減っているだけで、絶えないと信じています。調べてみたら1979年に絶滅したとされるニホンカワウソはもしかしたらまだ生きているかもしれないという記事を見つけました。違う種類の可能性もあるみたいですが、まだ希望もあるはずです。細野さんにこんなこと言っても、「そこまで考えてないよ」と笑われてしまう気もしますが（笑）。

自分に向かっていかないと音楽はできない、このことを忘れてしまったり、わからなくなる人、僕を含めたくさんいると思います。なんのために音楽を作っているのか、ただただ好きで作っていたのに気づいたら誰かのためになろうなんて調子にのって、勝手に迷路に迷い込んでいました。そりゃ外に向かってもないですよね。答えは自分の中にあって、外にはないのだから。

人は死ぬまで成長する、死ぬまで何かに育てられている。子供の頃は親に何かを聞いたときに、具体的な解決策を教えてくれないと理解出来ずに腹の虫の居所が悪かったですが、今となってはそれも全て優しさだったんだなと有り難く思います。僕からしたら細野さんは親だったり、博士みたいです（笑）。

（never young beach　あべ・ゆうま　ミュージシャン）

構成＝若林恵
写真＝西田香織
編集協力＝谷本智美、小林栄一
喫茶店選定＝日下部行洋

[著者]

細野晴臣（ほその・はるおみ）

1947年生まれ。音楽家。69年、〈エイプリル・フール〉でプロデビュー。70年、〈はっぴいえんど〉を結成。73年、ソロ活動を開始。同時に〈ティン・パン・アレー〉としても活動。78年、高橋幸宏、坂本龍一とともに〈イエロー・マジック・オーケストラ（YMO）〉を結成。YMO 散開後は、ワールド・ミュージック、アンビエント・ミュージックを探求、作曲・プロデュース、映画音楽など多岐にわたり活動。
http://hosonoharuomi.jp/

鈴木惣一朗（すずき・そういちろう）

1959年、浜松生まれ。音楽家。83年、インストゥルメンタル主体のポップグループ〈ワールドスタンダード〉を結成。細野晴臣プロデュースでノン・スタンダード・レーベルよりデビュー。「ディスカヴァー・アメリカ 3 部作」は、デヴィッド・バーンやヴァン・ダイク・パークスからも絶賛される。近年では、程壁（チェン・ビー）、南壽あさ子、ハナレグミ、ビューティフルハミングバード、中納良恵、湯川潮音、羊毛とおはななど、多くのアーティストをプロデュース。2013年、直枝政広（カーネーション）と〈Soggy Cheerios〉を結成。95年刊行の著書『モンド・ミュージック』は、ラウンジ・ブームの火付け役となった。細野晴臣との共著に『細野晴臣 分福茶釜』（平凡社ライブラリー）、『細野晴臣 録音術 ぼくらはこうして音をつくってきた』（DU BOOKS）がある。
https://www.worldstandard.jp/

平凡社ライブラリー 890

細野晴臣《ほそのはるおみ》 とまっていた時計《とけい》がまたうごきはじめた

発行日…………2019年11月8日　初版第1刷

著者……………細野晴臣・鈴木惣一朗
発行者…………下中美都
発行所…………株式会社平凡社
〒101-0051　東京都千代田区神田神保町3-29
電話　(03)3230-6579［編集］
(03)3230-6573［営業］
振替　00180-0-29639
印刷・製本……中央精版印刷株式会社
ＤＴＰ…………平凡社制作
装幀……………服部一成・中垣信夫

ISBN978-4-582-76890-9
NDC分類番号760　B6変型判(16.0cm)　総ページ352

平凡社ホームページ https://www.heibonsha.co.jp/